KB179363

표적

표적

돈 펜들턴 지음
한국첩보문학협회 옮김

2

로스앤젤레스

부자나라

표적
❷ 로스앤젤레스

초판1쇄 인쇄 2016년 10월 20일
초판1쇄 발행 2016년 10월 21일

지은이 돈펜들턴
옮긴이 한국첩보문학협회
펴낸이 박대용
펴낸곳 도서출판 부자나라

디자인 디자인 상상(kkt9512@hanmail.net)

주소 10882 경기도 파주시 교하읍 산남리 292-8
전화 031)957-3890, 3891, **팩스** 031)957-3889
이메일주소 zinggumdari@hanmail.net

출판등록 제406-2104-000069호
등록일자 2014년 7월 23일
ISBN 979-11-87475-00-2   04840
        979-11-953288-8-8   04840 (세트)

차 례

로스앤젤레스

1
도 박

　맥 보란이 로스앤젤레스에 도착한 것은 9월 20일 해질 무렵이었다. 그와는 아무런 상관도 없는 안내 방송으로 공항은 무척 시끄러웠고 그 소음 때문에 조금은 쓸쓸하였다.

　그는 곧 라스베이거스로 접어들며 시가를 가로지르는 고가도로 위를 한참 달리다가 샌타모니카에 들어섰다. 그 후 그는 해안 고속도로를 몇 분쯤 달리다 차를 멈추었다. 그는 주유소의 공중 전화 부스에 들어가 전화 번호부를 뒤적여 번호를 확인한 후 다이얼을 돌렸다. 제대한 군대 동료이자 베트남 전쟁의 노련한 전투병이었던 조지 지트카에게 거는 전화였다. 변하지 않은 지트카의 음성이 우선은 반가웠다. 보란은 싱긋 웃으며 송화기에 대고 활발하게 지껄였다.

　「촐싹쟁이 참새가? 난 소방수다. 거기 재미가 어때?」

　상대방은 무슨 말인가 하려다가 잠깐 멈칫하더니 조심스러운 음성으로 차갑게 대답했다.

「그저 그렇다, 소방수. 내 생각엔 여길 피하여 곧장 쿠앙 트리로 가는 게 좋을 것 같은데?」

「무슨 그런 섭섭한 말씀을!」

보란이 말했다. 그의 목소리는 어느 틈에 뻣뻣하게 굳어 있었다.

「난 R과 R을 위해서 참새에게 가려고 한다.」

「R과 R을 위해서 쿠앙 트리로 가는 게 좋다니까!」

「그럴 수는 없어!」

보란은 잘라 말하고 전화를 끊었다. 그는 잠시 동안 전화통을 뚫어져라 노려보았다. 이내 차로 돌아온 그는 주유소 뒤로 차를 빼내 다시 고속도로 위를 달렸다. 핸들을 잡은 채 그는 코트를 벗어 시트 위에 올려놓고 코트 주머니에 손을 넣어 32구경 리볼버와 어깨 고정 벨트를 끄집어내서 어깨에 둘렀다. 그리고 몇 차례에 걸쳐 그것을 뽑는 연습을 했다.

「쿠앙 트리라고? 빌어먹을!」

그는 코트를 다시 입으며 투덜거렸다.

그로부터 20분 뒤, 한 대의 스포츠 카가 고속도로 톨게이트 아치 속으로 스르르 빠져 들어가 호화로운 해안 아파트 단지를 끼고 달리더니 타원형으로 탁 트인 풀장 반대쪽에 멈춰섰다. 검은 안경을 쓴 몸이 좋은 사내 하나가 그 날씬한 스포츠 카로부터 나왔다. 그는 벌거벗은 것에 가까운 사람들로 붐비는 풀장 곁을 지나갔다. 불빛이 어둠의 구석구석을 눈부시게 밝히고 있었고 몇 개의 하이파이 스테레오가 도무지 종잡을 수 없는 시끄러운 볼륨으로 풀장을 지배하고 있었다.

실오라기 같은 비키니를 입은 풍만한 블론디의 여자가 물 속에서 나오더니 청동빛으로 그을은 몸을 보기 좋게 흔들며 서서히 테이블로 다가갔다. 일행인 듯한 여자가 깔깔거리며 그녀에게 커다란 유리잔을 내밀었다.

보란은 미소 지으며 그 미치광이 놀이터 같은 풀장으로부터 고개를 돌렸다. 그는 건물 바깥 아파트 계단에 있는 문패들을 잠시 훑어보았다. 산뜻한 색의 비키니를 입은 여인이 계단을 걸어 내려왔다. 그녀는 술잔을 받친 쟁반의 균형을 가까스로 유지하고 있었다. 보란은 그녀를 지나가게 하려고 한쪽으로 비켜섰다. 그러나 그녀는 쟁반으로 그를 슬쩍 밀었다. 그의 손이 본능적으로 코트의 앞섶으로 들어갔다. 그는 거의 벌거벗은 그 여자가 키득거리며 말했을 때에야 비로소 긴장을 풀고 웃었다.

「방 번호를 알려 줘요, 미남 아저씨!」

「고마운 말이지만 난 파티에 온 사람이 아니오.」

「이건 파티가 아니에요. 그저 즐기기 위한 모임일 뿐이라고요.」

그녀의 목소리는 이미 회복되기 어려운 알코올 중독자처럼 흐느적거렸다.

「좀 시원한 옷으로 갈아입고 내려오세요.」

그녀는 다시 한 번 키득거리며 지나갔다. 자신의 육체가 훌륭한 감식력을 가진 사람에 의해 관찰되고 있음을 의식한 듯 그녀의 엉덩이는 더욱 요염하게 흔들거렸다.

보란은 계단을 올라가다 아래의 미친 듯한 광경을 다시 한 번 바라보기 위해 잠시 멈춰섰다. 그러고는 3층까지 천천히 올라갔다.

3층의 베란다는 쓸쓸했다. 사람들은 보이지 않았고 문은 모두 열려 있었다. 마치 건물 전체가 하나의 대가족을 위해 지어진 듯했다. 주민들의 대부분이 풀장에 몰려 있다고 생각한다 해도 무리는 아닐 것 같았다. 풀장에서 나는 소리들은 계단을 올라갈수록 점점 더 시끄럽게 들려 왔다. 보란은 다소 이상한 생각이 들었다. 사람이 도대체 어떻게 저런 소음 속에서 계속 살아갈 수가 있는 것일까.

잠시 후 그는 찾던 방 번호를 발견했다. 문은 닫혀 있었다. 모든 문이 열려 있는데 반해 굳게 닫힌 그 문은 남의 눈을 끌기에 충분했다. 그가 초인종을 누르자 감시구(peephole)가 거의 동시에 열렸다. 누군가가 그를 노려보았다.

「누구요?」

하고 무겁게 물었다.

「조지 지트카를 만나러 왔소. 여기 사는 것으로 아는데……」

「그의 이름이 문에 붙어 있는 걸 못 봤소?」

「난 원래 눈에 보이도록 기록되어 있는 거라곤 믿지 않는다오.」

보란은 색안경을 벗어 코트 주머니 속에 넣었다. 그의 손은 코트의 앞섶에서 서성거리고 있었다.

「네가 지트카지?」

「그래!」

감시구가 닫히고 문이 조금 열렸다. 보란은 좌우를 재빨리 살핀 다음 200파운드나 되는 몸을 날려 조금 열린 문을 힘껏 걸어찼다. 순간 그의 몸은 캄캄한 아파트 내부를 몇 바퀴 굴렀다. 총성이 아파트 내부를 뒤흔들었다. 몇 발인지 알 수 없는 권총은 계속 불을 뿜으면서 그가 들어선 아파트 입구를 벌집처럼 만들어 버렸다.

보란은 이쪽저쪽으로 몸을 굴려 탄환을 피하면서 권총을 꺼냈다. 새로운 총성이 조금 전의 총성을 대신하더니 비명과 바닥에 구르는 소리가 활짝 열려진 현관 근처에서 들렸다. 첫번째 응사의 결과였다. 이어서 두 번째, 세 번째 응사에 대한 결과도 나타났다.

고요함이 뒤를 이었다. 그 고요함을 깨뜨리는 것은 방의 한 구석에서 들려 오는 가느다란 신음소리뿐이었다.

「지트!」

보란이 낮은 소리로 불렀다.

「여기 있어!」

「괜찮아? 지트!」

「괜찮아. 모두 세 놈이었는데, 세 놈 다 해치운 거야?」

「셋? 그럴 거야. 확인해 보지.」

보란이 대꾸했다. 그는 몸을 털며 일어서서 문을 닫은 다음 불을 켰다. 세 사나이가 좁은 방 여기저기에 쓰러져 있었다. 지트 카는 허리와 발목을 밧줄로 꽁꽁 묶인 채 방구석에 처박혀 있었다. 보란은 호주머니에서 칼을 꺼내 능숙하게 밧줄을 끊었다.

「네 전우한테 귀띔이라도 해줬어야지, 이 자식!」

웃으며 그가 말했다.

「지옥으로나 가라지, 우라질 놈의 전우!」

「그런데 네 머리 색이 왜 그 모양이야?」

그는 손목과 발목을 주무르면서 보란을 바라보았다.

「표백을 했네. 어때, 이상해 보여? 콧수염도 표백하려다가 음탕하게 보일까 봐 참았지. 그놈들이 네 팔다리를 꽁꽁 묶는 동안 넌 뭘 했어?」

지트카는 알아들을 수 없는 소리로 중얼거리더니 탁자에서 담뱃갑을 집어 들었다. 피부가 검고 건장한 체격인 그는 놀랄 만큼 세련된 태도로 움직였다. 그는 수영복 하나만 걸치고 있었다.

보란은 익숙하게 시체의 주머니를 뒤져 소지품들을 꺼내 놓고 조사하기에 바빴다.

「이놈들이 경찰관이 아니라는 건 어떻게 알았나?」

보란은 손을 털며 물었다.

「경찰이라면 함부로 두들기지도 않고 사람을 짐승마냥 꽁꽁 얽어매지도 않잖아.」

지트카가 다시 중얼거렸다. 보란은 고개를 끄덕였다.

「이놈들은 마피아야.」

보란이 말했다.

「빌어먹을! 이럴 줄 알고 오지 말라고 했잖아.」

보란은 웃으며 다음 시체로 옮겼다.

「나도 눈치 챘었네. 그렇지만 이 정도는 그 지긋지긋한 쿠앙 트리 매복 작전 때에 비하면 아무 것도 아니야. 안 그래?」

「이 자식들이 장난을 하는 게 아니라는 걸 알아 둬, 맥.」

보란은 여전히 입가에 장난스런 미소를 띠고 있었다.

「밀림에서 옛날에 같이 싸우던 전우들과는 자주 만나나? 나한테 슬쩍 말을 건넨 것처럼 그렇게 엉뚱한 식으로 말이다. 지트카. 뭐? R과 R을 위해서 쿠앙 트리로 가라고? 하나님 맙소사!」

「그렇게라도 얘기하지 않았으면 네 목이 지금까지 온전할 것 같아?」

지트카는 뚱해서 대꾸했다. 그는 아직도 농담을 할 기분이 아니었다.

「이놈들이 얼마 동안이나 여기 죽치고 있었어, 지트?」

「덩치 큰 녀석은 벌써 이틀 동안이나 이 근처에서 서성거렸어. 틀림없이 정찰을 한 거겠지. 그놈들이 내 전화를 도청하는 게 아닐까 하는 생각도 했네. 텔레비전도 라디오도 온통 네가 마피아를 상대로 벌인 영웅적인 싸움 얘기더군. 결국 내 생각이 옳았다는 게 확인된 셈이야. 전화가 도청되고 있었어. 너하고의 통화를 끝내자마자 이놈들이 여기로 밀려 들어왔어. 빌어먹을! 우리 전우들 중에서 그래도 너 하나만은 깨끗이 살 거라고 기대했는데……. 넌 정말 깨끗이 살았어야 했다고! 말썽 없이 살았어야 할 놈은 바로 너였어, 맥!」

보란의 웃음에 어두운 그림자가 드리워졌다.

「깨끗이 있을 수가 없었네, 지트. 그 빌어먹을 놈들은 내 삶을 온통 뒤죽박죽으로 만들어 놓았어. 내가 가는 곳마다 그들은 나를 노리고 있어. 그놈들은 어디에서나 나를 기다리고 있었단 말이야. 오마하에서도, 덴버에서도, 에버그린의 고든네 가게에서도, 베이거스에서도, 그리고 여기에서까지도……. 정말 지긋지긋하게 달라붙고 있다고. 나한테 필요한 건…….」

그의 흥분됐던 목소리가 점점 낮아졌다. 그는 지그시 그의 친구를 바라보았다.

「너에게 필요한 건, 기적뿐이야!」

라고 지트카는 단언했다. 그리고 그는 밑을 내려다보며 말을 이었다.

「그리고 나에게 필요한 건 이놈의 쓰레기들을 여기에서 끌어내는 일이고.」

보란은 한숨을 내쉬었다.

「경찰을 불러, 지트. 그들에게 무슨 일이 있었는지 모두 얘기해. 그동안 난 여기에서 사라져 버릴 테니까.」

「참 별난 소릴 다 듣겠군! 나보고 네 엉덩이를 걷어차서 쫓아내 버리기라도 하라는 말이야?」

지트카는 분통을 터뜨렸다.

「이것은 너의 싸움이 아니니까 너까지 끼여 들 필요는 없어.」

보란은 조용히 말했다.

「닥쳐! 풍 둑에서 네가 내 더러운 몸뚱이를 끌어내 주지 않았더라면 난 지금 여기서 너하고 말다툼도 할 수 없었을 거야.」

지트카가 소리쳤다.

「나는 단순히 네가…….」

「정신 차려, 이 친구야! 싫다는 일을 억지로 시키지는 않을 테니까. 넌 여기에 왔어. 그리고 지금 여기 서 있어. 중요한 건 바로 그 점이야. 내가 나팔을 불어 댈 놈처럼 보여? 그렇게 여겼다면 나한테 오지도 않았을걸? 자, 쓸데없는 얘긴 집어치우고 우선 이놈들을 아파트 밖으로 끌어내자고. 그 다음 일은 그 다음에 생각하는 거야. 알겠지? 제발 그 어디론가 사라진다는 둥 없어진다는 둥 하는 소리는 집어치워, 이 자식아!」

그는 보란의 손을 쥐었다. 보란도 지트카의 손을 힘껏 마주 쥐었다. 지트카가 다시 한 번 다짐을 했다.

「네가 날 무시하지 않는 거라면 그런 소린 집어치우라고!」

그들은 손과 손을 마주잡은 채 서로의 우정을 확인했다. 그들의 입가에 흐뭇한 미소가 번졌다.

「아직 아무도 총 쏘는 소리를 듣지 못한 모양이군. 대체 여긴 왜 이렇게 소란스럽지? 항상 이런 소동이 계속되나?」

보란이 먼저 손을 놓고 시체 쪽으로 다가가 그 중 하나를 가볍게 걸어차며 말했다.

「대충 그런 셈이지. 여긴 자유 분방한 독신자들을 위한 일종의 특수 지역이야. '레지던스 클럽'이라고 하지. 이 아파트에 입주하기 위해서 난 거짓말까지 했어. 내가 벌써 구세대라나, 원! 너도 그렇게 생각하나?」

보란은 혀를 찼다.

「우리는 망각된 존재였어. 무엇을 위해서인지도 모르는 채 낯선 땅에서 땀을 뻘뻘 흘리고 있는 동안 세월은 우리를 앞서간 거야. 비극이지. 그건 그렇고 난 코르베트를 몰고 왔는데 폐차 직전의 고물이야. 겉은 번지르르하지. 네 차는 어때? 쓸 만해?」

「구형 다치인데 아직은 새것이나 다름없어. 문제는 차가 아니라 차가 있는 곳까지 어떻게 시체를 운반하느냐야. 주차장까지 가려면 반드시 정원을 통과해야 하거든. 좋은 방법이 없을까?」

「내 생각엔 시체를 둘러메고 정원으로 나가도 별로 사람들의 시선을 끌 것 같진 않은데? 일단 한번 부딪쳐 보자고. 달리 방법이 없으니까 말이야.」

보란은 잠시 시끄러운 풀장의 스피커 소리에 귀를 기울이다 말했다.

지트카는 구석에 놓인 탁자에서 열쇠 꾸러미를 집어 들었다. 그러고는 시체 한 구를 가볍게 들쳐 업고 먼저 방을 나섰다. 보란도 어깨에 시체를 둘러메고 그 뒤를 따랐다. 풀장 주변은 여전히 그와는 관계없이 흥청거리고 있었다. 블론디의 여자도 마찬

가지로 다른 패거리들과 함께 스스럼없이 어울리고 있었다. 그
들은 아마도 어떤 경연 대회 비슷한 것을 벌이고 있는 것 같았
다. 누군가가 지트카에게 큰 소리로 인사말을 건넸다. 장난꾸러
기 어느 한 쌍이 보란과 그가 둘러멘 시체를 하마터면 풀장에 빠
뜨릴 뻔하기도 했다. 그런 점들을 제외하고는 그들도, 그들의 행
동도 완전히 서로를 무시하고 있었다.

보란은 그의 짐을 어깨 위에 다시 잘 올려 놓기 위해 잠시 숨을
돌렸다. 옆에는 어깨선이 고운 여자가 젖가슴을 기술적으로 노
출시킨 수영복을 입고 서 있었다. 그는 그녀가 들고 있는 잔을
슬쩍 빼앗아 장난스레 한 모금 마시고는 고맙다고 말했다. 그녀
가 무슨 말을 하려고 돌아보았을 때는 이미 보란이 몇 걸음 옮기
고 난 뒤였다. 지트카가 구형 다치 뒷좌석에 시체를 쑤셔 넣는
것을 보고 그도 어깨에 둘러멨던 시체를 그 위에 포갰다.

지트카는 힘이 다 빠져 버렸다고 투덜거리며 차 밖으로 자꾸
만 튀어나오는 다리 하나를 억지로 밀어넣으며 차문을 닫으려고
애쓰고 있었다.

「아직 하나 더 가져와야 할 텐데…….」

보란이 말했다.

「내가 가져오지. 옷도 갈아입어야 하니까. 잠시만 기다려.」

지트카는 서둘러 정원을 가로질러 갔다. 보란은 자신이 몰고
왔던 코르베트로 다가가 탄환 한줌을 꺼내 코트 주머니에 집어
넣었다. 곧 그는 다치로 되돌아와 그의 권총에 탄환을 장진했다.
그 일이 끝나자 담배를 불 붙여 물고 지트카가 오길 기다렸다.
그가 그 담배를 비벼 끌 때쯤 지트카가 나타났다. 그는 진과 니
트 셔츠를 입고 단단해 보이는 신발을 신고 있었다. 어깨 위에는

세 번째의 시체가 둘러메여 있었다.

그때 한 대의 승용차가 소리도 없이 모습을 드러냈다. 그 차에서 내리쏟는 헤드라이트의 불빛이 그물을 만들어 지트카를 단숨에 사로잡았다. 다음 순간 그 차는 튀어오르며 정지했다. 마치 운전하는 사람이 브레이크 페달을 밟아 뭉개기라도 한 것 같았다. 그와 동시에 양쪽 문이 활짝 열리더니 덩치 좋은 사내들이 쏟아져 나왔다. 밀림에서의 본능으로 보란이 다치 승용차를 가로질러 날 듯이 몸을 굴린 순간 밤의 어둠을 찢어 발기며 자동 소총이 포효했다.

보란은 주위를 재빨리 살펴보았다. 지트카의 어깨에 있어야 할 세 번째 시체가 그들이 타고온 차의 트렁크 위에 길게 가로질러 뉘어져 있었다. 지트카의 모습은 보이지 않았다. 그러나 지트카의 안부를 걱정할 만큼 그는 한가하지 않았다. 보란은 그제야 32구경 권총을 꺼내 들었다. 그러나 그것은 소나기처럼 퍼부어지고 있는 기관총 세례 앞에서 너무나 무력한 존재였다. 그는 주차된 차들을 엄폐물로 삼아 구르기도 하고 엉금엉금 기기도 하면서 조금씩 나아갔다. 마침내 그는 공격자들의 승용차와는 정반대쪽으로 옮겨갈 수 있었다.

총알은 아직도 지트카의 다치 승용차 위로 쏟아지고 있었다. 그때 자동 소총과는 약간 다른 총성이 한번 울리더니 공격자들의 승용차 헤드라이트가 박살났다. 적들 가운데 하나가 조심하라고 큰 소리로 경고했다. 자동 소총은 다시 불을 뿜기 시작했고 지트카가 시체를 내던진 차 위로 탄환이 소나기처럼 퍼부어졌다.

보란의 얼굴이 약간 밝아졌다. 지트카가 행동을 개시한 것이었다. 그는 보란의 다음 행동을 예상하며 적에게 엄호 사격을 가하고 있었다. 마지막 표적이었던 가스 탱크가 폭발하면서 화염이 눈부시게 솟아올랐다. 낯선 목소리가 울부짖었다.

「빌어먹을! 저걸 좀 봐!」

말쑥하게 차려입은 한 사나이가 차들을 따라 뛰어가는 것을 발견하자 보란은 발을 뻗어 몸을 고정시켰다. 다음 순간 그의 32구경 리볼버가 불을 뿜었다. 그 사나이는 한 바퀴 빙글 돌더니 도로 위에 쓰러졌다.

총격전에서 다음 행동을 미리 예상하고 움직이는 사람은 없다. 전투에서의 행동은 머리에서부터가 아니라 본능으로부터 우러나는 것이다. 보란은 첫번째 사격에 이어 두 번째, 세 번째 사격을 가했다. 혹은 몸을 옆으로 굴리면서, 혹은 뛰쳐나가면서 사격했다. 그러나 그의 눈만은 적에게 고정된 채 움직이지 않았다. 전투에 있어서 적의 움직임을 관찰하는 것이 무엇보다도 중요하다는 사실을 그는 익히 알고 있었다. 그의 손이 세 번째 방아쇠를 당김과 동시에 적의 자동 소총 하나가 침묵했다. 적들은 보란의 위치를 가늠해서 총알 세례를 퍼부었다. 보란은 교묘하게 위치를 옮겨 가며 적절하게 응사했다. 네 번째, 다섯 번째. 그의 다섯 번째 총알은 사격중인 적의 팔을, 여섯 번째 총알은 적의 콧잔등을 관통시켜 버렸다. 철거덕 철거덕. 적의 손에 있던 자동 소총이 연속적으로 땅에 떨어졌다.

이제 남은 놈은 하나. 그는 차바퀴의 흙받이 부근에 숨어 최후의 발악을 하고 있었다. 총알이 음산하고 날카로운 노래를 부르며 보란의 귓가를 스쳤다. 그는 총알이 떨어진 32구경 리볼버를 주머니에 쑤셔 넣고 질풍같이 달려나가 숨어 있는 적의 가슴을 두 발로 걸어붙였다.

　침묵이 요란한 총성을 몰아내고 잠시 주차장을 엄습했다. 그 소란스럽던 풀장까지도 조용해졌다. 불 붙은 자동차에서 불꽃의 탁탁 튀는 소리들이 그 침묵을 더욱더 적막하게 만들었다.

　지트카는 다치 승용차로 달려들어 시체들을 포장도로 위로 내던졌다. 보란은 그의 코르베트로 가서 시동을 걸자마자 다치 승용차 곁으로 달렸다. 문을 활짝 열어 젖히자 지트카가 재빨리 뛰어올랐다. 그들은 풀장을 지나 곧 고속도로에 이르렀다. 지트카는 시트에 몸을 기댔다.

　「그놈의 쓰레기들을 차 밖으로 끌어내 버렸어.」

　「경찰들이 알아서 할 거야!」

　보란은 잘라 말했다. 그들은 서쪽으로 얼마간 달리다가 해안 고속도로를 가로질러 남쪽을 향해 달려나갔다.

　「보험 회사에서 지불을 해줄지 모르겠는데.」

　지트카는 걱정이 대단했다.

　「뭐라고?」

　보란은 이제 한가하게 차를 몰고 있었다. 긴장되었던 그의 신경 조직이 정상적인 상태로 되돌아온 것이다.

　「내 차 말이야! 못 봤어? 구멍투성이잖아. 다 망가졌어. 그런데도 그 더러운 자식들은 보험금을 주지 않으려고 할 게 뻔하다고.」

　「전우로 되돌아오게 된 걸 축하한다, 지트카!」

　보란은 슬쩍 화제를 바꿨다.

　「내가 그 지긋지긋한 싸움을 이렇게까지 그리워하고 있었을 줄은 정말 몰랐어.」

「정말이야?」

보란이 물었다.

「그래. 진지하게 얘기하는 거야. 베트남 전쟁이 끝난 뒤로 오늘 같은 스릴을 느낀 적은 없었네.」

그들은 잠시 침묵하면서 몇 분 동안 더 달려갔다. 지트카는 담배에 불을 붙여 보란에게 건네고는 자신의 입에도 담배를 물고 불을 붙였다. 보란이 정겹게 말했다.

「넌 참 좋은 친구야, 지트카!」

「앞으로 더 좋아질 게다!」

「뭐?」

「더 좋아지게 될 거라고 그랬어. 네 목에는 수십만 달러의 현상금이 달려 있다는 걸 알고 있나? 어떤 멍청한 녀석이 나더러 솜씨를 한번 보이지 않겠느냐고 유혹하더군.」

「그래?」

잠시 침묵이 흘렀다.

보란은 갑자기 목이 말랐다.

「정말이라고. 수십만 달러! 그놈들, 아마 널 사랑하나 봐.」

「지트카, 만일 네가 날 마피아한테 밀고한다면 말이야…… 아마 돈에 연연해서가 아닐 테고……재미 때문이겠지?」

「내가 만일 그 수십만 달러를 챙겨 넣기로 작정을 한다면 우리 둘 중에 누가 죽게 될까?」

「너야.」

보란은 감정을 조금도 나타내지 않은 채 담담하게 대꾸했다.

「그럴까?」

「분명해! 지트카, 난 널 죽이고 싶지는 않아. 하지만 죽이게 될 거야, 만일 그래야 한다면.」

「내 생각에는 넌 그러고도 남을 놈이야. 고것 참, 정말 끔찍한 노릇이군!」

하고 지트카가 말했다.

「정말 거창한 노름이야. 야, 맥! 내 얘기 깊게 생각하지 마.」

「만일 네가 무슨 재미있는 소일거리로 나를 고발한다면 난 승산이 거의 없어. 난 재미로 일을 시작한 건 아니기 때문이야. 그리고 아편쟁이들이나 하찮은 떨거지들, 얼간이 건달 같은 녀석들, 거기다가 아마추어건 프로건 간에 총잡이들은 모두 나를 노리고 있지. 아니 나에게 붙은 현상금을 노리고 있지. 또 큰돈이라면 기갈을 하고 덤벼드는 녀석들도 빼놓을 수 없지. 그놈들 뒤에는 세계에서 제일 조직망이 탄탄한 범죄 신디케이트 마피아가 있을 테니까. 재미는 거기 있어, 노림을 당하는 재미! 지트, 만일 네가 찾고자 하는 게 재미라면…….」

「내 말을 너무 심각하게 받아들이지 말라고 했잖아. 젠장! 그놈들한테 휩쓸려 들어갈 건더기는 얼마든지 있었다고. 그렇지만 내 쪽에서 거부했지.」

「우린 훌륭하게 일을 해냈어, 지트카.」

지트카는 좀 갑갑했다.

「우리 어디 가서 한잔할까?」

「미안해. 술집이 내게는 출입 금지 구역이야, 지트카. 아무리 작은 시골 마을에서도 난 술집엔 들어가지 않아. 커피는 어때?」

「생각없어. 그냥 달리면서 말장난이나 하자. 서로 얘기할 것도 좀 있을 것 같기도 하고.」

「좋아.」

「네 계획은 뭐야?」

「짐 브랜슨을 찾을 작정이야.」

「브랜슨 박사 말인가?」

「그래. 그 녀석도 제대를 해서 민간인 생활을 하고 있다더군. 병원을 차렸다고 하던데, 성형 수술이 전문이라든가? 닥토에서의 그 기습 작전 생각나? 그 녀석은 그것 때문에 항상 나에게 빚을 지고 있다고 생각한단 말이야. 만일 그놈이 지금도 그렇게 생각하고 있다면 아주 잘된 일이지.」

「갑자기 은혜를 베푼 자의 뻔뻔함으로 나타나시겠다는 건가?」

보란은 소리내어 웃었다.

「그러기는 싫지만 내가 취할 수 있는 방법은 그것뿐이야. 내가 지나는 길목마다 숨어서 기다리는 그림자들 속으로 더 이상 혼자 뛰어드는 일은 계속해 낼 수 없기 때문이야.」

「마피아로부터 달아나겠다는 건가?」

지트카가 물었다.

「난 그런 뜻으로 얘기한 건 아냐. 단지 위장 전술이 필요하다는 것뿐이지. 그게 다야. 싸움을 끝낼 생각은 추호도 없어.」

지트카는 다시 한 번 갑갑함을 느꼈다.

「그렇다면 징병 모집은 아직 안 끝났다는 얘기지?」

보란은 지트카가 무슨 생각을 하는지 알아내고 말겠다는 듯이 굳은 표정으로 그를 빤히 쳐다보았다.

「너도 끼고 싶어?」

「난 벌써 끼여 든 것 같은데…….」

「그래. 그런 것 같군. 너도 아마 지금쯤은 그놈들의 리스트에 올라 있을 게 분명해.」

「나도 그 생각을 하는 중이야.」

「무슨 생각?」

「내가 너한테 조금이라도 도움이 될까?」

보란이 웃음을 터뜨렸다.

「죽음의 신과 사랑을 속삭이는 지트카라? 이봐, 내가 거기 있었다는 것 생각나? 쿠앙 쏘에서도, 푸아 트링에서도, 착동에서도 너는 나에게 필요했어.」

「널 지원해 줄 병력이 더 필요하잖아, 맥?」

「그래, 사실이야.」

「근데 넌 베트남에서 귀환한 많은 사람들이 민간인 생활의 그 복잡함과 단순함에 쉽게 적응하질 못하고 얼마나 애를 먹고 있는지 알아? 나나 붐붐 하파워처럼 말이야.」

보란은 눈을 치켜뜨고 지트카를 똑바로 바라보았다.

「붐붐하고도 만났단 말이지?」

「그래. 로럴 계곡에 땅을 좀 갖고 있는데 지루해서 죽을 지경이라더군. 그 친구 마누라는 어떤 삼류 배우하고 눈이 맞아 달아나 버렸어. 그런데도 그 친군 조금도 개의치 않더군. 둘째 가라면 서러워할 탁월한 폭탄 전문가가 좀이 쑤셔 죽을 지경일 텐데도 그저 우두커니 앉아 허송 세월만 하니……」

「지금 내 개인적인 싸움에 가담할 사람을 더 확보할 수 있다는 얘기야?」

보란이 조용히 물었다.

「그들에게 어떤 조건을 내거느냐에 달렸지. 왜냐하면 너에겐 그것이 절실한 싸움일지라도 다른 사람들에게는 그렇지 않을 수도 있으니까 말이야.」

「보수 말이군.」

「물론이야. 왜 안 되겠나? 넌 돈뭉치를 놓고 싸우는 것이나 마 찬가지잖아? 눈에는 눈으로, 이에는 이로, 총에는 총으로! 내 생 각에 넌 얼마든지 돈을 만져 가면서 이 싸움을 할 수 있을 것 같 은데…….」

지트카는 눈을 가늘게 뜨고 보란의 반응을 기다렸다.

「돈이라……. 그래 돈을 벌 수도 있겠지. 마피아들이 있는 곳 엔 언제나 엄청난 현금이 있게 마련이니까.」

「바로 그거야. 돈은 모든 놀이의 흥미를 배가시켜 주거든. 설 사 지더라도 재미는 만끽할 수 있단 말이야. 자신 있게 얘기하겠 는데 돈만 준다면 직업적인 싸움꾼들은…….」

「알았어. 생각해 보겠네.」

보란은 퉁명스럽게 내뱉었다.

「잘 생각해 봐!」

지트카도 퉁명스레 말을 받았다.

보란은 미소 띤 얼굴로 조용히 차를 몰았다. 그들은 해변을 따 라 한가롭게 계속 나아갔다. 지트카는 몇 차례 심호흡을 하였고 보란은 깊은 생각에 잠긴 채 천천히 담배 연기를 뱉어 냈다.

「좋아!」

「정말이야?」

지트카가 재빨리 되물었다.

「필요한 인원은 10명! 그 정도면 충분해. 기동성과 단결력이 생명이니까 그 이상은 오히려 거추장스러울 뿐이야. 단, 한 사람 한 사람이 모두 각 분야의 전문가일 것. 사격수가 두 명, 또 너처 럼 능란한 척후병이 두 명 필요해. 붐붐 같은 수준의 폭탄 전문

가도 두 명 있어야 하고 중화기를 다룰 사람도 있어야겠어. 멋있
잖아? 뛰어난 전쟁 기술자들로 구성된 작은 군대!」

「적들은 수천 아니 수만 명일지도 몰라.」

지트카는 불만스럽다는 듯 말했다.

「그걸로 충분하다니까. 난 대규모의 군대를 바라는 게 아니야.
특공대야. 죽음의 5분 대기조, 바로 그거야. 너무 규모가 크면
다루기 힘들어. 지휘는 물론 내가 하겠어. 내가 팥으로 메주를
쑤라고 명령해도 그들은 팥을 삶으면서 어떤 모양의 메주를 원
하느냐고 물어 와야 해. 언제 공격할 것인지, 어떤 방법을 쓸 것
인지도 모두 다 내가 결정할 거야. 그들은 단지 내 지시에 따르
기만 하면 돼.」

「아, 물론 그렇게 해야겠지!」

지트카가 보란의 말에 동의했다. 이제 어느 정도 갑갑함이 가
라앉은 듯했다.

「명령에 불복종하는 사람은 그 자리에서 사살할 거야. 이 점은
전 대원이 항상 명심해야 돼. 이런 일에는 엄격한 규율이 무엇보
다도 중요한 법이니까.」

「잘돼 나갈 거야. 모두들 그걸 받아들일 거고.」

「물론 받아들여야지. 그렇지 않으면 도박 자체가 성립되지 않
을 테니까. 그리고 또 하나, 모두가 알아 둬야 할 게 있어. 이것
은 언제 끝날지도 모르는 전쟁이라는 것. 우리가 꿈꾸는 승리는
실현되지 못할지도 몰라. 죽음을 항상 앞세운 도박이니까, 지트
카.」

「바로 그런 점이 해볼 만한 도박이라고 생각하는 놈들만 끌어
들이는 것이 포인트야, 안 그래? 너나 나처럼 말이야.」

지트카의 미소에 보란은 고개를 몇 번 끄덕여 주고 조용히 외쳤다.

「이제부터 본격적인 싸움에 돌입한다. 우리의 적은 전 세계의 마피아들이야. 우리는 그놈들을 때와 장소를 가리지 않고 기회 있을 때마다 공격한다. 나의 저주가 어떻다는 걸 보여 줄 작정이야. 그리고 무너지는 그 조직의 최후와 나의 죽음을 함께하겠어.」

지트카는 좀 멍한 얼굴로 보란을 바라보았다. 용기와 복수에 불타 그의 뺨은 붉게 상기되어 있었고, 눈가에는 미세한 경련까지 일었다. 그것은 참으로 결의에 찬 모습이었다. 그 모습을 보면서 지트카는 자기도 모르게 마피아에 대한 일종의 연민을 느꼈다. 그는 베트남의 무성한 밀림 속에서 여러 차례 보란과 함께 일했었다. 이제 그 밀림은 마피아의 영토로 옮겨진 것이다.

「맥, 차를 돌려! 로럴 계곡으로 가는 길을 안내할 테니까.」

보란은 길가의 빈터로 일단 차를 몰았다가 방향을 반대로 바꾸어 고속도로로 되돌아갔다. 액셀러레이터를 밟는 그의 발에 점점 힘이 가해졌다.

「주사위는 또 던져졌어!」

그는 혼자 중얼거렸다.

2
죽음의 특공대

빌(붐붐) 하파워, 대형 폭탄 전문가인 그는 닷새 동안 계속 술독에 빠져 지내다가 술에서 깨어난 지 겨우 2분 만에 보란의 '죽음의 특공대'에 입대하기로 결심했다. 나이는 스물여섯, 펜실베이니아 출신의 그는 금발에 푸른 눈동자를 지녔고 키는 6피트였다.

그는 보란의 제의를 듣자마자 그것에 매료당하고 말았다. 그는 베트남에서는 보란과 겨우 얼굴 정도만 알고 지냈다. 그리고 최근 동부에서 보란이 행한 큰 싸움에 대해서도 알지 못했다. 뿐만 아니라 그는 이제까지 마피아란 미국인들이 만들어 낸 환상일 따름이라고 생각해 왔었다.

「아니, 그럼 마피아라는 게 정말로 있단 말이오?」

이것은 보란의 제안을 받고 그가 처음으로 뱉은 말이었다. 그가 죽음의 특공대에 입대하기로 결심한 것은 우정 때문도, 이상 주의자이기 때문도 아니었다. 그는 최근까지 해저 탐사를 주된 업무로 하는 석유 회사에 다녔었다. 그런데 어느 날 갑자기 아내가 그를 버리고 달아났다. 그 후 그는 매사에 의욕을 잃고 직업도 버린 채 거의 두 달 동안 술이나 마시며 세월을 보냈다. 그 무력감이 그가 죽음의 특공대에 입대한 동기라면 동기였다.

하파워는 폭탄을 다루는 그의 탁월한 솜씨를 보란에게 증명해 보이기 위해, 또한 그동안 자신을 지배해 온 무력감을 때려부수기 위해 자기의 집을 제물로 내놓았다.

「채권자들이 이 집을 빼앗으려고 화요일에 오기로 돼 있어. 그놈들의 더러운 낯짝 앞에서 멋지게 폭파시키려고 미리 준비해 두었었지.」

보란은 하파워의 기술에 깊은 경의를 표했다. 그는 대형 폭탄 전문가로서의 하파워의 명성에 대해선 익히 알고 있었다. 하파워는 폭발물에 관한 한 '황금의 손을 가진 사나이'란 별명으로 불리고 있었으며 월남 전투에서도 그는 능력을 유감없이 발휘한 사람으로 이름이 나 있었다.

죽음의 특공대에 입대하는 대가로 하파워는 수천 달러를 받았다. 그리고 개인적인 여러 가지 일들을 정리할 시간으로 40시간이 주어졌다. 그는 그동안에 절대로 술을 마시지 않겠다고 다짐했다.

톰(블러드 브라더;피의 형제) 루데크는 몬태나의 블랙루트 보호 구역에서 전화로 보란의 제의를 들었다. 베트남 전쟁 때 그는 여러 가지 군 업무로 보란과는 물론이요 지트카와도 여러 차례 함께 일했었다. 그는 이야기를 채 다 듣기도 전에 이미 동의했다. 그것은 죽음의 특공대 입대 상여금이 수천 달러에 이른다는 애기도 물론 듣기 전이었다. 그는 황소 세 마리를 팔아 치우는 대로, 또 육체 노동의 흔적을 모조리 지우고 곧장 로스앤젤레스로 날아오겠다고 약속했다. 보란이 기억하기로 루데크는 가장 믿음직스럽고 능력 있는 병사였다. 비정한 면에서는 지트카를 능가할 정도였다. 베트남에서 루데크는 총 한 방 쏘지 않고 적을 67명이나 살해했다. 또한 칼 쓰는 데에는 그야말로 귀신이었다. 뿐만 아니라 그는 맨손으로 사람의 목을 쳐서 부러뜨리는 기술을 완벽하게 터득하고 있었다.

그 다음에 그들은 안젤로(차퍼;도끼) 폰테넬리를 샌타모니카의 한 술집에서 찾아냈다. 그들은 그 술집 문을 열고 들어서자마자 젖가슴을 거의 드러낸 여자들이 술과 안주 접시를 들고 바쁘게 오가는 모습을 제일 먼저 볼 수 있었다. 안젤로는 그곳에서 지배인 겸 경비원 일을 맡아 보고 있었다. 뉴저지 토박이인 그는 스물네 살에 5피트 반밖에 안 되는 조그만 사내였지만 조무래기 건달패들과는 질적으로 달랐다. 그의 육체는 온통 근육으로 덮여 있어 찔러도 피 한 방울 나오지 않을 것 같은 강한 인상을 주었다. 그가 도끼라고 불리는 이유는 중화기를 다루는 그의 전문적인 노련함 때문이었다.

1년 전, 보란의 저격 임무가 철회되어 작전 지역으로부터 철수할 때의 일이었다. 적의 우수한 대부대가 추격해 왔다. 그때 그는 지원 사격할 헬리콥터가 도착할 때까지 거의 한 시간 동안이나 혼자서 기관총을 쏘아 대며 그 막강한 적의 추적을 막아 냈다.

그는 주의 깊게 죽음의 특공대에 대한 이야기를 경청하였다. 마피아라는 말이 나올 때마다 그는 입술에 침을 바르며 예민한 반응을 보였다. 마지막으로 보란이 2만 달러를 내놓으며 이야기를 마치자 그는 그 돈을 움켜쥐며 기꺼이 그 제안을 받아들였다.

「아닌게아니라 나도 이 생활이 지겨워 미칠 지경이었다고!」

폰테넬리는 자신의 무기를 챙겨 들고 즉시 죽음의 특공대에 입대했다. 그의 무기란 수냉식 기관단총인 캘리버 50이었는데 그것은 새로운 개틀링식 중화기 모델이었다. 그는 개인 병기고에 베트남 전투에서 사용되었던 각종 화기들을 거의 다 구비하고 있었다. 그 무기들을 어떻게 구하였으며 어떤 경로로 미국으로 수송해 왔는지는 폰테넬리 혼자만의 비밀이었다. 그는 그것에 대해서는 전혀 얘기하려 하지 않았다. 그러나 그는 그의 병기고를 죽음의 특공대에 기꺼이 헌납했다.

주앙(플라워 차일드) 안드로메다는 노스할리우드 힐스에서 프라 주니아토라는 이름의 배우로 명성을 떨치고 있었다. 불과 11개월 전에는 '탄 빈의 학살자'라고 불렸던 그였다. 중무기 사수인 안드로메다는 야전 박격포를 사용하여 한꺼번에 많은 사람들을 사살하는 전문가였다. 그는 또한 여러 가지 종류의 화기를 다루는 것에도 능하며 독자적으로 탄착을 관측하는 능력이나 다른 화기 제어 기술 역시 뛰어나다고 정평이 나 있었다. 뉴욕의 빈민가에서 태어나 비정상적인 환경에서 성장한 그 푸에르토리코인은 보란의 이야기를 듣고 조용히 승락의 뜻을 표했다.

「죽은 자만이 천국을 즐길 수 있어. 지옥은 산 자들의 것이거든. 선금을 준단 말이지? 좋아. 천국을 받아들이기로 하겠어.」

안드로메다는 믿을 수 없을 정도로 섬세한 용모의 젊은이였다. 나이는 스물셋. 그는 여성들에게는 모성애를 불러일으키게 하고 중년 남자들에게는 그를 〈내 아들아!〉라고 부르고 싶은 감정을 일어나게 할 만큼 준수했다. 그는 입으로는 폭력을 개탄했으며 평화의 표지가 붙은 옷을 밤낮으로 입고 다녔다. 사람을 살해한 적이 있느냐는 질문에는 언제나 그 질문마저도 불쾌해 했다.

「난 사람들을 죽이지 않았소. 그들을 자유롭게 해방시켜 주었을 뿐이지. 죽음이란 온갖 것들로부터 해방을 의미하니까……. 」

베트남에서 그는 수백 명의 영혼을 해방시켜 주었다.

헤르만(기계 장치 혹은 부속품) 슈바르츠는 베트남에서 돌아온 후에 로스앤젤레스의 이스트 사이드에 있는 공업전문학교에 입학했다. 무선 통신 분야에서 FCC(연방 통신 위원회) 면허를 취득하기 위해서였다. 슈바르츠는 실제 경험으로 교사들보다 더 많은 것을 알고 있는 희귀한 학생 중 하나였다. 그러나 '면허가 없으면 직업도 없다'는 규범이 통용되는 사회이기 때문에 어쩔 수 없이 교실에서의 형식적인 수업에 참가하는 모욕을 참아 내야 했다.

그는 언제나 현실에 대한 불만으로 가득 차 있었다. 그의 말을 빌리면 현실 세계란 천부적인 능력보다는 학문적인 이론에 더 감명을 받는 곳이었다. 입학한 지 다섯 달 만에 '비교(祕敎)적인 엉터리' 수업을 더 이상 견디지 못하고 뛰쳐나온 그 전자 공학의 천재는 보란의 특공대에 참가할 만반의 준비를 갖추고 있었다. 베트남에서 그는 정보 부대 요원이었으며 한때는 보란과 지트카의 저격 작전 정보를 수집하기 위해 베트콩 지휘 본부에 도청 장치를 설치한 적도 있었다. 그때 보란은 슈바르츠의 침착하고 정확하고 성실한 태도와 뛰어난 기술에 깊이 매혹당했다. 그래서 그는 슈바르츠를 특별히 죽음의 특공대 후보로 지목했던 것이다.

공식적인 기록에 의하면 슈바르츠는 베트콩의 거점 근처 풀밭에 6일 동안 잠복해 있기도 했었다고 한다. 물론 정보를 수집하기 위해서였다. 그때 그가 사용한 것은 유선 마이크와 소형 녹음기였다. 보란은 마피아와 전투에 있어서 슈바르츠가 놀랄 만한 위력을 발휘하리라 믿어 의심치 않았다.

짐(건 스모크) 해링턴은 로스앤젤레스 교외에 있는 한 공원에서 보란의 전투원으로 채용되었다. 보란의 기억으로는 개인 소유의 무기를 베트남 전투에 사용하도록 허락받은 몇 안 되는 사람 중 하나가 바로 해링턴이었다. 그는 베트남의 포연 속에서 두 자루의 6연발 권총을 재빨리 뽑아드는 옛 서부인의 모습을 재현했었다. 아니 모습만이 아니었다. 그의 콜트 권총에는 특별히 제작된 촉발 방아쇠가 장치되어 있어 그는 보통 사람들이 상상하는 것보다 훨씬 더 재빠르게 총을 뽑아 발사할 수도 있었다. 그 옛날에 태어났다면 황야를 주름잡고도 남을 만한 솜씨였다. 저격 작전 수행에 있어서 그는 보란과 둘도 없는 단짝이었다. 적지 깊숙이 스며 들어가는 침투 공격 작전에서는 으레 일어나게 마련인 갑작스러운 적과의 대면에서 그는 자신의 진가를 유감없이 발휘했다. 그뿐만이 아니었다. 그는 라이플과 각종 자동 화기, 그리고 가벼운 반자동 카빈 소총을 다루는 데 있어서도 대단한 솜씨를 과시했다. 그의 특기는 속사와 달리면서 사격하는 것이었다.

지난 14개월 동안 그는 1주일에 6일, 하루에 열여섯 차례씩이나 사격 시범을 보이며 살아왔다고 털어놓았다. 공원의 오락실 무대에서였다. 보란이 그곳에 도착하기 전부터 보란의 피츠필드에서의 활약을 열심히 지켜보아 왔던 그는 보란에게 죽음의 특공대에 관한 이야기를 꺼낼 기회조차 주지 않았다. 표백한 머리와 어두운 색안경으로 변장했음에도 불구하고 그는 한눈에 보란을 알아보았으며 이렇게 외쳤던 것이었다.

「이렇게 반가울 데가 있나! 자네가 오기를 은근히 기다리기는 했지만 진짜로 내 눈앞에 나타나리라고는 상상도 못 했는데. 내 총솜씨가 필요한 모양이군, 그렇지? 오랜만에 살맛 나는군. 당장 가자고. 시시한 장난만으로 가득 찬 이곳은 당장 떠나는 게 좋겠어. 14개월 동안이나 빈 종이에다 총을 쏴대고 있었으니, 원! 난 참 복도 많은 놈이야, 복도 많은 놈이라고!」

마크(데드 아이스) 워싱턴은 보란이 아는 한 가장 순수한 혈통의 흑인이었다. 그보다 더 시커먼 피부를 가진 흑인은 매우 드물 정도였다. 그리고 아마 그보다 더 위험한 흑인 역시 드물 것이다. 그의 장기는 20배의 조준 망원경이 부착된 라이플 사격이었다. 그는 장거리용 고성능 화약으로 만든 탄환을 사용하였다. 보란은 단 한 번 워싱턴의 솜씨를 목격했을 뿐이었다. 500야드 밖에서 빠르게 움직이는 3개의 표적이 목표였다. 백발백중이었다. 그것만으로도 데드 아이스 워싱턴은 자신의 사격술을 유감없이 증명했다. 또 그것으로 그는 보란의 주목을 받게 되었다.

그는 미시시피 만 해변가의 엉성한 방 세 개짜리 판잣집에서 태어났다. 열여덟 번째 생일이 돌아왔을 때 그는 군에 지원 입대했다. 음울하고 작은 흑인 고등 학교에서의 졸업식을 몇 주일 앞둔 때였다. 그는 결코 다시는 그곳으로 돌아가지 않았을 뿐만 아니라 졸업장마저도 찾아오지 않았다. 의무적인 군복무 기간을 두 차례나 연장 신청하여 33개월 동안이나 전투에 참가한 후 그는 집으로 돌아왔다. 고향에 돌아온 그는 흑인 민권 운동에 대해

살펴보고 있는 중이었다. 그러던 중에 보란이 그를 찾아온 것이었다. 그가 귀향한 지 5주일도 채 지나지 않아서였다.

보란은 워츠라는 호텔로 그를 불러냈다. 그에게도 역시 긴 얘기는 필요하지 않았다. 마크 워싱턴은 흑인 민권 운동에 깊이 관여하고 있었다. 그에게 있어서 블랙 파워란 곧 남성다움이었다. 그리고 그 남성다움의 가장 차원 높은 표현 형태는 기다란 라이플과 20배 조준 망원경에서 발견되는 것이었다.

로자리오 블랭카날레스는 베트남에서의 근무를 특수 공격대의 일원으로 시작했다. 그는 베트남 사람들을 잘 이해했다. 그것은 그가 그들을 알고 싶어했기 때문에 가능했다. 그는 그들의 언어와 풍습을 익혔다. 그러는 과정에서 그는 자신이 남보다 뛰어난 수완가라는 사실을 발견할 수 있었다. 마침내 그는 베트남 전역에서 '정치가'라는 별명으로 불리게 되었다. 보란은 몇 차례의 침투 작전에서 그가 길 안내 역할을 훌륭하게 수행했던 것을 기억하고 있었다. 또한 그는 유능한 의사이기도 했고, 대단한 기계 수리공이기도 했다. 게다가 총격전에서 최소한 자기의 몫은 수행해 낼 수 있었다.

보란은 블랭카날레스를 누구보다도 탐냈다. 어떤 환경에나 잘 파고들어 훌륭하게 적응해 나가는 그의 카멜레온적인 능력을 잘 알고 있었기 때문이었다. 그는 서른 살인 이 사람의 조직과 관리에 대한 천부적인 재질을 존경했다. 언젠가는 블랭카날레스가 미국의 정계에서 두각을 나타내게 될 것이라고도 생각했다.

수소문 끝에 보란은 그가 병원 잡역부로 일하고 있다는 사실을 알게 되었다.

「적절할 때 날 찾아냈군. 기다리고 있었어!」

블랭카날레스가 말했다. 그도 보란의 활약을 이미 알고 있다
는 투였다. 수완가인 그로서도 병원 잡역부란 적응해 내기 힘든
상황이었던 것이다. 그는 보란의 제안을 기다렸다는 듯이 재빨
리 받아들였다. 보란의 지갑 속에 있던 고액권 몇 장이 그에게
건네졌다.

이제 남은 일은 기지를 마련하는 일이었다. 보란은 샌타모니
카의 북쪽에 위치한 넓고 한산한 해변 별장을 임대했다. 그러고
는 약간의 식료품과 생활 필수품을 비축했다.

마침내 9월 24일 오후, 죽음의 특공대는 닻을 올리고 마피아와
의 전쟁이라는 험난한 바다를 향해 출항했다. 해변가의 기초 기
지에는 모든 대원들이 모여 각자의 특수한 임무에 착수함으로써
새로운 전쟁의 문이 열린 것이다.

슈바르츠는 벌써 안전 장치를 만들 준비에 여념이 없었다. 하
파워는 지형 조사를 맡겠다고 나서서 참호와 기타 시설물의 위
치 선정에 주력했다. 지트카와 루데크는 전진 기지 건설에 합당
한 지점을 물색하기 위해 지역 전체의 완벽한 파악을 서둘렀다.
폰테넬리와 워싱턴은 벼랑의 그늘에다 사격 연습에 필요한 기구
들을 설치하기 위해서 해변을 손질했다. 보란과 블랭카날레스는
산 베르나디오로 나갔다. 화기와 탄약을 확보하기 위해서였다.

3
또 하나의 지옥

9월 27일 새벽, 고급 주택가인 벨에어 지역의 전화선이 절단되었다. 그것은 정확하게 오전 6시 10분의 일이었다고 인근 주민들은 주장했다. 그는 잉글우드 공항의 티켓팅 담당 직원과 통화중이었는데 갑자기 전화가 불통되었다고 말했다.

한 노인도 그 시각이 오전 6시 10분이었다고 자신 있게 말했다. 지오르다노 저택의 정원사인 그 노인은 바로 그 시각에 초대하지도 않은 사내가 집 뒷문을 통해 들어왔다고 했다. 그 노인의 말에 따르면 그 불청객은 청동빛 피부를 가진 단단한 몸집의 사내였는데 마치 '고양이'처럼 소리 없이 다가와 그 정원사를 나일론 밧줄로 꽁꽁 묶고, 입은 반창고로 막아 버렸다는 것이다. 그러고는 번쩍 들어올려 침대 위에 사뿐히 내려놓았다고 한다.

침입자는 색 바랜 청바지와 두꺼운 면으로 만든 작업복을 입고 인디언의 사슴 가죽 구두를 신고 있었다. 그는 이마에 띠를

두르고 있었고 탄환 주머니가 붙어 있는 군용 혁대를 차고 있었
다. 봉투처럼 생긴 주머니에는 캘리버 45구경 자동 소총이 들어
있었다. 또 한쪽 엉덩이에는 긴 대검이 매달려 있었다. 그 사내
가 나가고 얼마 지나지 않아 노인은 침실 창문을 통해 그 사내의
다음 행동을 지켜볼 수 있었다. 몸에 꼭 끼이는 옷을 입은 그 사
내는 본관 건물을 둘러싸고 있는 담장에 대롱대롱 매달려 있었
다. 다음 순간 그는 담장을 넘어 본관 안으로 모습을 감추었고
제2의 사내가 그 뒤를 따랐는데 그의 어깨에는 대단히 무거워
보이는 짐꾸러미가 얹혀 있었다.

거의 같은 시각에 지오르다노 저택의 북쪽에 사는 자가용 운
전수는 차고 옆 아파트에서 창 밖을 내다보고 있었다. 그는 육군
작업복을 입은 한 사내가——「분명히 6연발 권총을 차고 있었어
요. 맹세해도 좋아요.」——지오르다노의 저택을 향해 달려가는
것을 목격했다. 경찰에 전화를 하려고 했으나 그의 전화는 불행
하게도 불통이었다.

역시 같은 날 오전 6시 10분쯤에 일찍 일어나는 버릇이 있는
한 가정부가 지오르다노 저택 앞 오솔길을 따라 그녀의 귀염둥
이 강아지와 함께 산책을 즐기고 있었다. 그때 느닷없이 군용 지
프가 그녀 앞에 나타났다. 그녀는 놀라서 재빨리 옆으로 비켜섰
다.

「차 안에는 군인 두 명이 타고 있었어요. 그들은 두 명 다 커
다란 총을 메고 있었어요.」

그 지프는 지오르다노 저택으로 가는 차도에서 멈추더니 곧
되돌아서 옆길을 가로질러 갔다. 그때 그 커다란 기관총은 지오
르다노 저택 정면을 겨누고 있었다. 그 여자는 너무나 놀라 기절

할 뻔했다. 그 남자들 중 하나가 그녀에게 버럭 소리를 질렀기 때문이었다.

「이봐, 아가씨! 다른 길을 택해 가시지. 그놈의 개새끼랑 빨리 빨리 말이야!」

오전 6시 13분에 한 침착한 이웃 사람은 땅을 울리는 폭발과 일제 사격되는 총소리에 경악하고 말았다. 그는 집안일을 하기 위해 지오르다노에게 고용된 사람들 몇 명이 저택 앞으로 끌려 나오는 것을 보았다. 총소리가 들린 직후였다.

물론 육군 작업복을 입은 사나이들에 의해서였다. 그 고용원들 중 몇몇은 아직도 잠옷 속에서 부들부들 떨고 있었다. 그들은 길가로 끌려나와 공포에 떨며 한쪽에 웅크리고 앉아 있었다. 그들을 몰고 온 사내는 서둘러 지프에 오르더니 운전사에게 뭔가를 지시하는 것 같았다. 지프는 곧 그 저택을 향해 달렸다. 지프가 속력을 높이면서 연막탄을 터트려 검은 연기가 쏟아져 나왔다. 지오르다노 저택은 서서히 연막 속에 휩싸였고 지프의 모습 역시 보이지 않게 되었다. 그러나 검은 연기는 여전히 뭉게뭉게 쏟아져 나오고 있었다.

그 부근 전체가 완전히 어두운 연막에 의해 가려졌다. 목격자들은 단지 그 저택 안으로부터 이따금씩 터져 나오는 총소리와 자동 소총의 요란스러운 사격소리를 들을 수 있을 뿐이었다.

정확하게 오전 6시 16분에는 정적이 모든 것을 포용했다. 그 시각은 여러 목격자들에 의해 확인되었다. 정원사 노인은 색 바랜 청바지를 입은 사내가 다시 나타나는 것을 분명히 보았다. 그 사내는 정원사의 결박을 풀어 주고 겁에 질린 그의 머리를 툭툭 치더니 조용히 문을 빠져 나갔다.

첫번째 순찰차는 6시 22분이 되어서야 나타났다. 소방차도 그 때서야 도착했다. 연막이 서서히 걷히고 있었다. 목격자들은 순찰차로 벌떼같이 몰려들었다. 그들은 숨가쁘게 자기들의 목격담을 경찰관들에게 보고했다. 순찰 경찰관은 무선 연락을 취해 지원을 요청했고 소방대원들에게는 그 건물안으로 들어가는 것을 금지시켰다. 두 대의 지원 순찰차가 몇 분 후에 도착했다. 경찰관들은 그제야 조심스럽게 그 건물 안으로 들어서기 시작했다. 총탄으로 벌집이 된 파자마 차림의 시체가 아래층 복도에서 발견되었다. 뒤틀린 몸뚱이 밑에서 발사된 흔적이 없는 권총이 발견되었다. 그 저택의 식당은 분명이 기관총인 것으로 추측되는 것에 의해 만신창이가 되어 있었고 기구는 모두 산산조각나 있었다. 도자기들과 다른 장식품들도 무질서하게 나뒹굴었다.

또 하나의 시체가 2층 응접실에서 발견되었다. 완전히 옷을 갖춰 입고 권총 케이스까지 걸친 남자였다. 그의 두개골은 피에 절은 종잇조각 같았다. 수많은 탄환들로 산산조각이 난 그 저택은 더 이상은 부서질 게 없을 정도였다. 침실과 응접실 사이에 있는 벽은 폭발로 완전히 허물어져 앙상한 잔해만 드러나 있었다. 바닥에 흩어진 작은 돌조각들은 조금 전의 파괴가 몰고 온 그 엄청난 결과를 침묵으로 증언하고 있었다.

오전 6시 30분에 경찰관들은 그 저택의 소유자인 에밀리오 지오르다노를 찾아냈다. 정원사인 맥 마츠무라가 멍청히 서서 주인을 지키고 있었다. 그는 주인으로부터 얼마간의 거리를 두고 서 있었다.

지오르다노는 분명히 살아 있었고 상처도 입지 않은 듯했다. 그렇지만 순찰 경찰관 해럴드 칼브가 그 상황을 묘사한 것을 인용하자면 '하나의 지옥'이 거기에 응고되어 있었다. 그 억만 장자는 옷을 하나도 입지 않은 상태로 허리와 발목이 나무 말뚝에 묶인 채 화단 구석에 있는 비료 더미 위에 쓰러져 있었다. 그의 몸은 얽히고 설킨 전선으로 휘감겨 있었는데 그 전선 끝에는 두 개의 수류탄이 연결되어 있었다.

그 중 하나는 두 손 사이에, 나머지 하나는 두 무릎 사이에 끼워져 있었다. 수류탄의 안전핀은 언제라도 뽑혀져 나갈 듯이 팽팽하게 전선줄에 묶여 있었고, 그의 등에는 커다란 검은 손이 그려져 있었다.

칼브는 폭탄 제거 작업을 도와 줄 전문가를 요청하기 위해 순찰 경찰관에게 무선 연락을 취할 것을 지시했다. 그는 아주 조심스럽게 지오르다노에게 가까이 다가갔다. 피해자를 안심시키기 위한 제스처까지 써야 했다. 지오르다노는 지극히 조심스럽게 호흡하고 있었다. 그는 말을 함으로써 일어날 수 있는 근육의 이완으로 인한 폭발 위험까지도 알고 있는 듯했다. 참으로 기묘하고 긴장된 20분이 지났다. 그제야 폭탄 제거반이 도착했다.

폭탄 제거반의 고통스럽고도 신경질적이며 주의를 요하는 작업이 몇 분 동안 진행되었다. 그들의 이마는 땀으로 범벅이 되었다. 작업 결과 그 두 개의 수류탄은 연습용 모조품임이 밝혀졌다. 이 사실을 전해듣는 순간 지오르다노는 무섭게 격분하다 제풀에 곧 기절해 버리고 말았다. 경찰관들이 50세의 그 억만 장자에게 몇 가지 질문을 할 수 있게 된 것은 8시가 훨씬 지난 후였다. 그 역시 이 사건의 배경과 범인들에 대해서는 전혀 모르고 있었다.

지오르다노는 금발의 키가 큰 사내에 의해서 잠에서 깨어났었다. 그 사내는 특공대원들이나 입을 법한 복장을 하고 있었다.
그는 군용 45구경 자동 소총의 총구로 지오르다노의 콧등을 눌
렀다. 그러고는 지오르다노에게 침대에서 일어나라고 명령했다.
그는 평소의 습관대로 벌거벗고 잠자리에 들었으므로 옷을 챙겨
입기 위해 손을 뻗쳤다. 그러나 그들은 그 사내가 옷을 한 가지
도 걸치지 못하게 하고 복도로 내팽개쳤다.

   또 한 명의 사내가 그들을 뒤따라 서둘러 방에서 뛰쳐나왔다.
곧 이어 일제 사격소리가 귓전을 때렸다. 그 키가 큰 사내는 지
오르다노를 끌고 계단을 내려갔다. 그동안에도 몇몇 다른 사내
들은 집안 곳곳에서 마구 총질을 해대고 있었다. 지오르다노는
뒤뜰로 끌려나왔다. 그때 또 한 명의 사내가 그들 사이에 끼여
들었다.

   「……그놈은 인디언인 것 같았습니다. 그놈들은 나를 비료 더
미 위에다 내팽개쳤습니다.」

   지오르다노는 분통을 터뜨렸다.

   「그리고 이렇게 말했습니다. 내가 꼼짝도 하지 않고 엎드려 있
는 한 얼마든지 목숨을 부지할 수 있을 거라고요. 도대체 그놈의
수류탄이 진짜가 아니라는 걸 내가 어떻게 알 수 있었겠습니
까?」

   지오르다노는 죽은 두 사내가 자신의 개인 경호원임을 확인했
다. 그러고는 그 침입자들이 누군지 짐작조차 할 수 없어 분통이
터질 지경이라고 하소연했다. 수사를 맡은 담당 경사는 지오르
다노의 등에 그려져 있는 검은 손의 중요성을 인정하지 않을 수
없었다. 그는 지오르다노에게 검은 손에 대해 물었다. 그러나 지
오르다노는 자신을 그런 식으로 모욕한 자들이 왜 그따위 우스

운 짓으로 일을 끝냈는지 알 수 없노라고 대답했을 뿐이었다. 그러고는 그 자들이 이런 조잡한 일을 벌일 수밖에 없었던 단 하나의 그럴듯한 동기는 강도질을 하기 위해서였을 거라고 주장했다. 그러나 그는 도둑 맞은 현금이나 물품이 있는지 조사해 보겠다는 경찰의 제의를 거절해 버렸다.

경찰관들은 그 지역 일대에 걸친 일반적인 탐문 수사에서 몇 가지 단서를 찾아내긴 했다. 즉 사건 발생 장소로부터 불과 두 블럭 떨어진 곳에 있던 어느 경비원이 두 남자와 중화기를 실은 군용 차량이 지나가는 것을 목격했다고 진술한 것이었다. 사고가 발생한 뒤 몇 분 지나서였다고 말했다. 그러나 간선 도로의 교차로에 있는 주유소에 일하는 두 종업원은 그런 차가 지나가는 것을 전혀 본 적이 없다고 했다. 그 주유소는 경비원이 군용 차량을 보았다는 지점 바로 앞에 위치하고 있었음에도 불구하고. 그들도 역시 폭발소리는 들었을 것이고, 그래서 어떤 사건이 전개되고 있다는 사실을 눈치 채지 못했을 리 없었을 텐데도 그들의 대답은 하나 같았다. 또 그들은 전화가 불통이었기 때문에 신고할 수도 없었다고 말했다.

수사관들은 아침 나절 내내 벨에어 지역에서의 탐문 수사를 계속했다. 10시 정각에 긴급을 요하는 전문이 피츠필드로부터 로스앤젤레스로 타전되었다. 11시 30분에는 로스앤젤레스 치안국에서 긴급 경찰 간부 회의가 열렸다. 그 회의에서 공표된 내용은 다음과 같았다.

「문제의 남자는 맥 보란으로 추정된다. 그는 일명 〈사형 집행인〉이라고도 불리는 자로서 이곳으로 잠입해 들어온 것 같다. 확실한 것은 그는 혼자가 아니란 점이다. 그는 자신과 뜻을 같이하

는 것으로 추정되는 몇 명과 함께 행동하고 있다. 만일 우리가
맡은 바 임무를 신속하고 효과적으로 수행하지 못한다면 이 도
시의 치안은 참혹할 지경으로 마비되고 무력화될 우려가 크다.
전 경찰은 동원할 수 있는 최대의 병력과 모든 능력을 경주하여
그를 체포해야만 한다.」

그즈음에 경찰들이 혈안이 되어 찾고 있는 그 일단의 사내들
은 그들 나름대로의 회의를 개최하고 있었다. 샌타모니카에서
북쪽으로 몇 마일 떨어진 조용한 해변에 연한 별장에서였다. 〈냉
혹한 열 명의 사나이들〉은 정원에 모여 있었다. 분위기는 자유로
운 어떤 가정처럼 평화로운 기운마저 감돌았다. 지폐 뭉치가 탁
자 위에 수북이 쌓여 있었다. 투명한 크리스털 술잔 속에서 얼음
이 맞부딪치는 맑은 소리도 들렸다. 맥 보란은 담배에 불을 붙여
물었다. 그는 의자를 조금 뒤로 물러앉아서 조용히 입을 열었다.

「약간의 말썽이 있었지만 점점 나아지겠지. 우리는 장족의 발
전을 해야 한다. 이번과 같이 간단한 일일 경우에는 정확히 시간
을 맞추는 일이 그다지 중요하지 않을지도 모른다. 그러나……」

그는 날카로운 시선으로 블랭카날레스를 쏘아보았다.

「정치가 선생, 자넨 그 연막을 뿌리는 데 있어 40초나 빨랐다.
연막이 우리들을 뒤덮었을 때 블러드 브라더는 그때까지도 수류
탄에 전선을 연결하고 있었어. 그게 진짜 수류탄이었다면……」

「난 걱정이 되었던 걸세.」

하고 블랭카날레스는 말을 꺼냈다.

「목격자들이 워낙 많았기 때문이었네. 어떤 녀석이든지 어리
석은 일을 저지를까 봐 두려웠어.」

보란은 고개를 끄덕였다.

그것으로 블랭카날레스의 변명에 대한 자신의 의사를 전하고
는 폰테넬리에게로 시선을 돌렸다.

「지프를 멋지게 몰아 줬어. 차퍼, 훌륭하게 해냈어. 내 추측으
로는 경찰관 나리들이 아직도 그 지프를 찾느라고 이 잡듯이 뒤
지고 있겠지?」

폰테넬리는 미소를 지었다. 보란으로부터 칭찬을 듣자 그는
기쁨을 감추지 못했다.

「녀석들은 단단히 혼이 났을 거야!」

보란은 하파워를 향해 돌아서며 생각에 잠겨 말했다.

「붐, 넌 화약을 얼마나 썼지?」

「금고를 털기에 충분할 만큼 쓰라고 했잖아? 난 금고를 털어
왔어.」

보란은 빙그레 미소를 지어 보였다.

「좋아. 너도 잘 해냈어. 하지만 나는 더 적은 화약으로도 해낼
수 있으리라고 생각했어. 그 폭발소리는 시청에서도 똑똑히 들
을 수 있을 정도였단 말이야.」

「그래. 조금은 과용한 셈이야. 처음에는 금고를 못 빼냈어. 그
래서 조금 더 화약을 넣었지. 그렇게 된 거야.」

하파워는 웃으며 말했다.

보란은 지폐 뭉치 위로 담배 연기를 훅 뿜어냈다. 그는 지폐
한 묶음을 집어 들더니 그것을 하파워에게 던졌다.

「그게 깨뜨린 금고 안에서 나온 거다. 녹색 색종이 묶음을 상
상해 보라고. 잘못 깨뜨린 금고 속에서 꺼낸 돈은 그 모양 그 꼴
이 되고 말아. 명심해 둬.」

하파워는 싱긋 웃으며 지폐 뭉치를 탁자 위에 던져 놓았다.

「유념해 두겠네.」

지트카는 크게 재채기를 하고는 헛기침을 몇 차례 해서 목을 가다듬었다.

「그건 그렇고 내가 어느 정도 늦게 그 집에서 나왔는지 말해 줘.」

「1분이 거의 다 지난 뒤에야 나왔지, 아마. 아래층에 있던 그 늙은 놈은 집중 사격이 만들어 낸 포연 속에 갇혀 버렸어. 그 포연이 그놈을 식품 창고로 몰아붙이지 않았더라면……. 무엇이 널 그렇게 지체시켰나?」

보란이 차분한 목소리로 물었다.

「2층의 하녀가 화장실에 처박혀 있었어. 최대한으로 서둘러 끌고 내려온 게 그 모양이었어.」

지트카는 진지한 얼굴로 보고했다.

특공대원들은 서로 마주보고 키들거렸다.

「대단히 죄송합니다만, 화장지 좀 갖다 주시겠어요?」

누군가가 익살을 떨었다. 지트카의 얼굴이 뻘겋게 달아올랐다.

좌중의 웃음이 걷히기를 기다려 보란이 입을 열었다.

「이렇게 해서 우리는 한 가지 사실을 배웠어. 앞으로 계획을 세울 때는 그때마다 인간적인 요소들을 고려할 필요가 있다는 것, 그것을 마음에 새겨 두기로 하자고.」

「단 한 사람이 모든 것을 궁리해 낼 수는 없는 거야.」

지트카가 투덜거렸다.

「그러니까 모든 대원들 각자가 앞장서겠다는 마음가짐이 필요한 거야.」

이렇게 말하며 보란은 슈바르츠에게 시선을 고정시켰다.

「무슨 곤란한 문제라도 있나, 갯지트?」

하고 그는 조용히 물었다.

슈바르츠는 무표정하게 고개를 저었다.

「나는 시간을 맞추는 문제가 힘들었다. 그 PT와 T지점의 하수도 위로 내가 올라선 것은 정확히 6시 5분이었으니까.」

그는 하파워에게 슬쩍 윙크를 보냈다.

「전화선 절단은 절묘했어! 언제 다시 한 번 데려가 주게, 봄. 그런 기발한 재주를 나도 좀 배워 둬야겠어. 계획대로 나는 6시 10분에 하수도에서 플라워하고 헤어져 그 집을 가로질러 갔었지. 도착한 것은 6시 12분. 일제 사격을 피해 가면서 내 연장들을 가지고 작업을 시작했어. 6시 15분에 깨끗이 끝냈지. 플라워 차일드와 6시 19분에 다시 합류해서 여기 도착한 거야.」

「전화선에선 아무런 문제도 없었어.」

안드로메다가 말문을 열었다.

「6시 10분에 정확히 끊어 버렸으니까. 시간표대로 된 거지. 간단했어. 그렇지만 떨리던 걸 생각하면……」

마크 워싱턴은 나즈막히 소리내어 웃었다.

「자네가 그 하수도 구멍에서 나와 일을 벌이는 걸 난 다봤다고.」

그는 안드로메다에게 말했다.

「그래?」

「정말이야. 바로 내 코앞에서 일을 하던걸. 폭발소리 때문에 깜짝 놀란 새 한 마리가 똥을 찍 갈겼어. 그 작은 폭약을 다룰 때 말야. 자네가 나처럼 시커먼 피부였다면 아마 새하얗게 됐을 거야.」

「그렇게 내가 또렷이 보였나?」

안드로메다는 믿어지지 않는다는 듯 반문했다.

「물론이지! 자네의 얼굴 쪽에다 20배짜리 망원 렌즈를 고정시켜 두면 자네의 그 눈 밑에 있는 실핏줄까지도 다 보인다니까!」

「그 집을 향한 위치는 어땠나?」

보란이 물었다.

「잘 보였어. 북쪽과 뒤쪽은 잘 보였는데 앞쪽은 나무가 너무 많아서 좀 애를 먹었지. 그래도 전체적인 조망에는 문제가 없었어. 뒤쪽에서 누군가가 포위망을 뚫으려는 걸 본 것 같아. 순전히 추측에 불과하지만.」

워싱턴이 웃으면서 덧붙였다.

「동쪽 언덕 아래에선 말이야, 어떤 여자가 홀딱벗은 채 수영을 하고 있었다고!」

「그래?」

해링턴이 입맛을 다시며 물었다.

워싱턴은 아직도 웃고 있었다.

「그랬다니까. 젊은 여자가 뒤뜰에 있는 조그맣고 둥근 풀장에서 말이야.」

「20배짜리로 들여다본 젖가슴은 어땠어? 크고 뚱뚱해 보였나?」

「크고 뚱뚱? 그 여자는 뚱뚱하지 않았어. 날씬하고 삼삼했지.」

「나도 널 봤어, 데드 아이스.」

킬킬거리고 있던 루데크가 목소리를 가다듬더니 차분하게 말했다. 워싱턴은 올빼미같이 무표정한 눈으로 인디언을 주시했다.

「자네 망원 렌즈에서 반사되는 빛을 내가 몇 번 발견했거든.」

루데크는 계속 얘기를 했다.

「기억해 두는 게 좋을 거야. 떠오르는 해나, 지는 해의 방향으로 렌즈를 향했을 때는 렌즈의 반사광을 없애기 위한 무슨 조치를 취해야 한단 말이야.」

「다음에는 폴라로이드를 써야겠구먼! 고맙네.」

워싱턴은 겸손하게 중얼거렸다.

그때 보란이 조금 당황한 목소리로 물었다.

「우리가 달아나는 걸 볼 수 있었나, 데드 아이스? 내 말 뜻은 무슨 추적자 같은 건 없었느냔 말이야.」

「물론 봤지. 그러나 지프는 못 봤어. 내가 아까 얘기한 대로 그쪽으로 나무가 너무 많았어. 그저 가끔 무언가가 슬쩍슬쩍 나타나는 걸 봤을 뿐이야. 자네도 알잖아? 20배짜리 망원경이 잡을 수 있는 시야의 한계 말이야. 경찰관들이 오는 건 봤어. 그 녀석들의 관심을 내가 다른 쪽으로 돌려 버릴 수도 있었어. 그놈들이 거기 도착하기도 전에 말이야. 그런데 그럴 필요가 없었어. 그자들보다 자네들이 3분 정도 앞서고 있었으니까. 그 집 뒤에서 어떤 다른 추적자들이 자네들을 방해하려고 했다면…… 뭐, 망원 렌즈의 시야는 겨우 400미터밖에 안 되니까. 그런 정도까지는 멋지게 다 살펴볼 수 있었어. 그놈의 엉덩이가 펑퍼짐한 경찰 녀석들 눈앞을 밭 갈듯이 총탄으로 다 쟁기질 해줄 수도 있었을 거야. 자네들을 쫓아올 수 없게 말이야. 그러나 그 녀석들은 숨도 크게 안 쉬었다고.」

보란은 희미하게 웃었다.

「그놈들에게는 좋은 경험이 됐을 거야.」

「물론이지.」

워싱턴은 자기 코끝을 잡아당기며 말을 이었다.

「보란, 얘기하고 싶은 게 있어.」

「뭔가?」

「그만하면 공격은 정말 훌륭했어. 기가 막힐 지경이었어. 시쳇말로 끝내 주더군! 내가 보기엔 시간 맞추는 데에도 잘못된 점은 없었어. 자네가 지시했던 대로 움직였으니까. 경찰관들까지도 자네가 예상했던 대로였어.」

「그거야 당연하지. 특별히 경찰관과 관계되는 일이라면 어떤 대가를 치르더라도 충돌은 피해야 하니까.」

보란은 냉랭하게 말했다.

「어떤 대가를 치르더라도?」

폰테넬리가 신음하듯 물었다.

「물론!」

「난 그놈의 경찰 녀석들과 사랑놀이를 하기는 싫은데? 어떤 대가를 치르더라도 밀고 나갈 일이란 사랑뿐인 것 같아서 말이야.」

폰테넬리가 투덜거렸다.

「차퍼, 넌 스스로 무덤을 파고 싶은 거야?」

보란이 조용히 물었다.

「그런 건 아니지만……. 만일 내가 그런 경우에 처하게 되면 그때는…….」

폰테넬리는 재빨리 주위의 얼굴들을 둘러보고 말을 이었다.

「그때는 내가 그놈들을 해치지 않고 빠져 나갈 수 있을지 모르겠는데?」

「아무튼 그들을 피해서 달아나야 해, 도끼!」

보란은 다리를 떡 벌리고 서서 팔짱을 낀 채 딱딱한 목소리로 말을 이었다.

「모두들 이걸 알아 두기 바란다. 우리들이 경찰에게 총질을 하면 우리들의 불쌍한 엉덩이는 끝장나는 거야. 잘 들어. 끝장이라고! 오늘의 작전에 관해서 아까 데드 아이스가 얘기한 그런 우발적이고도 충동적인 계획 따위를 나는 좋아하지 않아. 경찰관에게 총알을 명중시키는 것과 하등의 차이가 없어. 경찰관들의 관점에서는 더욱 그렇지. 이 사실을 명백히 알아 두도록 해. 우리가 하수도를 청소해 내는 동안만은 사람들은 우리를 응원할 거야. 공식적으로는 욕을 하고 외면하겠지만 분명히 마음속 깊이 성원을 보내 줄 것이다. 그러나 우리가 만약 한 사람의 경찰관이라도 죽인다면, 또 평범한 놈팽이나 다른 죄 없는 구경꾼들을 살상한다면, 그것으로 우리는 끝장이야. 경찰관들이 우리들을 특별히 생각하는 것도 그렇고 신문쟁이들도 우리 기사를 낭만적으로 쓰지도 않을 것이다. 그렇게 되면 우리는 다른 하수도의 허섭쓰레기들과 하등 다를 바 없는 무리로 전락하고 말겠지? 그리고 그때부터 20세기의 로빈 훗이라는 우리의 자부심은 지옥의 밑바닥을 헤매게 될 거야. 모두 명심해!」

「물론 그래야지.」

폰테넬리가 동의했다.

보란은 팔짱을 풀고 그의 전우들을 찬찬히 들여다보았다.

「내가 자네들에게 비난을 퍼부었다고 생각하면 곤란하다고.

지금까지 내가 한 얘기는 우리의 처지를 분명히 밝힌 것에 불과
해; 우리 특공대를 들쥐 떼로 전락시키려는 자는 누구를 막론하
고 내가 사살하겠다. 이런 원칙이 싫다면, 특공대를 떠나는 게
좋겠지? 선택할 시간은 아직도 충분해.」

　물을 끼얹은 듯한 정적이 10명의 사나이들을 감싸기 시작하면
서 긴장된 분위기가 서서히 퍼져 나갔다. 보란은 그들 하나하나
의 마음속에 자신의 강렬한 의지가 충분히 먹혀들었다고 생각되
자 비로소 미소를 띠었다. 그는 헛기침을 몇 번 하여 주의를 집
중시키고 다시 말을 이었다.

　「좋아. 모두 우리의 입장에 공감하고 있다는 사실을 알았어.
이제 우리들의 사업에 대해 얘기하기로 하겠다. 오늘의 가벼운
탐색전은 모든 면에서 성공적이었어. 마피아의 서부 지역 간부
들과 연결되어 있는 분파 중에는 지오르다노가 가장 막강한 편
이었다. 어제의 일로써 마피아는 우리들이 이 도시에 와 있다는
사실을 알게 되었다. 우리는 지오르다노의 졸개 두 명을 살해했
고, 집을 파괴했으며, 그놈으로부터 돈을 강탈했어. 그리고 그놈
에게 치욕을 안겨 줬어. 우리가 그 정도로 그쳤기 때문에 그 녀
석이 지금 겨우 목숨을 부지할 수 있게 되었다는 사실을 우리는
마피아들에게 똑똑히 보여 준 셈이야.」

　폭소가 터져 나왔다.

　「마피아의 두목으로서는 쉽게 잊지 못할 만큼 쓰디쓴 맛을 보
았을 것이다. 앞으로 며칠 동안은 조용히 엎드려 있겠지. 그들은
경찰이 이것저것 냄새를 맡으며 헤매고 다니는 동안에는 움직이
지 않을 거야. 경찰이 떠나고 나면 그때서야 지오르다노는 양철
깡통을 두드리는 것처럼 분노를 터뜨리기 시작하겠지? 그는 주

변을 모조리 들쑤셔 가며 수색을 시작할 게고, 자기 분에 못 이겨 발을 동동 구르다가 끝내는 마피아 본부에 우리들의 목줄을 따달라고 강력히 요구할 것이다. 그것이 바로 우리가 바라고 있는 바야.」

보란은 지트카를 다정한 눈길로 쳐다보았다.

「반 둑에서의 작전을 기억하고 있나, 지트카?」

지트카는 웃음을 터뜨리며 기억하고 있다고 보란에게 대답했다. 지트카는 둥그렇게 모여 있는 얼굴들을 훑어보았다.

「닌드는 오랫동안 베트콩의 점령하에 있던 요새에 대한 습격 작전을 지휘하고 있었지. 그러나 그는 적을 만날 수가 없었어. 도대체 코빼기도 보이지 않는 거야. 베트콩들이 분명히 그 근처 어딘가에 있다는 것도 아는데, 매번 감쪽같이 사라져 버리거든. 닌드가 10일 동안이나 기세를 올려 가며 감행한 습격의 성과란 고작 마을 원주민들을 공포에 몰아넣은 것뿐이었지. 그래서 우리들을 파견하기로 결정한 거였어.」

그는 얼굴을 들어 보란을 잠시 쳐다보았다. 이내 그는 낄낄거리며 하던 말을 계속했다.

「맥과 나였어. 우리는 둘뿐이었지만 단짝에다가 전문가였거든. 우리는 사흘 동안 계속 걷기만 했어. 어디로 가야 하는지도 잘 알고 있었어. 게다가 베트콩 식으로 게임을 한 거야. 공격하고 사라지고, 또 공격하고 사라지고. 그때쯤에는 벌써 반 둑을 통과한 후였어. 베트콩들은 피에 굶주린 두 살인귀들 때문에 비명을 질러댔지. 우리가 이미 그놈들의 장군 하나를 처형해 버렸거든. 반 다스 정도의 야전군 장교들과 그들의 지방 정치국원들도 여러 명 처치했고. 결국에는 그 베트콩 녀석들이 자기들의 구멍으로부터 나오지 않을 수가 없었어. 앞도 잘 보이지 않는 곳에서 설쳐대는 6인조 분대였어. 반 둑에서 그놈들이 우리들한테 올가미를 씌우려고 덤벼들지 않겠어? 그런데, 두말 하면 잔소리지만, 바로 그게 우리 둘이 언제나 노려온 것이었지. 그놈들을 정면으로 밀어붙였어. 그랬더니 곡창 지대를 가로질러 달아나더군. 바로 거기에서 그놈들은 우리 공군기들과 마주쳤어.」

「나도 그 작전을 기억하고 있어.」

하고 해링턴이 끼여 들었다.

「공중에서, 갓 태어난 아이가 헬리콥터 안에서 사흘 동안이나 살았던 게 바로 그때였잖아?」

「그래, 반 둑에서였지. 그놈들을 깡그리 불태워 버렸어. 공군기들이 해치우지 못한 놈들은 닌드가 해치웠지.」

지트카가 머리를 천천히 끄덕였다.

「우린 바로 이곳에서 반 둑의 활약을 재현하려고 했다. 다른 점이라면 공군의 화력이 없고 우리들이 넓은 지역으로 유도해 낸 적들을 섬멸해 줄 지원 부대도 없다는 점이야. 우리는 완전히 우리의 힘만으로 임무를 완수해야 한다. 우리는 마피아를 공격하는 것이다. 공격하고 공격하고, 또 공격해야 한다. 그놈들이 각자 자신들의 무릎 속에다 대가리를 감출 때까지 줄곧 공격을 계속하는 거야. 그래서 놈들이 어떤 녀석들이며, 어디에 있는지를 확인하게 되면, 그때는 일거에 완전히 섬멸해 버리도록 해야 해. 이것이 계획의 전부야. 자세한 계획은 은밀하게 세우게 되겠지? 갯지트가 지오르다노의 집안 구석구석에다 도청 장치를 설치해 두었고, 전화에는 소형 녹음기를 장치해 두고 왔어. 두 시간 안에 지트카와 블러드 브라더는 자신들의 감시 위치에 배치

될 것이다. 플라워, 너는 지트카를 따라가라. 건 스모크, 넌 블러드 브라더를 수행해. 방법은 잘 알고 있겠지? 생사가 걸린 문제라고 생각하고 행동해야 해! 아차하면 머리가 날아가 버릴 거야. 붐, 너는 갯지트와 교대로 전자 경보를 감시하도록 해. 정치가와 데드 아이스는 나를 따라와. 그러나 너무 바짝 붙지는 마. 왜냐하면 내가 지휘하는 것을 모두가 볼 수 있도록 간격은 둬야 하니까. 차퍼, 너는 기초 기지를 보호해. 아, 그리고 붐. 그 충격 수류탄을 한 다스쯤 만드는 데 시간이 얼마나 걸리겠나?」

「파괴용을 원하는 건 아니겠지?」

「그래. 섬광과 진동이 강한 것이면 좋겠는데…….」

「20분이면 돼!」

「좋아! 당장 시작해. 완성되면 그것들을 뒷주머니에 넣어 둬.」

보란은 미소를 머금고 서성대기 시작했다.

「피츠필드보다도 훨씬 훌륭한 작전이 되겠어. 자네들과 함께 일한다는 게 나를 대단히 즐겁게 만드는군.」

그는 갑자기 걸음을 멈추더니 뭔가 생각하는 듯한 표정이 되었다.

「그렇지, 돈은 정치가가 분배해 줄 거야. 열하나로 나누면 한 사람 앞에 4750달러씩이다. 열한 번째의 몫은 저축한다. 각자 자기 몫을 받고 나면 쉬도록 해. 오늘 밤에는 별로 잘 시간이 없을 거니까.」

보란은 돌아서더니 뜰을 가로질러 해변을 향해 뛰어갔다.

「저축은 뭣 때문에 한다는 거야?」

안드로메다가 입을 뗐다.

「전투 기금이야. 그는 자신의 몫까지 저축에 포함시키라고 했어.」

블랑카날레스가 말했다.

「누구 나한테 300달러만 빌려 주지 않겠어? 5000달러를 한꺼번에 손에 쥐는 기분이 어떤 것인지 알고 싶은데…….」

이미 탁자로 다가가서 지폐를 한 뭉치 들고 열심히 돈을 세면서 폰테벨리가 익살을 떨었다.

「그런데 보란은 어디로 가는 걸까?」

멀어져 가는 보란을 눈으로 좇으며 하파워가 말했다.

「작전이 끝난 뒤에는 그는 항상 혼자만의 시간을 가지길 원해. 내버려두는 게 상책이야.」

지트카가 탁자 위에서 자신의 몫을 집어들며 대꾸했다.

「그가 원하는 게 돈이 아니라면 도대체 뭐야?」

하파워가 시선을 계속 해변 쪽에 둔 채 물었다.

「원한에 사무쳤지! 마피아란 놈들이 그의 가족들을 몰살시켜 버렸어.」

해링턴이 대답했다.

「성스러운 싸움이군! 인과응보라 이 말이지? 지상에서 천국으로! 결국엔 지옥으로 굴러 떨어지겠지만.」

안드로메다가 중얼거렸다.

하파원는 자기 몫의 지폐 뭉치를 주의 깊게 세더니 그 중 한 묶음을 블랑카날레스에게 내밀었다.

「이건 그가 내게 선물로 줬던 거야. 저축에 포함시켜!」

「그건 선금이 아니라 상여금이었어!」

블랑카날레스가 조금 놀란 눈빛으로 말했다.

「어쨌든 저축해 두라니까!」

하파워는 굽히지 않았다.

블랭카날레스는 그 돈을 받아 탁자 위의 열한 번째 몫에 보탰다. 안드로메다도 전투 기금을 한동안 바라보더니 1000달러를 그 위에 얹었다. 폰테넬리도 아깝다는 표정이긴 했지만 1000달러를 내놓았다.

그즈음 보란은 해변을 향해 계속 뛰어가고 있었다. 워싱턴은 바람을 가르며 점점 시야에서 멀어져 가고 있는 그 모습을 바라보고 있다가 말했다.

「저 친구가 바로 심판관이라고!」

그는 길게 한숨을 내쉬고는 탁자로 다가가 지폐 뭉치를 전투 기금 위에 놓았다.

「가벼운 탐색전이라고 그랬던가? 이렇게 하면 나도 이기는 쪽에 투표하는 셈이 되나?」

루데크는 엷게 미소 지으며 미처 세보지도 않은 자신의 몫을 점점 쌓여 가고 있는 전투 기금 위에 던져 놓았다.

신뢰의 투표는 만장 일치의 의견으로 압축되어 갔다. 전투 기금은 급속히 불어났고——이 점이 가장 중요한 것이다——10명의 사나이가 일심 동체가 되어 감을 피부로 느낄 수 있었다.

플라워 차일드 안드로메다는 정원 끝까지 걸어가더니 동료들을 향해 돌아섰다. 그의 표정은 엄숙했다.

「반 둑, 반 둑, 피와 쓰레기에 뒤덮인 땅!」

「저 녀석이 뭐라고 지껄여대는 거야?」

워싱턴이 볼멘소리로 중얼거렸다.

「누가 알아? 우리도 그에 대해서는 알고 있잖아, 이 흑인 녀석아!」

루데크의 음성이었다.

「그래, 이 흰둥이 녀석아! 우린 다 알고 있지. 그게 죄악으로 부터의 해방인가?」

워싱턴은 다시 목소리를 높여 안드로메다에게 외쳤다.

「이봐, 종군 목사! 이리 좀 오지 않겠어? 내가 행한 죄악들을 고백할 테니까.」

「너의 죄는 네 자신이 다뤄야 해. 나는 내 죄를 다룰 뿐이고. 지금 나는 죽음의 전당을 건설할 작정인데, 한 다리 끼시지 않겠나? 잔잔한 물가에서 함께 명상에 잠겨 보는 것도 나쁘지 않을 걸.」

안드로메다가 농담조로 말했다.

「반 둑에서였다면 너와 합세했겠지?」

워싱턴은 목소리를 낮춰 말했다.

「그때는 한계 상황이었지!」

안드로메다가 이렇게 말하고 한숨을 내쉬었다. 그는 오래 전부터 생각해 오던 문제에 대해 결정을 내렸다. 죽음, 그것이야말로 인간이 지닌 유일한 한계 상황이었다.

4
궤 도

　에밀리오 지오르다노는 지금까지 살아오면서 사람들의 웃음거리가 된 적이라곤 없었다. 하기야 단 한 번, 그가 서른 살 무렵에 어떤 녀석이 그를 멍청이라고 놀린 적이 있었다. 그러나 그후 며칠 지나지 않아 그 녀석은 잔인하게 살해되었다. 지난 15년 동안 그에게 존경을 표하지 않았던 자는 아무도 없었다. 단 두경우의 예외가 있긴 했다. 범죄 위원회의 한 멍청한 상원의원이 그랬고, 흔히 검찰총장으로 불리는 그 무식한 새크라멘토의 얼간이가 그랬다.

　그 자들은 모두 지금은 정치적으로 매장되어 은둔 생활을 하고 있다. 만일 그 빌어먹을 놈의 우둔한 중사——그 귀환병 말이다——그 천하의 날강도 같은 총잡이가 에밀리오 지오르다노를 깔아뭉개고 웃음거리로 만들 수 있다고 생각했다면 십자가에 맹세하건대 그 중사놈은 지오르다노가 엉덩이에 매달아 준 포도

송이(속어로 조롱거리, 놀림감이 된다는 뜻)를 깔아뭉개며 죽어 가게 될 것이다.

지오르다노가 총에 마지막으로 손을 댄 것은 15년 전의 일이었다. 그러나 그는 아직 총기 사용법을 잊지 않고 있었다. 그렇다. 그것은 잊을래도 잊을 수 없는 일이다. 지금 지오르다노는 다시 권총의 싸늘한 촉감을 반갑게 느끼며 번쩍번쩍 광이 나는 38구경 권총을 들여다보고 있었다. 방아쇠를 당기는 손가락에 얼마간의 친근감이 되살아났다. 그는 탄환을 장진하고는 곧 엉덩이 뒤쪽에 있는 가죽으로 만든 권총집에 그것을 집어넣었다. 다음에 그는 권총집을 다시 끌러 놓고 여러 가지 서류들이 빽빽한 상자를 뒤적여 마침내 총기 면허증을 찾아냈다. 그는 만기일을 살펴보고는 지갑 속에 조심스럽게 끼워 넣었다. 그러고는 다시 권총집을 주머니에 쑤셔 넣었다.

그는 그 면허증 없이는 아무리 위급한 때라도 결코 행동을 개시하지 않았다. 언제나 흥분해선 안 된다고 자신에게 충고하곤 했다. 그날 오후 지오르다노는 봐로네의 전화를 받았다.

「그 녀석은 자네가 그놈의 도박 속으로 말려 들어오기를 바라는 거야. 그 녀석이 무슨 짓을 하고 있는지 모르겠나? 그 녀석은 자네가 흥분해서 어리석은 짓을 저질러 주기를 바라고 있단 말일세. 그 녀석 수작에 말려 들어가지 마라. 말려 들어가면 당하는 거야. 에밀리오, 알겠나?」

봐로네는 충고했다.

물론이지. 흥분해서는 안 되는 일이지. 그런데 그런 조롱을 받고도 말인가? 그 더러운 미치광이가 나를 거름 더미 속에 매달아 놓았는데도, 나의 재산을 모두 약탈해 갔는데도, 나를 지근지

근 짓밟고 다녔는데도, 마치 내가 에밀리오 지오르다노가 아닌
것처럼 행동하란 말인가?

일 포르투나토의 피는 마피아 가문의 네 세대에 걸쳐 피를 불
러일으킬 것이다. 흥분하지 말라니! 진정을 하라니! 에밀리오
지오르다노는 더 이상 참고 있을 수가 없다고 생각했다. 좋다.
그렇다면 나 에밀리오는 그 수작을 받아줄 것이다. 그 녀석의 수
작에 말려 들어가 줄 것이다. 그러나 나도 놀림거리 취급에 대한
답례는 꼭 해주어야 하지 않겠는가? 그자에게 새로운 도박의
방법을 알려 주리라.

지오르다노는 책상으로 돌아가서 인터폰 버튼을 눌렀다. 간드
러질 듯한 여자의 목소리가 즉시 대답해 왔다.

「돈 갖고 있나, 제리?」

「네, 사장님. 2만 5000달러입니다. 20달러짜리와 50달러짜리입
니다.」

「좋아, 지금 곧 갖고 올라와! 아니 밖에서 만나기로 하지. 지
금 즉시 말야.」

지오르다노는 다른 번호의 버튼을 눌렀다.

「이봐! 거기서 도대체 뭣들 하고 있는 거야?」

그는 소리를 버럭 질렀다.

「네 사장님, 대기하고 있습니다.」

「차는 준비돼 있나?」

「네 사장님, 준비 완료입니다.」

「좋았어. 지금 내려가겠네. 눈을 똑바로 뜨고 기다리고 있어.」

「알았습니다. 사장님! 지금도 그렇게 하고 있습니다.」

지오르다노는 벌떡 일어서서 그의 서재를 나섰다. 그는 집 뒤

로 돌아갔다. 지오르다노는 그의 침실에서 일하고 있는 목수들의 떠들썩한 소리를 들을 수 있었다. 아래층에서도 마찬가지였다. 그 소리들이 〈놀림거리〉에 대한 그의 짜증을 되풀이하게 했다. 그는 꽝! 소리가 나게 문을 걷어찬 다음 손을 펴서 계단의 난간을 붙들고 아래층으로 뛰어 내려갔다. 쫓기는 사람처럼 그는 서둘러 뒤뜰로 나왔다.

번쩍이는 검은 색 콘티넨털 승용차가 도로 위에 버티고 서 있었다. 그의 가장 뛰어난 다섯 명의 부하들이 그 자동차 안에 편안히 앉아 낮은 소리로 얘기를 나누고 있었다. 운전석에 앉은 사나이는 지오르다노가 바삐 스쳐가자 손을 흔들어 보였고, 지오르다노는 응답으로 윙크를 보냈다.

지오르다노는 눈부시게 번쩍이는 새하얀 롤스로이스 승용차의 문을 열고 한 젊은 남자의 옆에 자리잡고 앉았다. 그 젊은이는 무릎 위에 장방형의 검은 서류 가방을 올려놓고 앉아 있었다.

운전석에 앉은 두 사나이는 검은 제복 차림이었다. 그러나 그들이 쓴 모자는 흰색이었고 황금색의 사슬이 가로질러 있었다. 지오르다노는 편안한 자세로 앉아 말했다.

「대니! 돌아가서 브루노가 2분이라는 것을 알아들었는지를 확인하고 와.」

운전석에 앉아 있던 제복을 입은 사나이가 고개를 끄덕이더니 롤스로이스에서 미끄러져 나왔다. 그는 조심스럽게 문을 닫고 차고로 뛰어갔다. 콘티넨털 승용차에는 다섯 명의 경호원이 타고 있었다.

「사장님이 떠난 다음 2분 동안 기다려야 한다는 걸 잊지 않으셨는지 확인해 보랍니다.」

그는 자신의 임무를 솔직히 밝혔다.

앞 좌석에 앉아 상체를 구부리고 있던 젊은 사내가 머리를 재빨리 끄덕였다.

「그래. 알아들었어.」

그는 지긋지긋하다는 표정이었다.

대니는 웃으며 롤스로이스로 돌아왔다.

그는 롤스로이스의 앞좌석에 올라앉아 뒷좌석과 차단된 두터운 유리창에다 대고 한참 떠들다가 순간 인터폰을 생각해 내고는 버튼을 눌렀다.

「그들은 상황을 잘 이해하고 있습니다, 사장님.」

「그들이 2분 동안 여기를 떠나서는 안 된다는 것을 이해했다는 건가?」

지오르다노가 퉁명스럽게 물었다.

「그렇습니다, 사장님. 그들은 그게 2분이라는 걸 알아들었답니다.」

「돌대가리들이 어쩌면 길도 알지 못할 거야.」

「압니다, 사장님. 산타야나 고속도로에서 짜르고 들어가서 리버사이드로, 그러고는 뒷문으로. 그들도 잘 알고 있습니다.」

지오르다노는 잠시 후 입을 열었다.

「자, 그럼 농장의 과일들을 확인하러 가는 거야. 출발해!」

운전수는 가볍게 클랙슨을 울렸다. 앞장선 콘티넨털은 도로를 따라 부드럽게 미끄러져 나갔고, 롤스로이스도 천천히 그 뒤를 따랐다. 지오르다노는 방탄판과 방탄 유리 뒤의 안전한 자리로 깊숙이 눌러 앉았다. 말려들지 말라고? 응? 하나님의 이름으로 명예를 걸고 에밀리오는 도박을 시작하고 있어. 그 중사놈이 그대가의 전부를 지불하게 될 것이다!

데드 아이스 워싱턴은 풀이 잔뜩 뒤덮인 언덕을 서둘러 내려 왔다. 커다란 쌍안경이 그의 목 뒤에 걸쳐져 있었다.

「됐어! 그놈들이 지금 떠났어! 차 두 대! 크고 검은 것이 앞에 섰어. 링컨 승용차거나 뭐 그런 종류, 또 하나는 크고 하얀 리무 진이야.」

보란은 순간 웃음을 띠며 말쑥하게 다듬은 베레모를 머리 위 로 눌러썼다.

「두 대 정도라면 간단해.」

그는 코르베트 승용차 안에서 뭔가를 들고 나왔다.

「추적자 나오라! 여기는 독수리, 그들이 출발했다. 하나는 디 트로이트 산(産) 검은 차고 또 하나는 하얀 억만 장자 용인데 바 짝 뒤따르고 있다. 2번 표적이다.」

루데크의 부드러운 음성이 즉시 전파를 타고 흘러나왔다.

「잘 알았다. 2번 표적이다. 됐다……지금이다! 2번 표적은 이 제 사냥감이다. 지금 세어 보겠다. 디트로이트 검은 차에는 다섯 명이 있다. 영국산 하얀 탱크에는 네 명이다. 반복한다. 탱크다. 2번 도로는 표적에 잡혔다. 그들은 빠르게 지나가고 있다.」

지트카의 억눌린 음성도 비집고 들어왔다.

「좋다, 좋다! 표적 1번은 델타 지점을 포착하기 위해 서성거리 고 있다.」

「표적으로 떠나라!」

하고 보란은 명령했다.

「냄새가 난다. 반복하겠다. 냄새가 난다!」

희미하게 알았다는 대꾸가 루데크로부터 날아왔다. 지트카가 잇달아 외쳤다.

「푸른 차가 온다.」

잠시 후 그는 또다시 외쳤다.

「표적 2번이 진입한다. 주의하라. 주의하라!」

「알았다! 2번 감시자는 신중하다.」

인디언의 음성이 주의 깊게 대꾸했다.

「신호대로만 행동하라!」

그는 코르베트의 좌석 위에 무전기를 내려놓고 바퀴 뒤로 재빨리 다가갔다. 그는 워싱턴에게 손가락으로 신호를 보내고는 덜컹덜컹 흔들리는 그 작은 차를 몰았다. 차가 포장도로를 박차며 속력을 내어 언덕을 달려 내려갔다.

워싱턴은 도로에서 몇 야드 안 떨어진 나무 가지 아래에 주차되어 있는 무스탕 승용차를 향해 달려갔다. 그는 차 안에 있던 블랭카날레스를 향해 내뱉었다.

「됐어! 거기서 눈을 떼지 마!」

무스탕도 앞으로 달려나갔다. 워싱턴은 두 다리를 벌려서 몸을 흔들리지 않게 유지하고 쌍안경을 뒷자리로 던져 놓았다. 그러고는 시트 끝을 들치고 긴 모젤 소총에 탄창을 끼워 넣었다. 일을 끝내자 그는 몸을 기대며 긴 한숨을 내쉬었다.

「블러드 브라더가 그러는데, 그놈들은 장갑차도 갖고 있다는 군!」

블랭카날레스는 길이 꺾어지는 곳으로 무스탕을 몰고 갔다. 그는 눈썹을 치켜 올리며 물었다.

「뭐라고?」

「그놈들은 차에다 방탄 장치를 한 게 틀림없어. 커다랗고 하얀 리무진일 거야. 유리창을 통해 본 것 같아.」

「그거 참 고약하게 돼 가는군!」

「자네는 아직 아무 것도 몰라! 보란의 말에 의하면, 복병이 있는 듯한 냄새가 난다고 했어. 또, 지트카는 경찰이 합세했다고도 하고.」

「우리가 너무 질질 끌어 온 거 같다니까!」

블랭카날레스가 말했다. 그의 오른손이 무전기를 잡기 위해 좌석 위를 더듬거렸다. 그는 무전기를 워싱턴에게 넘겨 주었다.

「우리가 맞게 가고 있는 건지 한번 알아 봐!」

그때 무전기에서는 보란이 명령을 내리고 있었다.

「측면, 나와라, 측면 나오라.」

「측면 2호 여기 있다.」

건 스모크 해링턴이 점잔을 빼며 대답했다.

「측면 1호도 여기 있다. 우리는 동행이다. 종마를 타고 도박판을 쫓아가는 중이다.」

블랭카날레스는 조용히 고개를 끄덕임으로써 상황을 파악했다는 듯한 표정을 지었다.

보란의 소리가 들렸다.

「보이지 않는데, 어디 있나?」

「우리는 표적을 향해 우측을 달리고 있다. 직선 도로에서 합세할 것이다.」

워싱턴은 킬킬거렸다.

「꼭 딕시의 경마 대회 같은데!」

「그 종마는 여기선 눈에 너무 잘 띄어.」

블랭카날레스가 중얼거렸다.

보란은 잠시 생각하는 듯하더니 큰 소리로 말했다.

「좋아, 측면, 잘 생각했다. 1번 추적자, 위치 보고하라!」

「추적자 1번은 푸른 차에 바로 당도하는 중이다.」

지트카가 소리쳤다.

「거기에 다른 이상한 차량은 없나?」

「없어! 플레인제인과 밤색의 폰티악 승용차뿐이다. 걱정할 것은 없다. 우리는 정면으로 보고 있다.」

「하지만 곧 다른 차들이 바로 네 코앞에 갈 것이다. 그리고 이상 있는 사람 있나?」

그들은 지트카의 음성이 들려 오기 전에 잠깐 동안 차가 붕붕거리는 소리를 들을 수 있었다.

「모르겠다. 커다란 검은 차가 하나 온다. 다섯이 타고 있다.」

「아아, 잘 됐어!」

하고 보란은 말했다.

「그건 아까 조금 지체한 후방의 경호대일 것이다. 좋아! 추적자 1번은 들어가라. 조심하라! 그리고 나에게로 가까이 다가오라.」

「좋다! 지금 곧장 접근하겠다. 거기에서 만나자.」

「추적자 2번은 정위치에 있다. 명령을 바란다!」

루데크가 보고했다.

「거리를 유지하라!」

하고 보란이 지시했다.

블랭카날레스와 워싱턴은 잠시 서로의 시선을 교환했다. 그들은 이제 코르베트가 먼지를 일으키며 달려오는 것을 잘 볼 수 있

었다. 고속도로를 향하여 뻗어오른 비탈길과, 그 위로 쌩쌩 나는
듯한 하얀 색 리무진도 볼 수 있었다. 워싱턴은 다른 것은 더 없
나를 조사하기 위해 목을 길게 늘였다. 그러고는 무전기의 통화
버튼을 누르고 말했다.

「뒤쪽은 아무 것도 없다.」

「알았다! 측면, 이제 너희들이 내 시야에 들어왔다고 생각된
다. 푸른 차를 알아볼 수 있겠나?」

「밤색 폰티악 말인가? 물론이다. 하나, 둘……. 아, 셋이 타고
있다. 젠장! 길에 점점 더 차가 많아지고 있다.」

「그런가? 음……, 그들을 지금과 같이 붙들어 둘 수 있겠나?」

「나 자신도 붙들려 있지 않으면 안 될 것이다. 그자들을 없애
버리지 않는 한은!」

「빌어먹을, 안 돼! 안 된다. 다치게 해서는 안 돼!」

보란이 대답했다.

「방해하라! 반복한다. 방해하라! 그래서 지체시켜라! 알았
나?」

「그렇게 하겠다! 당장 착수하겠다. 누군가 우리가 길을 막는
걸 도와 줄 수 있나? 」

해링턴이 말했다.

그때 지트카의 목소리가 끼여 들었다.

「내가 도울 수 있을 것 같다. 잠깐 동안은. 좋은가?」

「물론 좋아! 냉정하게 해라. 아무런 의심도 불러일으켜서는
안 된다.」

보란이 대답했다.

「알았다.」

　무스탕은 이제 비탈길을 올라가고 있었다. 블랭카날레스는 고속도로를 빠르게 달려가는 차량들 사이로 진입하기 위하여 온몸을 긴장시켰다. 코르베트는 최고의 속도로 2차선을 가로질러 돌진해 들어갔다. 순식간에 블랭카날레스도 차들 사이로 섞여 버렸다. 그는 주의 깊게 뒤쪽의 차량들과 차선 안쪽을 살폈다. 그러고는 보란의 뒤를 지키기 위해 속력을 높이며 다시 차선 사이로 비집고 들어갔다. 그들이 커브길에 이르렀을 때 워싱턴이 중얼거렸다.

　「저 앞에 종마가 가고 있는 것 같은데! 저쪽 모퉁이 중간쯤 말이야. 그게 아닌가? 바깥쪽 차선에…….」

　블랭카날레스는 달리는 차들 사이로 끼여 들며 바람막이 유리 너머로 흘끗거리며 말했다.

　「종마처럼 보여? 그들이 어떻게 앞장설 수 있었지?」

　「우리들을 앞질러 버린 거야. 어떻게 그랬을까?」

　워싱턴은 추측했다.

　바로 그때 해링턴이 보내는 무전을 들을 수 있었다.

　「우리가 행렬의 제일 앞에 서 있다. 그들이 보인다. 중간 차선의 바로 내 차 뒤에 있다. 커다란 디트로이트 산 검은 차다. 그리고 그 바로 뒤를 영국산의 흰 차가 따르고 있다. 길을 차단해야겠다.」

　「내가 가겠다. 아직 길은 막지 마라! 내가 지나갈 때까지는 안 된다. 뒤쪽 너희들은 도대체 어디에 있는 거야?」

　보란이 말했다.

　「바로 자네 뒤야! 잘 안 보이는 곳이지만…….」

　워싱턴이 보고했다.

「좋다! 추적자 2번을 제외하곤 다 모였다. 우리는 모두 하나의 궤짝형을 만드는 데에 합세한 것이다. 그래서 거창한 도박을 한 번 벌여 보자고! 잘 들어라. 이번 한 번의 시도밖에는 허용되지 않는다. 단번에 해치워야 한다. 차선을 왼편에서 오른편까지 1, 2, 3, 4번이라고 번호를 붙이기로 하자. 인터체인지는 3번 거리에 있다. 4번 차선은 거기에서 우리를 떠날 것이다. 궤짝은 2번 차선에서 견고하게 짜여져야 한다. 아마도 산타야나, 또는 산 베르두로 향하는 차선일 것이다. 좋다. 위치는 그곳이다. 모두들 자기의 임무를 다시 생각하라……。」

워싱턴은 막연한 기분을 느끼며 보란의 침착한 지시를 듣고 있었다. 1분에 1마일 이상이나 질주해 가는 자동차의 행렬들이 할리우드 고속도로로 끝없이 이어지고 있었다.

사실상 그들의 차는 범퍼와 범퍼를 맞대고 4개의 행렬을 따라서 끝이 없는 긴 선을 이루며 비탈길을 오르고 비탈길을 내려서며 달리고 있었다. 단조롭기 이를 데 없었으나 또한 위험하기도 마찬가지였다. 그런 가운데 보란은 두 마리의 사냥감을 잡기 위해 올가미를 씌우려고 애쓰고 있었다. 그는 머리를 저으며 블랭카날레스를 바라보았다. 그의 파트너는 보란의 지시를 온몸이 귀가 된 듯 열중하여 듣고 있었다. 그의 눈동자는 계속하여 오른쪽으로, 왼쪽으로, 앞쪽으로, 백미러로, 다시 왼편으로 오른편으로……굴러다니고 있었다. 그런 모습이 워싱턴의 기분을 조금은 덜어 주었다.

「좋다, 좋아! 움직이기 시작해. 50으로 속도를 떨어뜨려! 좋아……. 1분이면 인터체인지다……。」

붉은 코르베트가 두 개의 차선을 가로지르며 뚫고 나갔다가 얼마쯤 앞쪽으로 다시 그들의 차선 속으로 되돌아 들어가는 것을 워싱턴은 보았다. 선두 주자였던 거대한 세미 트레일러(트랙터와 트레일러로 분리할 수 있게 되어 있는 대형 화물 자동차)——바로 그것이 〈종마〉라고 불리던 차였다——가 약간 앞쪽의 오른편 차선에서 일을 벌이고 있었다. 그 종마를 바짝 뒤따르고 있던 세 대의 차는, 그 종마가 갑자기 속도를 줄이며 바깥쪽의 두 번째 차선으로 위치를 이동하며 사라지는 바람에 당황하고 있었다. 두 차선 사이에 〈공간〉이 생겼다. 이때란 듯이 그곳으로 다가들고 있는 한 대의 차를 워싱턴은 똑똑히 볼 수 있었다. 그것은 보란의 코르베트였다. 그는 낄낄거렸다. 보란과 블랭카날레스의 차 사이에는 이제 두 대의 차가 있었다. 그들이 노리는 차들이었다. 콘티넨털의 운전사는 이제야 비로소 상황을 깨달은 듯 걱정스런 시선으로 주위를 두리번거리기 시작했다. 그의 눈에 다음 번에 벌어질 일들이 훤히 보이는 듯했다.

「모두 정위치!」

블랭카날레스는 힘껏 가속 페달을 밟으며 3번 차선으로 밀고 들어가서는 자기의 위치를 지켰다.

「좋아! 다음은 지트카!」

지트카가 운전하는 메르쿠리 웨건은 제일 안쪽 차선으로 밀고 들어갔다. 마침내 그들 넷——지트카, 블랭카날레스, 보란, 그리고 디젤의 종마——은 시속 50마일의 속력으로 인터체인지로 들어갔다.

그 후 잠시 동안은 긴박스러움의 연속이었다. 종마 바로 뒤에 차 두 대쯤의 사이를 유지해 낼 만한 또 하나의 공간이 있기만 했다면, 조금은 덜 아슬아슬했을 것이라고 그들은 생각했다. 어쨌든 그들은 1초를 100으로 분할하여 사용하지 않으면 안 될 만큼 숨이 가빴다. 그들은 완전히 덫 모양을 형성한 가운데 달려나갔다. 보란과 종마 사이의 콘티넨털은 지오르다노의 차가 갑자기 인터체인지 쪽으로 사라져 버리자 갑자기 종마 뒤편으로 파고 들어왔다. 폰티악이 기어를 바꾸자 한쌍의 배기 구멍으로부터 가스가 쏟아져 나왔다. 그와 동시에 그 폰티악은 보란의 옆쪽으로 비스듬히 방향을 바꿔 달려나가기 시작했다.

지오르다노의 뒤에 있던 경호 차량은 폰티악이 지나간 자리로 밀고 들어왔다. 뒤를 따르려는 의도임이 분명했다. 그러나 그 의도는 아무 소용이 없는, 참으로 무의미한 행위였다. 왜냐하면 보란이 속력을 높여 그의 앞 범퍼를 종마의 뒷바퀴와 나란히 가져다 맞췄기 때문이었다. 타이어들이 급정거 때문에 요란한 소리를 냈다. 화물차 하나가 방향을 잡지 못해 비척거리더니 종마의 뒤로 뛰어들었다. 어디선가 나타난 경찰 순찰차가 급작스레 브레이크를 밟아 속력을 한껏 낮추었으나 타이어가 도로와의 마찰 때문에 요란한 소리를 냈다. 워싱턴은 분노로 얼굴이 일그러진 경관을 바라볼 수 있었다. 결국 콘티넨털은 경찰차의 뒷바퀴와 충돌했다. 시끄러운 소리는 들었지만 보란은 그 광경을 목격하지는 못했다. 그것은 가벼운 충돌이었다. 단지 타이어가 펑크났고 유리창이 깨지는 소리가 요란스럽게 동반되었을 뿐이었다. 이렇게 하여 특공대원들은 뒤쪽 경호 차량을 간단히 따돌릴 수가 있었다.

종마는 이제는 우아하게 클로버 잎새(인터체인지에서 방향을 전환하기 위해 둥근 원을 그리며 돌아가는 도로) 위에서 천천히 방향을 전환하며 달리고 있었다. 그 뒤를 이어 죽음의 특공대 차량들이 속도를 높여 재빨리 종마에 접근하고 있었다.

보란의 의기 양양한 목소리가 무전기를 통해 들려 왔다.

「훌륭해, 정말 잘 해냈어!」

「너의 그 부들부들 떨리는 엉덩이가 그걸 해냈지?」

지트카가 떠벌였다.

「정말 힘든데? 이봐, 도대체 내가 지금 어디로 향하고 있는 거지?」

해링턴이 끼여 들었다.

「클로버 잎새를 쭉 따라가는 거야!」

보란이 다시 나타났다.

「신호를 따라오면 된다. 우리가 가는 곳은……. 좋다, 산타야나다! 가능한 한 최대 속력으로 달려 다시 모이자!」

해링턴이 무전기에 대고 투덜거리고 있었다.

「그놈들은 떨어져 나가 버렸어. 깨진 범퍼하며……미치광이짓이었어!」

「우리가 계획했던 것보다 더 잘 됐어. 멋진 구경거리였다. 서로의 위치를 잘 확인해 가며 신나게 달려가자.」

보란이 말했다.

워싱턴은 낄낄거리며 블랭카날레스에게 머리를 흔들어 보이며 한마디했다.

「제기랄, 이건 정말 못해 먹을 노릇이구먼! 안 그래?」

블랭카날레스는 코르베트 앞 유리 밖으로 시선을 고정시킨 채 고개를 끄덕였다. 지트카의 메르쿠리는 루데크에게 접근하고 있었다.

「담배 하나 주게.」

블랭카날레스가 청했다.

「이놈의 운전대에서 손을 떼기가 무서워. 당장 곤두박질이라도 쳐버릴 것 같거든!」

워싱턴이 너털웃음을 터뜨리며 담뱃불을 붙여서 파트너의 입에 물려 주었다.

「이 특공대에 끼여 든 게 정말 자랑스럽구나! 이봐, 자네는 어떻게 생각해?」

「좀 기다려. 우리가 20만 달러어치나 되는 차들을 한꺼번에 박살을 낼 뻔했다는 걸 아나?」

블랭카날레스는 중얼거렸다.

커다란 검둥이는 즐겁게 킬킬거렸다.

「무얼 기다리지? 그때까지 내가 살아 남기만 한다면, 그때는 ……. 그렇지. 좋아. 나도 끼여 든 게 잘한 일이라고 생각하겠네.」

「자네가 죽으면 말이야, 자네는 그 재미도 모를 거 아냐? 지금 일찌감치 기뻐해 두는 게 나을 거야. 시간이 아직 있을 때 말이야.」

블랭카날레스는 그의 동료에게 갑자기 환하게 웃어 보였다.

「자네가 옳아. 우리는 지옥의 특공대니까!」

5
복 병

「저놈의 스테이션 웨건이 계속해서 우리 뒤에 따라붙고 있었습니까?」

젊은이가 서류 가방을 주물럭거리며 물었다.

「나타났다가 사라졌다가 했어. 자넨 이제야 그 사실을 발견한 건가?」

하고 지오르다노는 점잔을 빼며 대꾸했다.

「그러니까, 처음에는……. 아니죠. 한참 동안은 포드 세단이 뒤를 쫓아오더니, 지금은 또 스테이션 웨건이 뒤에 있잖아요?」

지오르다노는 낄낄거리다가 만족스럽다는 듯 좌석 깊숙이 엉덩이를 밀어붙였다.

「도박이야! 그놈들은 놀기를 좋아하거든. 그놈들 마음대로 놀도록 내버려두는 거야!」

그들은 몇 분 전에 그 소란스런 도로를 벗어 나왔다. 이제 그들은 아스팔트가 깔린 매끄러운 도로 위에서 시골의 경치를 내다보며 달리고 있었다. 차는 시속 80마일의 일정한 속도로 달리고 있었다. 곧 그들은 도시와 인접한 사막과도 같은 평지에 이를 것이며 그 후 그들은 로키의 뷰트(미국의 서쪽과 캐나다에 있는, 외따로 솟아 있는 산)을 향하여 북쪽으로 달려나가게 될 것이다. 이윽고 지오르다노의 눈앞에 웅장한 숲이 나타났다. 날카로운 바위 사이에 있는 은폐된 계곡 안쪽이었다. 크레이프 열매, 레몬, 탄지르 오렌지, 아모카도 등이 거기에서 재배되었다. 그러나 부유한 지오르다노의 욕심을 충족시킬 만큼 충분한 양은 되지 못했다. 사실 그 농장에 대한 엄청난 세금이 매년 그를 따라다녔다. 그의 합법적 사업체 가운데 농장은 그렇게 재미있는 사업체는 아니었다. 그러나 그것은 그의 더욱 비밀스러운 사업에 긴밀하게 연결되어 있었다. 그의 불법적인 사업을 위한 어떤 특수한 일을 행해 나가는 데 있어서 그곳은 없어서는 안 될 만큼 긴요한 곳이었다.

롤스로이스는 농장에 접근하는 도로로 들어서기 위하여 속도를 줄이고 있었다. 지오르다노는 몸을 일으켜 인터폰의 단추를 눌렀다.

「뒤따라오는 차에 무슨 일이 생겼나?」

「그들은 계속 뒤떨어지기만 하는데요. 저는 벌써 1마일 전쯤에서부터 그들의 모습을 볼 수가 없었습니다.」

운전사가 보고했다.

「옆으로 빠져 차를 세워!」

그들은 방향을 바꿨다. 그 무거운 차가 매끄럽게 멈춰섰다. 검은 콘티넨털 승용차 역시 몇백 피트쯤 더 나아가서 멈춰섰다. 그 다음 롤스로이스는 지오르다노의 차로부터 몇 야드 떨어진 곳으로 뒷걸음질쳐 다가왔다.

「눈을 똑바로 뜨고 지켜보고 있어. 돌대가리들은 어쩔 수 없다니까. 그들이 오는 것을 발견하는 즉시 다시 출발해. 그렇지만 천천히, 나는 그들이 우리를 놓치길 원치 않으니까.」

지오르다노가 명령했다.

운전사는 창문 밖으로 머리를 내밀고 앞에 서 있는 차에게 지시 사항을 전달했다. 그들은 조용히 그리고 침착하게 기다렸다. 지오르다노는 짜증이 났다. 그는 시가에 불을 붙여 물었다. 다시 몇 분이 지났다.

「도대체 어떻게 시골길 위에서 우리를 놓칠 수가 있나?」

「아마 차가 고장났는지도 모르죠.」

「뭐야? 그렇다면 브루노는 도대체 어디 있다는 거야? 브루노는 어디로 가버렸어?」

그는 인터폰의 단추를 다시 눌렀다.

「그래, 그 천재적인 브루노가 어디 있다는 건가?」

「누군가 오고 있습니다!」

운전사가 외쳤다. 지오르다노는 머리를 창문 밖으로 내밀었다. 조금 전에 달려온 길을 그는 훑어보았다.

「트럭이다! 저놈의 빌어먹을 트럭!」

거대한, 흑백으로 도색된 디젤 화물차가 그들이 있는 곳을 향하여 달려오고 있었다. 화물차 꼭대기에 있는 배기 구멍에서 검은 연기가 흘러나오고 있었다. 지오르다노는 트럭이 다가오는 것을 지켜보면서 점점 더 지긋지긋한 기분에 휩싸였다. 두 남자가 거기에 타고 있었다. 그들이 지오르다노를 스쳐갈 때 운전사는 휘파람을 불고 있었다.

「빌어먹을……..」

지오르다노는 투덜거렸다.

「두 돌대라기들! 하난 술래잡기도 제대로 못 하고, 또 하나는 도로 가운데에서 길을 잊다니.」

그는 인터폰 단추를 두드렸다.

「좋아, 가자! 가자고 가!」

고속도로 벗어나자마자 곧 보란은 시속 40마일로 속도를 줄이며 천천히 달려나갔다. 블랭카날레스는 종마를 기다리기 위해 지름길에 남아 있었다. 종마는 몇 분 뒤에 도로 끝에 나타났다.

「내가 살던 곳 같은 시골로 접어드는데! 공격하기에는 더없는 장소야.」

루데크가 말했다.

「냉정해야 해. 차선을 바꿔!」

보란이 충고했다.

「좋아. 나는 뒤로 처지기로 하지. 앞장서, 지트카!」

「좋았어! 저놈들은 아마 90킬로쯤으로 달아나고 있을 거야. 이 낡은 웨건으로 무리겠지?」

「80킬로쯤이야. 넌 90킬로까지 높여서 달려야 돼. 아니면 그놈들을 놓칠 거야. 지트카!」

루데크가 말했다.

「그래? 그럼 달려 보자!」

보란은 빙긋 웃으며 그들이 하는 대로 내버려두었다.

「안녕, 친구?」

루데크는 잠시 뒤에 속삭이듯 말했다.

「이야, 거창해 보이는데. 잘해 봐, 친구!」

「좋아!」

하는 지트카의 목소리는 흥분으로 뻣뻣하게 굳어 있었다.

「그놈들이 보여, 벌써! 너무 뒤로 많이 움직이고 있어.」

「좋았어. 저기 왼쪽에 있는 게 뭐야? 뷰트 산(山)인가?」

「그래. 저기 갈림길이 있어. 그놈들은 북쪽으로 달아나고 있다고! 뷰트 산 쪽이야!」

그때 보란이 대화 속으로 끼여 들었다.

「위치를 정확히 얘기해 줘! 언제 어디로 들어갈 것인지. 우리도 뒤따라가야 하니까.」

「좋았어.」

루데크의 침착한 대답이 울려 왔다.

「그럼 누군가가 곧 날 뒤따르는 게 좋을 거야. 이놈의 늙어 빠진 엔진으로는 더는 못 쫓겠는데.」

지트카가 말했다.

「가고 있어!」

보란은 속력을 최대로 높이며 말했다.

그때 해링턴과 워싱턴이 동시에 리버사이드의 지름길에 도착했음을 보고해 왔다. 보란은 무전기를 뽑아 들었다.

「빨리 와! 전 속력을 다해 나에게 접근해!」

「그러겠다!」

해링턴이 대꾸했다.

「고속도로에서 많이 지체했나?」

「별로!」

「이 지역을 잘 아나, 건 스모크?」

「내가 어릴 때 갖고 놀던 장난감 상자처럼 잘 안다.」

「이 뷰트 산 위에는 도대체 무엇이 있나?」

「별것 없다. 감귤 농장들이 있다. 가축을 기르는 곳도 좀 있고.」

「좋아! 계속 가까이 다가오라. 추적자, 이제 네가 보인다. 혹시 무슨 일이 벌어졌나?」

「알 수 없어. 뒤쪽으로 먼지가 풀썩거리고 있을 뿐이다.」

「추적자 2호, 보고해!」

하고 보란은 명령했다.

「블러드 브러더!」

그는 다시 불렀다.

고통스러운 침묵이 뒤따랐다. 이제 보란은 뷰트 산 깊숙이까지 들어와 있었다. 그는 눈을 번득이며 길 양쪽으로 펼쳐진 지세를 이쪽저쪽으로 열심히 살폈다. 코르베트는 화살처럼 달렸다. 달리면서도 그는 지트카의 모습을 시야에서 놓치지 않았다. 갑자기 루데크의 부드러운 바리톤이 크고 깨끗하게 들려왔다.

「독수리가 정위치했다. 상황은 훌륭하다. 지시 바란다!」

「시야에 목표가 보이나?」

보란이 물었다.

「완벽해! 로스앤젤레스와 리버사이드 사이 중간쯤의 위치야.」

「지형을 살펴보고 보고하라!」

「비포장 도로가 동쪽으로 뻗어 있어. 목표는 현재 위치로부터 약 3마일쯤 떨어져 있다. 길 끝에는 나무들이 서 있고, 푸른 잎들이 무성하다. 별다른 것은 보이지 않는다.」

「그럼 그곳에 멈춰!」

하고 보란은 즉각 명령했다. 그러고 그는 윌코를 불렀다.

「윌코다. 딱 좋은 위치다.」

보란은 차의 속도를 줄였다.

「현재의 내 위치로부터 어느 지점에 있는가, 독수리?」

「1분쯤 전에 현재 내가 있는 지점을 자네가 지났어.」

「알았어. 독수리처럼 시야를 똑똑히 유지하되 상황의 변화를 그때그때 보고하라. 그리고 종마는 포장도로를 박차고 달려서 가능한 한 빨리 이곳에 당도하라!」

「알았다.!」

지트카는 메르쿠리를 길가에 세워놓고 그 옆에 서 있었다. 보란이 차를 세웠다. 지트카는 재빨리 그 차에 올랐다. 그들은 다시 한가롭게 앞으로 달려갔다. 보란은 무전기를 들고 말했다.

「종마, 거기 승차한 사람 중에 하나가 메르쿠리 웨건으로 가라. 그것은 너희들 바로 앞의 길가에 세워져 있다.」

「알았다. 내가 가겠다.」

워싱턴이 말했다.

「종마, 다음의 명령이 있을 때까지 계속 따라붙어라.」

「알았다.」

「보란, 아주 잘 하는데? 그놈들은 조금 전 비포장 도로를 기어 올라가서 멈춰섰어. 우리를 기다리고 있는 것 같다.」

루데크가 끼여 들었다.

보란은 낄낄거리며 속력을 줄이고 루데크에게 말했다.

「훌륭한 경치로군. 계속 감시하라! 그 차가 연기를 뿜어내는 것이 보인다. 종마! 계속 달려가! 목표는 3분 거리 전방에 있다.

그들 너머로 나아가라! 그래서 맨 처음 눈에 띄는 편리한 지점에 세워라. 종마, 길이 갈라지는 지점까지 되돌아가라. 두 차를 모두 갖고 가되 그들에게는 상관없는 것처럼 보이도록 하라. 그 도로 위를 지나가는 모든 차량을 보고하라.」

「종마다. 알았다.」

「이제.」

하고 보란은 지트카에게 말했다.

「우리는 사냥개들로부터 여우들을 떼어놓아야 해.」

에밀리오 지오르다노는 대단히 불쾌했다. 이런 날에는 농장 일도 제대로 될 가능성이 없는 것이다. 그는 고속도로 위에서 벌어졌던 즐거웠던 차량 싸움에 관련된 두 운전사를 해고했다. 그 다음에 그는 농장 지배인을 불러 호통을 쳤다. 지배인은 저장 창고의 재고품 명세서를 제 시간에 작성해 놓지 않았던 것이다. 몇 분 뒤에는 그가 브루노에게 어떤 처벌을 내릴 것인지 떠벌였다.

「만일, 그 녀석이 여기로 오는 길을 찾아내기만 한다면! 당도하는 즉시!」

뒤쪽 경호를 맡았던 콘티넨털 승용차에 탔던 브루노와 네 사나이는 지오르다노가 도착한 지 2분이 아니라 30분 뒤에야 도착했다. 그 차는 보기 흉하게 일그러져 있었을 뿐만 아니라 헤드라이트의 유리는 깨져 나가고 없었다.

「사고를 당했습니다!」

브루노는 보고했다. 지오르다노의 형용할 수 없는 분노 앞에서 그의 목소리는 기어 들어가는 듯했다.

「사고를 당했어?」

하고 지오르다노는 나긋나긋한 목소리로 그를 바라보았다.

「이 멍청한 놈! 널 죽여 버리겠다. 널 죽여 버리겠어!」

「사장님, 그런 일은 누구에게나 발생할 수 있는 것 아닙니까?」

「너에게 그런 일이 생긴다는 건 상상조차 할 수 없어!」

지오르다노는 온몸을 부들부들 떨었다.

「그 돌대가리들이 나에게 달려들었다면 무슨 꼴이 됐겠어, 응? 그 녀석들이 이 에밀리오에게 덤벼들었다면 어떻게 되었겠냐고? 응?」

그는 앞으로 걸어가더니 재빨리 브루노의 따귀를 한 대 갈겼다. 그러고는 다른 경호원들에게도 주먹을 날렸다.

경호원들은 말할 수 없는 치욕으로 얼굴이 창백해졌다. 그러나 그들은 참을 수밖에 없었다.

「어쩔 수 없었습니다. 고속도로에서 우리가 경찰차의 뒷범퍼를 들이받았어요.」

「경찰차? 경찰이라고 했나?」

「그렇다니까요. 그래서 이렇게 지체된 겁니다. 총기에 대한 면허증을 제시해야 했고, 또 사고에 대한 완전한 보고서 작성 때문에……. 또, 그렇죠. 경찰관들도 화가 나 있었으니까요. 저는 생각하기를…….」

「잔소리 말고 차에 올라타! 빌어먹을, 다시 돌아가는 거야. 이제부터라도 다시 시작해야겠어.」

그는 서류 가방을 들고 있는 사내를 불렀다. 그가 다가오자 거칠게 차 안으로 밀어넣었다.

농장 지배인은 얼굴 근육이 뻣뻣해질 정도로 긴장한 채 근처에 서 있었다.

「이리 와!」

지오르다노는 이제 머리까지 아픈지 얼굴을 찡그렸다.

「나는 계획대로 일을 처리해야 해. 2만 5000달러와 경리 담당까지 데리고 왔어. 왠지 알아? 경찰관들이 보기에, 내 무장한 경호원들을 좀더 합법적으로 보이게 하려고 그랬던 거야. 무엇을 위해서냐? 무엇을 위해서? 브루노가 경찰차와 부딪쳐 범퍼를 부수라고 그랬는 줄 알아, 응?」

그의 분노는 좀처럼 사그라질 줄을 몰랐다.

「돈이 얼마나 있나?」

그는 농장 지배인에게 물었다.

「7만 정돕니다. 그걸 가지고 가시려굽쇼?」

지배인은 기어드는 목소리로 답했다.

지오르다노는 고개를 끄덕였다.

「내 생각에는 이 중사놈이 내가 떠난 뒤 한 시간쯤 후에 나타나 이 주위를 헤맬 거야. 이 집을 박살내려 할 거야.」

그는 손을 흔들어 브루노를 불렀다.

「가서 돈을 가져오도록 해!」

브루노는 차에서 내려 지배인을 따라 사무실로 들어갔다. 지오르다노가 그의 등 뒤에다 대고 야유를 퍼부었다.

「사고 없이 차까지 운반하도록 해보라고, 이 멍청아!」

몇 분 뒤 몇 대의 자동차가 그 지저분한 도로를 향해 달려나왔다. 하얀 롤스로이스는 두 대의 검은 콘티넨털 사이에 끼여 있었다. 이번에는 브루노의 차가 앞장을 서고 있었다. 서류 상자를 무릎 위에, 작은 금속 상자를 두 다리 사이에 올려 놓은 경리 담당은 지오르다노의 바로 옆에 조용히 앉아 있었다.

「이봐, 내가 너무 흥분했었나?」

「괜찮습니다. 이해합니다.」

「누구나 재수 없는 날이라는 게 있다고는 해도 오늘보다 더 운이 나쁜 날은 없을 거야.」

지오르다노는 중얼거렸다.

「앞으로는 그런 일은 결코 없을 겁니다. 사장님!」

그러나 그런 일은 또 생기고 말았다. 그것도 몇 분이 지나지 않아서.

「자동차 행렬을 추적중이다.」

루데크가 조용히 보고했다.

「그래? 우리 뒤에 뭐가 있나?」

보란이 응답했다.

「없어!」

하고 루데크는 말했다. 그는 높은 곳에 자리잡고 아래를 내려다 보고 있었다.

「그 교차로를 마지막으로 지나간 것은 망가진 디트로이트 산 검은 승용차였어.」

워싱턴이 보고했다.

「알았다. 종마는 어때?」

「종마, 이상 없다!」

해링턴이 보고했다.

「그럼 굴려 보라고!」

자동차의 시동이 걸리는 요란스러운 소리가 정적을 깨뜨렸다. 길가의 커다란 돌덩이가 차의 진동으로 들썩이기 시작했고 떼굴 떼굴 구르다가는 튀어오르고 끝내는 길 위에까지 튀어나왔다.
잠시 주위가 잠잠해졌다. 지트카와 안드로메다가 그 돌덩이들을
높은 뷰트 산의 그늘 속으로 질질 끌고 들어갔다. 죽음의 특공대
가 잠복하기 위해서 그보다 더 좋은 장소는 없었다. 그곳은 감귤
농장으로 가는 도로와 다른 주로 이어지는 도로의 중간으로, 개
인 점유의 지저분한 도로로 꺾어져 들어가는 곳이었다. 바리케
이드는 바로 그 지점에서 세워졌다. 90도로 꺾어드는 도로의 바
로 너머였다. 지프는 종마에서 끌어내려졌다. 그러고는 바리케
이드 조금 너머의 뷰트 산 그늘 속에 놓여졌다. 그 지프에 설치
된 커다란 캘리버 50이 어떤 긴박감을 불러일으키고 있었다. 안
드로메다가 그것을 맡았다.

지트카는 왼편을, 보란은 오른편을 맡았다. 두 사람 모두 가벼
운 자동 화기를 보유하고 고지(高地)라는 훌륭한 이점도 안고 있
었다. 세 대의 화기로 그 지점을 완벽하게 장악해야만 했다. 그
들은 그 일이 가능하리라고 믿었다.

건 스모크 해링턴은 그 지점의 정면을 담당했다. 바리케이드
의 방향을 향해서였다. 그의 6연발 총은 낮게 조준되어 있었고
가벼운 자동 화기가 그의 어깨에 매달려 있었다. 그는 모든 은신
처나 퇴각로를 봉쇄하기로 되어 있었다.

「1마일 전방이다!」

루데크가 보고했다.

「알았다. 종마, 움직여라. 지저분한 비포장 도로의 교차점을
장악하라.」

보란이 말을 받았다.

그는 블랭카날레스와 워싱턴으로부터 응답을 받고 무전기를

한쪽으로 치우고는 기다렸다.

자동차의 행렬은 대단히 빠른 속도로 달려오고 있었다. 앞선 차량들 때문에 먼지가 일었다. 그 먼지는 세 번째의 차를 대열로부터 조금 이탈하게 했다. 브루노는 커다란 콘티넨털을 능란하게 몰아 갔다. 그는 이 도로에 이미 충분히 익숙해져 있다고 자신했다. 그러나 그는 생각지도 못했던 장애물 때문에 급히 브레이크 페달을 밟아야 했다. 보란은 영화 구경을 하듯 브루노의 질겁하는 얼굴을 볼 수 있었다. 이어 브루노의 몸뚱이가 뻣뻣해지더니, 그의 긴장된 손이 핸들을 꽉 움켜쥐는 것도 볼 수 있었다.

그것은 단 몇 초 동안의 일이었다. 그러나 길고 긴 몇 초였다. 콘티넨털 승용차는 바리케이드 위로 올라가려고 애를 썼다. 그러나 실패했다. 3톤짜리 콘티넨털이 16톤 정도의 완고한 바위덩이를 만났기 때문이었다. 콘티넨털은 그러나 쉬지 않고 붕붕거렸다. 차의 앞 보닛이 튀어올랐다. 깨져 없어진 앞 유리 때문에 사내들은 머리를 잔뜩 움츠리고 있었다. 차가 앞쪽으로 진행하다가 멈출 때마다 차를 탄 사내들은 심하게 흔들렸다. 그들은 운전석에 앉은 사내에게 뭐라고 투덜거렸다. 곧 이어서 내부가 장갑차와 같은 롤스로이스가 뒤쪽으로 부딪쳐 왔다. 멋진 충돌이었다. 브레이크가 부서져 나가고 경적소리가 시골 하늘을 맴돌았다. 곧 뒤를 이어 세 번째의 충돌이 있었다. 뒤에 따라오던 콘티넨털이 롤스로이스를 들이받은 것이다.

이 소란함에 캘리버 50의 스타카토가 뛰어들었다. 안드로메다는 총알들을 분수처럼 그들의 머리 위로 쏟아부었다. 세 번째의 차로부터 필사적으로 기어나온 한 사나이가 앞이 안 보이는지 바위에다 대고 사격을 해댔다. 그러자 한 사나이에게도 총격이 가해졌다. 순간 사나이의 몸이 뒤로 펄쩍 튀어오르더니 땅바닥에 널브러졌다.

심한 반격이 롤스로이스로부터 시작되었다. 그 무거운 차는 앞뒤로 차체를 흔들어대면서 쉴 새 없이 총탄을 퍼부어댔다. 운전사는 충돌 사고로 가운데에 끼이게 된 롤스로이스를 뽑아 내 탈출하기 위해 기를 쓰고 있었다. 그 강력한 엔진이 요란한 소리를 내며 울부짖고 있었다.

「힘 좋군, 좋아!」

보란은 혼자서 중얼거렸다. 그는 무전기를 집어 들었다.

「건 스모크, '거대한 몸뚱이'를 가져오라!」

특공대 세 사람 모두가 이제는 롤스로이스에 집중적으로 사격을 가하고 있었다. 아직도 롤스로이스는 늪에 빠진 코뿔소처럼 몸을 뒤채며 웅웅거리고 있었다. 그러면서도 계속 반격의 총성이 터져 나오고 있었다. 그때 보란은 커브길을 따라 해링턴이 잽싸게 뛰어 올라오는 것을 보았다. 그는 바주카포를 어깨에 둘러메고 있었다. 보란은 그가 롤스로이스로부터 100피트 지점까지 접근하는 것을 보았다. 그의 한쪽 무릎이 땅 위에 닿자 바로 그는 바주카포를 조준하였다. 다음 순간에 이미 요란한 굉음과 불꽃과 연기가 뷰트 산을 뒤덮었다. 장갑차를 꿰뚫는 로켓포가 발사된 것이었다. 좌충우돌하던 롤스로이스는 거대한 폭발 속에 두 동강이 났고 따라서 모든 항쟁도 즉시 중단되었다.

한 사나이가 재빨리 차와 포연으로부터 빠져 나왔다. 그는 콜록거리며 넓은 지역으로 나와 멈춰섰다.

보란은 바위 꼭대기로 뛰어 올라갔다. 그러고는 아래쪽을 향해 외쳤다.

「계산을 끝내야 할 때가 됐어! 지오르다노.」

「돌대가리!」

지오르다노의 팔이 움직이고 동시에 그의 38구경이 세 번 불을 뿜었다. 그러나 그뿐 그는 힘없이 쓰러졌다. 보란은 확인이라도 하듯 그 널브러진 시체에 대고 총알을 난사했다.

이렇게 하여 싸움은 몇 분 지나지 않아서 다 끝났다. 조각난 롤스로이스로부터 지트카는 시커멓게 변색된 서류 가방과 금속 상자를 꺼냈다. 중무기들과 전리품들은 지프 안으로 옮겨졌다. 안드로메다는 차 뒤로 뛰어내려서 바리케이드의 뒤쪽으로 빠르게 달려갔다.

지트카가 보란에게 말했다.

「롤스로이스에 아직도 살아 남은 놈이 있어.」

보란은 지트카와 해링턴을 지프로 올려 보내고 지트카의 보고를 확인하기 위해 앞으로 걸어갔다. 아직도 연기가 일고 있는 롤스로이스의 바닥에서 그는 공포로 하얗게 질린 한 젊은이가 부들부들 떨고 있는 것을 볼 수 있었다.

「나는……나는……, 단지……경리 직원일 뿐입니다.」

보란은 그의 45구경 권총을 꺼내 젊은이의 양미간에 겨누고 말했다.

「너는 아무 것도 모르고, 아무 것도 보지 못한 거야! 아무 것도 말하지 마라! 대신 너를 살려 주겠다.」

소름 끼치는 공포 속에서도 그는 열심히 고개를 끄덕였다. 보란은 그를 버려 두고 다른 대원들과 합세했다. 지프는 벌써 종마 위에 올려져 있었다. 해링턴은 경사진 언덕을 따라 신경을 곤두세운 채 걸어가고 있었다.

「종마에 실을 것이 또 있나?」

그는 큰 소리로 외쳤다. 그는 보란이 그에게 다가오는 것을 보고는 그에게 다시 한 번 같은 말을 물었다.

「아직은 없네. 웨건을 몰고 가다가 어딘가에 내버려. 그리고 집으로 돌아가자. 먼 길이니까 서두르도록.」

보란이 응답했다.

「알았어.」

해링턴은 이미 차에 올라타고 있었다. 안드로메다가 그를 돕기 위해 급히 뛰어갔다. 보란과 지트카는 코르베트의 곁으로 뛰어갔다. 보란이 그 차를 한 바퀴 돌아보는 동안 지트카는 무전기를 집어들었다.

「독수리, 상황이 어떤가?」

「깨끗해, 친구들! 깨끗하다고. 나는 재미있는 일에 손 하나 대지 못하고 말았어.」

루데크의 대답이 흘러나왔다.

「좋아, 내려오라!」

지트카가 말했다.

「알았다. 내려가겠다.」

그때 보란이 다가왔다.

「데드 아이스에게 웨건에 대해서 얘기해 주게.」

지트카는 고개를 끄덕이더니 무전기에 대고 말했다.

「웨건은 종마를 타고 간다.」

「알았다. 그런데 대장에게 무슨 일이 생겼나?」

지극히 가라앉은 목소리였다.

「아니야. 나는 자동 소총을 손보고 있다. 무전기를 잠시 그에게 맡겼을 뿐이다. 작전은 대성공이었다. 모두 훌륭했다. 아마 우리는 돈을 좀 번 것 같다.」

「아, 알았다. 잘 끝나서 기쁘다. 다음 번에는 내가 최전선을 맡겠다.」

워싱턴이 대답했다.

보란의 얼굴에 미소가 번졌다.

「좋다. 고려해 보겠어. 너희들 덕분에 작전이 성공했다. 축하한다. 그러나 집에 도착할 때까지는 침착을 잃지 마라. 무전기 사용은 일단 중지한다. 단, 긴급할 때는 제외다. 알았나?」

「알았어.」

데드 아이스 워싱턴이 대꾸했다.

「좋다.」

해링턴이었다.

「그러겠다.」

블러드 브라더의 대꾸였다.

「알겠다.」

블랭카날레스도 응답했다.

6
트로이의 목마

수사 본부의 브래독 주임은 혼란에 빠졌다. 그보다도 더 고약한 것은 이제는 그 자신에 대해 더 이상 확신을 할 수가 없다는 사실이었다. 그는 사무실 벽에 걸린 커다란 지도로부터 멀찌감치 물러서서, 〈불치의 죄인〉 작전에 대한 자세한 기록을 들여다보았다. 두 명의 경장과 네 명의 형사가 그를 지켜보고 있었다. 그들은 이제까지 이 기록들을 주의 깊게 분류, 정리, 선택해 온 담당자들이었다. 그들은 모두 탁월한 경찰관들이었으며, 경찰 근무 기록에도 사소한 오점 하나 남기고 있지 않은 이들이었다.

「무엇이 잘못됐나?」

브래독은 조용히 입을 열었다.

앤디 포스터 경감은 머리칼을 손으로 쓸어올리고 이내 머리를 긁적였다. 그와 브래독은 경찰 학교 시절부터 잘 아는 사이였다.

「우리는 그 자를 과소 평가했습니다.」

「우리는 그자를 과소 평가했습니다.」

하고 그는 민망한 듯한 표정을 지었다.

「그자는 너무나 손쉽게 그 일을 해치워 버렸습니다. 저는 그자에게 속고 있다는 사실조차 알아차리지 못하고 있었습니다. 사건 후 여러 가지 점들을 종합해 보기 전까지는 속았다는 생각조차 하지 못했습니다.」

젊은 경위인 칼 라이온스가 얘기했다.

포스터는 라이온스의 실수를 변명해 주려고 말을 꺼냈다.

「좀 혼란스러운 요인이 있었습니다. 첫째로, 지오르다노는 두 대의 차를 끌고 나왔습니다. 그리고 어떤 적당한 위치에 그는 또 한 대의 차를 감춰 두었던 겁니다. 칼이 어떻게 그것을 알 수 있었겠습니까? 차들은 고속도로를 향해 달려들어갔습니다. 지오르다노가 그 싸움을 도발하려 했다는 것은 상당히 근거 있는 사실로 보입니다. 우리는 그 차들 가운데 어떤 것이 보란의 차인지 구별해 낼 수 있는 방법도 물론 없었고요. 또 어떤 차들이 그들을 동반한 차들인지도 밝혀 낼 수가 없었습니다. 나는 칼에게 그냥 지오르다노가 탄 차를 뒤따라가다가 변화가 생기면 보고하라고 명령했을 뿐이었습니다.」

라이온스가 다시 입을 열었다.

「저는 어떤 돌발 사태에 줄곧 대비하고 있었습니다. 보란이 추적을 하리라고는 예상도 못 했습니다. 저는 그저 지오르다노의 뒤에 매달려 가려고 노력했을 뿐입니다. 고속도로로 들어섰을 때, 저는 좀더 바짝 붙어 가려고 했습니다. 그때 충돌이 일어난 겁니다. 저는 인터체인지의 클로버잎 속으로 처박혀 버렸습니다. 그게 함정이었습니다. 또 다른 차 하나가 내가 탄 차의 뒷범퍼를 들이받았습니다.」

「그래서 즉각 그런 멍청한 상황을 보고 했었나?」

브래독은 힐난했다.

「그렇게 됐습니다. 저는 처음부터 끝까지 계속해서 포스터 경감님과 연락하고 있었습니다.」

「지오르다노를 놓쳤다는 것을 그때 알았습니다.」

포스터가 머뭇거리다 말을 이었다.

「그때가 3시 반쯤이었습니다. 고속도로가 막히기 시작했습니다. 그리고 우리는 너무 수가 부족했습니다. 주임님, 만일 우리의 병력이 지금의 세 배였다고 해도, 아마 그 사태에 대한 적절한 조치는 취하기 힘들었을 겁니다. 일반적인 민첩성에 대해 말씀드리는 것이 아닙니다. 저 혼자서 골든 스테이트와 산 베르나디노, 게다가 산타야나까지를 다 커버해야 했습니다. 따라서 다른 지역에는 적극적으로 손도 대볼 수가 없었습니다.」

「그랬겠지!」

브래독은 웅얼거렸다. 그는 속이 뒤집힐 것 같았다.

「또 하나 기억하셔야 할 것이 있습니다. 바로 그런 특별한 때에, 그런 상황에서 보란이 지오르다노에게 관심을 가지리라고는 짐작조차도 할 수 없었다는 사실입니다. 만일 제가 긴급 비상 단추를 눌러서 모든 〈불치의 죄인〉에 소속된 차량들을 불러모아 지오르다노를 미행하게 했다 하더라도, 보란이 그에게 올가미를 씌울 가능성은 충분히 남아 있었을 것입니다. 주임님께서도 그가 탁월한 전술가라고 말씀하셨습니다만, 이제 저도 그것을 인정하지 않을 수 없는…….」

브래독이 불쑥 끼여 들었다.

「물론이네, 앤디. 자네는 적절하게 행동했어. 비난하자는 게 아닐세.」

「저는 안전하게 처리하려고 했습니다만 적절하게 처리하지 못했습니다. 저는 작전 지역에 무선으로 지오르다노의 차를 발견하는 즉시 연락해 줄 것을 당부했습니다. 그러고는 발을 동동 구르고 손톱을 물어뜯으면서 그들을 발견했다는 보고가 있기를 기다렸습니다.」

포스터는 중얼거렸다.

이제까지 침묵을 지키고 있던 찰리 리케트 경감이 비로소 입을 열었다. 그는 〈스물네 시간 근무하는 경찰관〉이라고 소문이 나 있는 사람이었다.

「우리가 범한 가장 커다란 실책은 브루노 스카렐리를 추적하는 데에 실패한 거요. 그게 멍청이 노름이었소. 그놈이야말로 또 하나의 확실한 길이었습니다. 지오르다노의 위치를 찾아내는 데 있어서는 말이오.」

칼 라이온스는 충혈된 눈으로 그를 쏘아보았다.

「나는 결정을 내려야 했고 마침내 결정을 내린 겁니다.」

「나는 내 능력이 미치는 한에서 끝까지 스카렐리를 지체시켰던 겁니다. 그러나 그놈의 차가 내 차의 뒤쪽을 들이받고 나자빠졌는데 도대체 어떻게 그를 추적할 수 있었겠습니까? 아마 당신도 그때는 내 마음을 알게 될 거요.」

그는 목 뒤를 문지르면서 리케트를 쏘아보았다.

「제가 브루노 스카렐리를 지키도록 차 한 대를 보냈습니다. 30초쯤 늦게 그곳에 도착했는데, 바로 그 우라질 놈의 인터체인지에서 그를 놓쳐 버렸답니다.」

포스터는 입술을 깨물었다.

「나는 아직도 생각하기를……」

리케트가 포스터를 건드리는 듯한 아슬아슬한 말대꾸는 갑자기 나타난 경관에 의해 중단되었다.

「리버사이드 실험실에서 보고서를 보내 왔습니다, 주임님.」

「무슨 보곤가?」

브래독은 말끝을 삼켰다.

「그것은 장갑차를 정통으로 꿰뚫는 성능을 가진 포탄이었습니다. 아마도 바주카포를 사용한 것이 아닌가 합니다. 그 롤스로이스 승용차의 뒤쪽이 날아가고 유탄이 차 안으로 뚫고 들어갔습니다. 앞쪽의 두 사람은 그 자리에서 즉사했습니다. 다른 탄흔들은 캘리버 50으로 발사된, 철갑탄들이었습니다. 차들은 하나같이 모두 그 캘리버 50으로 완전히 박살이 난 상태였습니다.」

「고맙네, 아트.」

브래독이 대답했다.

그 경관은 보고를 끝내자 곧 밖으로 나갔다.

「완벽하게 준비된 전투 장비였군!」

「또 제 짐작으로는 흔적이 없는 매복 작전……」

말을 얼버무린 포스터는 이내 깊은 침묵 속으로 미끄러져 들어가 버렸다.

리케트는 그의 주머니에 손을 넣어 긴 금속성의 물체를 꺼내 브래독의 책상 위로 던졌다.

「뷰트 산 맞은편에 있던 바위 산이 캘리버 50으로 산산조각났습니다.」

브래독은 그 탄피를 집어 들었다. 그는 그것을 그의 큰 손으로 무의미하게 만지작거리고 있었다.

「그자들은 캘리버 50이 설치된 지프를 거기에 세워 놓고 있었던 거야. 자, 이제 누군가 얘기 좀 해보게. 그놈들은 무장한 지프를 타고 돌아다녔는데, 어떻게 사람들의 눈에 띄지 않을 수 있었을까? 그놈들은 어디에서 그 중장비를 얻을 수 있었을까? 바주카포로부터 캘리버 50이 탑재된 지프는 또 어디서? 도대체 무슨 귀신 같은 놈들이기에 그놈들은 백주에 도로를 통해 그런 것들을 이동시킬 수 있었을까? 도대체 어떻게······.」

리케트 경감은 무겁게 한숨을 내쉬고 자신의 상의 주머니에서 수첩을 꺼내 들고 말했다.

「내가 보고할 것이 좀 있을 것 같소이다. 지난 3시간 동안 여러 가지 보고들을 종합해서 면밀히 검토해 보았소. 그래서, 에, 그러니까 좀 들어 보시오. 〈벨에어〉 사태에 대한 보고서부터 시작하겠소. 지프가 마지막으로 관찰된 지점은 스카이레인 도데, 바로 다음 지역의 두 목격자는 맹세코 그 지프가 그곳을 지나가는 것을 본 적이 없다는 거였소. 경찰 순찰차와 소방서 차량들을 제외하면, 그 시각에 지나간 자동차라고는 커다란 세미 트레일러뿐이었다고 보고되었답니다. 목격자는 그 트레일러에 대해서는 거의 주의를 기울이지 않았기 때문에 그들은 그 차의 특징은 물론 색깔마저도 기억해 내지 못했습니다.」

리케트는 라이온스 경위를 정시하며 말을 이었다.

「다음에는 칼의 보고서에서 인용하겠소. 〈······그리하여 나는 천천히 달리고 있는 세미 트레일러를 따라 클로버잎 속으로 진입하는 수밖에 없었다.〉 자네는 자세하게 기록하지 않았더군, 칼. 그게 화물차 모양으로 생긴 트레일러였던가, 뭐던가?」

「화물차 모양이었습니다.」

라이온스는 경감의 눈을 들여다보며 고개를 끄덕였다.

「화물차였다고? 계획이 아주 대단했어, 놈들은. 자, 이제는 지오르다노 씨 고용인의 증언에서 인용해 보기로 합시다. 그는 그 총격전에서 살아 남은 유일한 생존자라오. 〈지오르다노 씨는 우리가 계속해서 미행을 당하고 있다고 생각했습니다. 우리는 그 미행자들이 우리를 놓치는 일이 없도록 기다리기까지 했습니다. 그는 그자들을 올가미 속에 빠뜨리려고 노력했습니다. 그런데 뒤따라온 것이라고는 그저 거대한 디젤 트럭뿐이었습니다. 그것은 청동빛의 화물차였다고 나는 생각합니다.〉 아, 물론 이것은 어쩌면 우연한 일이랄 수도 있다고 봅니다만, 그 안에 어떤 해답이 숨겨져 있지 않을까 싶습니다.」

브래독의 눈에서 불꽃이 일었다.

「그 교활한 녀석!」

하고 그는 중얼거렸다.

「우연이라고 생각하기에는 너무 개연성이 높군요.」

포스터가 브래독을 바라보며 말했다.

브래독은 눈을 부라리며 외쳤다.

「나는 어떤 것도 우연이라고 무시해 버리지 않는다. 보란이 그 우연 안에 없을지라도 말이야.」

그는 책상으로 재빨리 돌아가서 서류 뭉치를 뒤적였다. 그 중에서 한 장을 끄집어내 타이핑된 내용을 입 속으로 부지런히 훑어 내려갔다.

「여기 있군. 제럴드 영이라는, 살아 남았다는 바로 그 자야. 이게 지오르다노의 고용인이라는 그자의 진술 조서 사본이야.

왜 지오르다노는 그들이 미행당하고 있다고 느꼈는가 하는 질문
을 받자 다음과 같이 대답했어. 〈글쎄요. 나 자신은 이런 생각을
해봤습니다. 같은 차 두 대가 우리 뒤를 계속 따르고 있었습니
다. 하나는 푸른 색의 포드 세단이었고 구형이었습니다. 다른 하
나는 낡은 스테이션 웨건이었는데 커다란 차였습니다. 아마 뷔
크나 메르쿠리였을 것입니다.〉 아직도 모르겠나, 경위?」

　젊은 경관의 두 눈이 뜻밖의 새 사실에 튀어나올 듯이 커졌다.

　「푸른 색의 포드 승용차가 우리의 행렬에 끼여 들었답니다. 웨
건은 간선 도로에서 바로 내 뒤로 끼여 들었다고요. 우리가 오르
막길로 올라갈 때는 이런 순서였습니다. 거대한 콘티넨털 승용
차, 다음이 롤스로이스, 포드 승용차, 스테이션 웨건. 그러고는
고속도로로 들어서자 모든 차들이 앞을 다투어 달려나갔었죠.
나는 롤스로이스에만 정신을 빼앗기고 있었습니다.」

　리케트는 웃음을 터뜨렸다.

　「그놈들이 계속해서 자네를 가둬 둔 걸세. 이봐, 라이온스. 그
놈들은 자넬 조롱거리로 만들고, 자네를 꽁꽁 묶어서 끌고 다닌
거야.」

　「지오르다노의 차와 다른 차들이 고속도로에서 뒤섞여 있는
데, 도대체 내가 무슨 짓을 할 수 있었다는 겁니까? 나는 잠깐
동안도 다른 차들에 대해서는 신경을 쓸 수가 없었습니다. 물론
그 세미 트레일러에 대해서도 마찬가지였습니다. 누가 그런 데
까지 신경을 쓰겠습니까?」

　「칼의 말이 옳아.」

　브래독은 담배를 피워 물고 말을 이었다.

　「누구나가 다 눈을 번쩍 뜨고 놀란 입을 다물지 못했겠지. 만

일 그 엄청난 기관총을 탑재한 군용 지프가 자동차의 행렬에 끼
여 들었다면 말이야. 그러나 그 교활한 놈은 그런 어리석은 짓은
하지 않았어. 그놈은 트로이의 목마를 이용했던 거야. 그 세미
트레일러 속에 작은 지프를 감출 수가 있었겠지?」

「그 빌어먹을 녀석들이 그 안에 탱크를 한 대 감춰 뒀다 해도
난 놀라지 않아요!」

포스터는 투덜거렸다.

브래독은 칼이 무엇인가 기억해 내기를 바라며 물었다.

「칼, 다시 주의 깊게 생각해 보게. 어떤 차가 자네한테 올가미
를 씌우던가? 포드였나, 콘티넨털이었나, 아니면 웨건이었나?」

「둘 다 아니었습니다.」

라이온스는 잠시 생각하는 듯하다가 입을 열었다.

「그러니까……에, 저는 너무 당황해서요.……잠깐만 기다려
주십시오. 저는 의아하게 생각했었습니다. 도대체 왜 그 차는 그
다지도 느린지를 말입니다. 그러고는……그렇습니다. 그건 분명
히 스포츠 카였어요! 붉은 스포츠 카! 맞아요! 확실해요!」

「어디 제품이었나?」

「그게……외국산 자동차였을 겁니다. 그래요! 이제 기억이 조
금씩 납니다. 저는 그 차를 보면서 생각했습니다. 이렇게 도로
사정이 좋은 곳에서도 그 정도의 속력이라면 다된 차라고요. 이
젠 폐차 처분할 때가 아닌가 하고 말입니다.」

「그것은 계획에 의한 시간 맞추기 계략이었습니다. 다른 차들
을 지체시키려는 의도에서 그랬겠지요. 그런데 그런 일은 계획
만으로는 성공시킬 수 없는 법입니다. 그 녀석들은 분명히 차 안
에 무전 시설을 갖추고 있었을 겁니다. 그렇지 않습니까?」

포스터가 동의를 구하듯 말했다.

「빌어먹을!」

브래독은 낮게 중얼거렸다.

리케트가 다시 말문을 열었다.

「그 사실이 이 사건을 새로운 차원으로 옮겨놓을 것 같군.」

「왜 아니겠나? 보란이라는 자가 무선 전신기를 사용하지 말라는 법이 있겠어? 그놈들은 이미 군용 장비로 완전히 무장되어 있어. 바주카포도 갖고 있다는 게 확인되잖아? 그리고 더욱 기막힌 노릇은 돈만 내면 총 같은 건 어디에서라도 구할 수 있다는 거야. 요즘 세상에서는 말일세.」

브래독은 잠시 말을 멈추었다가 주의 깊게 덧붙였다.

「우리 전략을 완전히 수정해야겠어. 그놈들의 무전 연락을 도청할 수 있는 방법을 한번 연구해 보기로 하세. 앤디, 그 일을 자네에게 맡기겠네. 전자 정보를 다룬다는 것은 대단히 복잡한 과학분야와 관계된 일이므로 지원을 받아야 할걸세. 연방 통신 위원회 도움을 얻어 보게. 육군이나 해군, 중앙 정보국의 도움까지도 요구해 봐. 필요한 경우에는 말야. 하여튼 모두 다 여기에 초점을 맞추고 일을 진행해 나가기로 하세. 우리의 적수인 그 녀석은 기름을 잔뜩 친 기계처럼 원활히 작동하고 있네. 우리가……, 아니 그놈들은 우리들을 조롱거리로 만들고 말지도 몰라.」

그는 중도에서 말을 끊고 리케트에게로 걱정스러운 시선을 옮겼다.

「자네가 이번 사건을 이런 식으로 만들고 만 것 같군. 그들이 사용하고 있는 차량들에 대해서 우리는 세밀하게 조사해 두어야겠어. 가장 빠른 시간 안에 모든 단위 수사 요원들에게도 이 정

보를 보내 주게. 그 트로이의 세미 트레일러에 대해선 가능한 한
빨리 정보를 입수하도록 하게. 그런 물건은 사용하고 있지 않거
나 터미널에 주차되어 있지 않는 한은 은폐시키기 어려운 법이
야. 화물 트럭형의 세미 트레일러로 간주될 수 있는 물건이라면
어떤 경로를 통해서라도 무엇이든지 모두 철저히 수색, 조사해
주게. 칼, 자네는 화기 등속의 장비들을 추적해 주게. 바주카포
나 기관총 같은 중무기들은 인근에 있는 무기 가게에서 찾을 수
있다고 생각지 말게. 또한 무선 송수신기 기재들도 최근에 수집
된 정보에 입각하여 철저히 추적하게. 그러니까 내가 요구하는
바는…….」

「이제 거의 자정입니다, 주임님.」

하고 리케트가 상기시켰다.

「우리들 대부분은 18시간 동안 계속 뛰었습니다.」

포스터가 피곤하다는 듯이 말했다.

「자네에게 몇 사람 더 지원하겠네. 어떻게 해서든 그놈들이 우
리 손아귀에서 벗어나지 못하게 해야 해.」

그때 아까 그 경관이 문을 열고 뛰어들어와 급하게 소리쳤다.

「조금 전에 버뱅크의 〈트리 해변 레코드〉를 공격했습니다.」

「레코드 회사라고?」

브래독은 얼이 빠진 듯했다.

「왜 자네는 그게 보란 패거리의 짓일 거라고 단정하지? 아무
런 연관성이 없을 수도…….」

「그에 대해서는 저도 잘 모릅니다.」

하고 경관은 계속해서 말을 이었다.

「사건은 〈스튜디오 웨이〉 건물의 바깥쪽에 있는 창고에서 일

어났다고 합니다. 보고에 의하면 놈들이 소이탄을 터뜨리며 습격하는 동안에 공중에서는 헬리콥터로부터 총알이 빗발치고 있었다고 합니다. 저는 단지 그들이 〈불치의 죄인〉으로 추측돼서…….」

브래독은 이미 사무실을 나서고 있었다. 그 뒤를 한 떼의 수사진들이 뒤따랐다. 그들은 〈불치의 죄인〉 특별 통제실로 들어섰다. 브래독은 몸을 홱 돌리며 발악하듯 외쳤다.

「나가 봐! 일이 있으면 무전기로 연락하겠어!」

수사관들은 재빨리 뒤로 돌아서더니 복도를 달려나가 차고로 향했다. 통제실 인터폰 앞에 선 브래독은 재빨리 버튼을 하나 누르고 큰 소리로 지시 사항을 말했다.

「급전이다! 〈불치의 죄인〉 비상이다! 모든 단위 수사대는 들으라. 코드 7—10, 복수화하라! 글렌데일의 샌타모니카 시, 버뱅크 스튜디오다. 알파 지점으로 집결하라! 알파 4가 사건 발생 지점이다. 알파 지점으로 집결하라! 근처에서 집결 대기하라!」

그는 중앙 지급 송신소에서 전문 내용을 제대로 인지(認知)했는지의 여부도 확인하지 않은 채 또 다른 스위치를 올리고 앉은뱅이 마이크를 통해 〈불치의 죄인〉 특별 네트워크에 대고 지시 사항들을 퍼부어대기 시작했다.

칼 라이온스 경위는 포스터 경감과 함께 나란히 차고를 향해 뻗은 긴 복도를 뛰어내려가고 있었다.

「그자들이 맞을까요? 하루 사이에 벌써 세 차례의 공격을 감행하다니! 정말 동에 번쩍 서에 번쩍인데요.」

포스터는 점차 숨이 가빠 왔다.

「우리가 베트남에서 왜 이기지 못했는지 점점 알 수 없게 만드는구먼!」

그는 혼잣말을 하듯 나직이 중얼거렸다.

「또 재수 없게 이런 생각이 드는군그래. 이번에도 또 그놈들에게 당했다는……..」

라이온스는 외쳤다.

「우린 그놈을 잡아야 합니다! 놈을 만나기만 하면 반드시 잡고 말겠어요!」

「내 생각으로는 우리는 포병대와 공군의 지원을 받아야 할 것 같네. 이건 도무지 경찰관들의 임무 밖의 일들이야. 그놈은 어쩌면 어디엔가에 진짜 탱크를 숨겨 놓았을지도 모르는 일이야! B52 폭격기까지 동원할지 모르고. 어쨌든 난 이제 더 이상 놀라지는 않겠어. 모든 걸 예상하고 있으니까.」

라이온스가 조용히 웃었다. 그들은 차고에 도착했다. 그는 이미 그의 파트너가 자리잡고 앉은 차 안으로 뛰어올랐다. 라이온스는 오늘 이 기회에 보란이 경찰관들의 그물 속에 사로잡히기를 간절히 바랐다. 그는 그 영리한 놈의 얼굴을 대하고 싶었다. 경찰에서 가장 촉망받는, 젊고 유능한 자신을 형편없는 멍텅구리로 전락시켜 버린 행위에 대해 그는 그자에게 감사를 드리고 싶었던 것이다. 그는 그자의 이마에 탄환을 쏘아붙임으로써 심심한 감사를 표시하고 싶었다.

「오케이! 끝내자!」

보란은 무전기에 대고 외쳤다. 저장 창고는 맹렬한 불길에 휩싸여 있었다. 으르렁거리는 거대한 화염이 하늘 끝까지 치솟아서 주위 100야드까지는 밤의 도시를 훤한 대낮처럼 밝히고 있었다. 창고를 둘러싸고 있는 거대한 울타리는 뜨거운 열기에 휩싸였다.

「알았어. 대장! 저 지글거리는 소릴 들어 봐. 도대체 무엇을 가지고 레코드를 만들기에 저렇지?」

폰테넬리가 대꾸해 왔다.

보란은 그의 차에 뛰어올랐다. 차는 창고 뒤의 담장 밖 조금 떨어진 곳에 주차되어 있었다. 그는 무전기를 윗주머니에 쑤셔 넣고 전속력을 내어 자갈로 뒤덮인 뒷길로 후진했다. 저쪽 코너에 있는 저장 창고의 사무실을 향해서였다. 거기에서 그는 붐붐 하파워를 만났다. 그는 방화 직전에 저장 창고의 종업원들을 불러모아 이번 사고로부터 보호하는 임무를 맡고 있었다. 하파워는 재빨리 무표정한 보란의 옆자리로 미끄러져 들어왔다.

「아차! 매시맬로(과자 종류)를 가져오는 걸 깜박 잊어버리고 말았어!」

보란은 기어를 바꾸고 조금 더 스피드를 내 머캐덤의 자갈길 위를 달려가고 있었다. 그들은 거리로 미끄러져 들어섰다. 그들은 먼 거리에 늘어선 언덕을 향해 전속력으로 곧장 달렸다. 그들을 방해하는 자는 아무도 없었다. 보란은 바퀴의 진동을 조금 줄이더니 무전 송수신기의 단추를 눌렀다.

「차퍼, 어디에 있나?」

그가 외쳤다.

아무런 응답도 없었다. 보란은 액셀러레이터를 힘껏 밟았다. 하파워는 안절부절못하더니 무전기를 집어 들었다. 보란의 귀에 비탄에 찬 폰테넬리의 음성이 들려왔다. 그는 굉장히 당황해 하고 있었다.

「대장, 사냥개(경찰)들이 쫙 깔렸어!」

보란은 입 속으로 뭐라고 웅얼거렸다. 그러나 그의 손과 발은 침착하게 자신이 해야 할 일을 하고 있었다. 손은 무전기를 쥐었고, 발은 힘껏 브레이크를 밟았다. 코르베트가 멈춰서기 위해 비명소리를 냈다. 보란은 무전기에다 이렇게 외쳤다.

「상황을 설명하라, 차퍼!」

폰테넬리의 격앙된 음성이 즉시 튀어나왔다.

「내 주유 탱크가 터져 버렸다! 차들이 타고 있어! 나는 부상당했고 사냥개들이 벌떼같이 몰려들고 있어!」

코르베트는 U자로 급커브를 틀더니 곧장 앞으로 달려나갔다. 보란은 한 손으로는 운전대를 거머쥐고, 다른 한 손으로는 무전기를 조작하고 있었다.

「북서쪽 구석 담장 밑으로 가! 거기 몸을 깔고 낮게 엎드리고 있어. 곧 가겠다!」

「알았어!」

「침착해! 침착하라고! 차퍼!」

칼 라이온스는 거대한 불꽃이 꿈틀거리며 하늘로 치솟아오르는 것을 볼 수 있었다. 잇달은 사이렌 소리와 중장비로 무장된 소방 트럭이 밤의 도로를 이리저리 헤매고 있었다. 이 모든 풍경은 마치 영화 세트장이 아닐까 하는 느낌을 갖게 했다. 그의 운전사는 액셀러레이터의 페달을 힘껏 밟고 저장 창고로 향하는 모퉁이길로 쏜살같이 내달아갔다. 그때 무전기가 빽빽거리며 브래독의 흥분된 음성이 그의 귀를 파고 들어왔다.

「〈불치의 죄인〉 단위 수사대 1, 3, 5, 7은 들으라. 〈불치의 죄인〉

비상이다. 지급이다! 멀찍이 떨어져 대기하며 견제하라!」

「맙소사, 그놈들은 할리우드에서처럼 공격을 해오는구먼!」

에버스 경사는 라이온스를 바라보며 감탄했다. 그의 발은 액셀러레이터 위에 얹힌 채 부들부들 떨리고 있었다.

「잊어버려! 여긴 현장이야!」

라이온스는 소리를 질렀다. 그들은 늘어서 있는 순찰차의 긴 행렬 사이로 비집고 들어갔다. 흰 헬멧과 빨간 진입용 화기를 휴대하고 정복을 입은 경찰관들이 창고 구내에서 신중한 태도로 움직이는 것이 보였다. 소방 대장이 라이온스의 차 옆으로 총알같이 뛰쳐나가 진입로를 정리하고 있었다. 소방수들은 호스와 다른 소방 장비들을 들고 이리 뛰고 저리 뛰고 엄청난 불기둥 속으로 물을 뿜어대고 있었다.

브래독의 음성이 무전기 사이로 다시 울려나왔다.

「2번 지역, 완전 봉쇄하라! 킹 5번과 킹 9번 사이도 차단하라! 폐쇄하고, 감시하라! 3번 단위대 보고하라!」

에버스는 라이온스를 물끄러미 바라보았다.

「보고 안 하실 겁니까?」

하고 그는 급히 재촉했다.

경위는 차에서 내려 걸어갔다. 그러나 그는 문쪽으로 다시 되돌아와 고개를 디밀고 말했다.

「자네가 보고해. 보고하고 싶거든 말이야. 주임한테 말해. 나는 현장 어디 있는지도 모르겠다고.」

「저라도 보고하는 게 낫겠지요?」

그는 마이크를 향해 손을 뻗었다. 그러나 이미 라이온스는 그로부터 멀리 떨어져 수라장 속으로 재빨리 사라지고 말았다.

조지 지트카는 어깨에 캔버스 가방을 둘러메고 좁은 뒷골목을 맹렬히 달리고 있었다. 데드 아이스 워싱턴이 그의 뒤를 바짝 뒤따르고 있었다. 어깨에는 자동 화기를 둘러멨고 그의 커다란 손에는 작은 가방이 매달려 흔들리고 있었다. 그는 힘도 들이지 않고 그 긴 다리로 성큼성큼 앞으로 내딛어갔다. 그들은 주차장 시설이 있는 텅 빈 공간을 가로질러 바인 거리를 날듯이 빠르게 지나갔다. 한 대의 포드 세단이 천천히 모퉁이에 멈춰서는 것이 그들의 시야에 들어오자 그들은 더욱 속력을 내서 달렸다. 차 있는 곳에 이르자 그들은 들고 있던 장비와 화기, 가방 등을 창문으로 던져 넣었다. 문이 열리고 지트카와 워싱턴은 훌쩍 차 안으로 몸을 날렸다. 차는 즉시 그 자리를 떠났다.

운전대 앞에 앉아 있던 해링턴이 흥분한 목소리로 물었다.

「어떻게 됐어? 다 무사한 거야?」

워싱턴은 낄낄거리며 대답했다.

「봐로네 녀석은 놀라서 뒤집어지려고 하더군. 그놈은 우리가 돈을 가져갔다고 소릴 지르고 있어. 우리도 인정했지.」

지트카는 흥분하여 헐떡거리고 있었다.

「어떤 멋진 금발머리와 놀아나고 있는 걸 붙잡았지.」

「그래에?」

하고 해링턴은 놀라는 시늉을 해보였다. 그러나 즉시 그는 도로 쪽에 신경을 집중시켰다. 그는 길 옆으로 차를 붙였다가 네거리로 나가 할리우드 고속도로의 진입로를 향해 그대로 달렸다.

「젠장! 내가 어쩌다 그 재미를 몽땅 놓쳐 버리게 됐을까?」

그는 불평했다.

「빌어먹을! 재미는 그놈 혼자 보고 있었어!」

워싱턴이 대꾸했다.

「하지만 그 여자는 우리의 출현을 반가워하는 눈치였다고. 그 녀석이 아마 자기들의 행위를 녹음하자고 보채고 있었던 모양이지? 그들의 얘기를 내가 잠깐 들었거든.」

사이렌을 울리며 경찰차 한 대가 그들과는 반대 방향으로 광폭하게 스쳐 지나갔다.

「어디로들 가는지 모르겠군?」

해링턴은 유쾌하다는 듯 키들거렸다.

「저놈은 틀림없이 레코드 스튜디오로 달려가고 있을 거야.」

지트카가 말했다.

데드 아이스 워싱턴은 흐뭇한 표정이 되었다.

「나한테는 그놈의 공장이 그대로 지옥 속으로 굴러 떨어지는 소리같이 들리더구먼. 나는 누가 그런 짓을 하고 싶어했는지 모르겠어.」

포드 세단은 고속도로로 진입하는 언덕으로 올라서서 질주하는 차량의 홍수 속으로 밀려 들어갔다. 해링턴은 잠시 뻣뻣해져서 그들 곁을 금방 로켓처럼 달려가 버린 차를 눈으로 좇고 있었다.

「저기 블러드 브라더가 가잖아! 우리의 시간 맞추기가 완벽하군!」

해링턴의 포드는 차량들의 홍수 속으로 섞여 들었다.

「대장은 어떻게 그런 공격 방법을 생각해 냈을까?」

「자네는 그 사람에 대해서 눈꼽만큼도 모르고 있어. 그의 공격에 대해선 당할 자가 없다고.」

워싱턴이 자랑스럽게 말했다.

땀이 칼 라이온스의 두 팔뚝을 따라 흐르더니 그의 손가락 끝
에서 떨어져 내렸다. 그는 권총의 손잡이를 꽉 움켜잡았다. 그는
조금 전에 자신이 이 뜰의 구석으로 들어선 것이 맹렬한 열기 때
문이었는지, 아니면 다만 어리석은 경찰관의 본능 때문이었는지
알 수가 없었다. 그러나 활활 타오르고 있는 구석 쪽의 울타리가
갑자기 그에게 그의 운명이 거기에 있음을 확인하게 만들었다.
어떤 형태의 것이든 상관할 필요가 없었다.

그런데 무엇인가가 점점 자신을 긴장하게 만들고 있었다. 울
타리 근처에 무언가가 있었다! 그는 잔뜩 긴장한 채 눈동자를 이
리저리 굴리다가 드디어는 이를 악물고 경기관총을 든 사내를
찾아냈다. 그는 군용 작업복과 검은 베레모를 쓰고 있었으며, 트
랜지스터 소자(素子)의 송수신 겸용 무전기를 어깨에 메고 있었
다. 그는 무릎을 꿇고 있었는데 라이온스가 나타나자 이를 악다
문 얼굴로 웃어 보였다. 라이온스의 눈에 사내의 무기가 뚜렷하
게 들어왔다. 자동 기관총이었다.

「버려!」

라이온스가 소리쳤다.

「허어, 그러지!」

하고 그 사내는 말했다. 그는 아직도 이를 악다문 채 웃고 있었
다.

100미터가 채 안 되는 거리로부터 들려오던 소음과 화염에 싸
인 아수라장이 갑자기 그들의 뇌리에서 사라져 버렸다. 춤추듯
일렁이며 주위를 태우고 있는 불길은 이 순간의 기묘함을 더 짙

게 채색하고 있었다.

「여기는 베트남이 아니야, 보란!」

라이온스가 말했다. 그의 목소리는 주체할 수 없는 흥분 때문에 가볍게 떨리고 있었다.

「나는 경찰이야, 무기를 버려라.」

「난 보란이 아니다. 마음대로 해라. 쏘든 말든! 그러나 너는 나보다 먼저 지옥을 방문하게 될 테니까.」

라이온스는 순간 온몸의 피가 차갑게 식는 것을 느껴야 했다. 또 다른 목소리가 그들의 대화에서 끼여 들었던 것이다. 그것은 더할 수 없이 침착하고 유유자적한 목소리였다.

「일어서라, 차퍼. 그만 떠나자.」

키가 큰 한 사나이가 쇠사슬로 얽힌 담장 밖에 우뚝 서 있었다. 라이온스는 이제야 자신의 주의력을 몽땅 빼앗아 버렸던 그 불길의 정체가 이해되었다. 그 담벼락 중간 지점은 뭉게뭉게 피어오르는 검은 연기로 반쯤 가려져 있었다. 그 연기는 기괴한 모습으로 뒤틀리며 하늘로 뻗쳐올랐다. 쇠사슬은 보기 흉하게 넘어진 울타리를 따라 길게 이어져 있었다. 그들은 울타리를 폭파했던 것이었다.

냉정한 목소리의 그 키가 큰 사나이는 군용 45구경을 들고 있었다. 그는 그 총구 끝으로 이를 악다문 사나이를 가리켰다.

「대장, 나는 꽁무니를 빼는 법이라고는 없는 사람이다.」

사나이는 불평을 토했다.

「죽거나 살거나, 둘 중에 하나야! 차퍼.」

침착한 목소리가 충고했다.

라이온스는 당황하기 시작했다. 그 키가 큰 사나이가 그가 해야 할 일을 가로채어 하고 있었다.

「잠깐 기다려! 아무도 달아날 수는 없다.」

「어서 일어나라, 차퍼.」

키 큰 사나이는 라이온스를 완전히 무시해 버리고 단호하게 명령했다.

그러나 명령받은 그 사나이는 여전히 킬킬거렸다. 그러나 그의 표정은 딱딱하게 굳어 가고 있었다. 그는 자신의 자존심과 싸우고 있었던 것이다. 그는 이글이글 타고 있는 눈을 들어 라이온스를 쏘아보고 있었다.

라이온스는 당혹감을 느꼈다. 그의 두 귀가 멍멍해지고 있었다. 경찰용의 특수 38구경은 라이온스 자신의 뜻으로서가 아니라, 총 자신의 의지로 자신의 손에 불쑥 나타나 있는 듯이 보였다. 그래도 그는 방아쇠 위에 걸린 자신의 손가락 힘이 차츰 강해지는 것을 느낄 수 있었다. 사나이는 천천히 한 걸음, 또 한 걸음 뒷걸음질치기 시작했다. 그는 울퉁불퉁한 땅 위를 주의 깊게 골라 딛으며 발을 옮겼다. 라이온스는 키 큰 사나이에게 눈의 초점을 맞췄다.

「네가 보란이로군!」

그 사나이는 순순히 고개를 끄덕였다.

「너하고는 싸우고 싶지 않다, 경위!」

「언제부터냐?」

라이온스가 물었다. 그는 자신의 목소리마저도 들을 수 없을 만큼 흥분해 있었다. 보란은 대꾸하지 않았다.

보란은 이제 천천히 사나이를 따라 걸음을 옮기고 있었다. 그는 라이온스와 느리게 뒷걸음질하고 있는 사나이 사이로 조금씩

다가갔다.

「객기 부리지 마!」

그는 짤막하게 말했다. 그러면서 그의 눈은 타오르고 있는 저장 창고로 옮겨졌다.

느리게 걷던 사나이는 이제 보이지 않았다. 라이온스는 왜 자신이 거기에 서 있는 것인지조차 의아한 생각이 들었다. 보란의 45구경은 천천히 총구가 내려지더니, 어느 사이엔가 보이지 않았다.

「자, 이제 나는 가겠다.」

그는 부드럽게 말했다.

라이온스는 키 큰 사나이를 향해 권총을 들어올려 사격 자세를 취했다.

「너를 체포한다, 보란!」

「나는 가겠다!」

하고 보란은 반복했다. 그는 침착하게 한 걸음 떼어놓았다. 이윽고 소리 없이 어둠 속으로 사라져 버렸다.

라이온스는 믿어지지 않는다는 듯 보란이 서 있던 자리를 응시하고 있었다. 그는 리볼버를 들고 있던 손을 내리고, 화가 난 듯이 그것을 케이스에 쑤셔 넣었다. 달려오는 발소리들이 그의 등 뒤로부터 가까워지고 있었다. 잠시 후 두 명의 정복 경찰관이 그가 서 있는 주변으로 달려왔다.

「폭발이 시작된 곳이 바로 이 지점일 거야!」

한 정복 경관이 말했다. 그는 무릎을 꿇고 앉아서 넘어진 담장의 일부분을 손으로 더듬거렸다. 잠깐 뒤에 그는 머뭇거리며 손을 거둬들였다.

「아직도 뜨거운데. 뭐 보신 것 있습니까, 경위님?」

「틀림없이 시한 폭탄이었을 게다. 그 우라질 놈의 것이 내 눈 앞에서 터졌어.」

라이온스는 중얼거렸다.

「아무 것도 보지 못하셨습니까, 경위님?」

「못 보았어!」

라이온스는 담장 너머의 어둠 속을 응시한 채 멍청하게 서 있었다. 그는 소원대로 그 영리한 불한당과 얼굴을 맞대고 만났던 것이었다. 그러나 그자는 그를 무시하며 그냥 제 발로 사라지고 말았다.

「아무 것도 볼 수 없었어.」

그는 조용히 다짐하듯 말했다.

7
새로운 전술

　새벽 3시에서 채 몇 분이 못 미치는 시각이었다. 제노 봐로네는 상황으로 보아 이제 잠을 자기는 이미 글렀다고 생각했다.

　그는 거의 10분 동안을 그의 사치스러운 사무실 안에서 오락가락 서성거렸다. 경찰관들이 조사를 끝내고 돌아간 뒤에도 그는 계속 나름대로 수사를 진행시키느라고 주변을 헤맸다.

　그의 목구멍 속에는 거대한 분노의 덩어리가 이글거리고 있어서 숨도 크게 쉴 수가 없었다.

　그는 그 덩어리를 자신의 목구멍에 채워 놓은, 그 미치광이 놈의 목구멍 속에 도로 그것을 처넣어 주기 전에는 모든 것을 참아내리라고 다짐했다.

　별안간 그는 사무실 한가운데 우뚝 멈춰섰다. 그러고는 처음으로 가죽을 입힌 의자에 털썩 기대앉았다.

　「그 여우 같은 놈들이 도대체 어떻게 나를 알아냈을까?」

그는 회전 의자를 돌려 책상 모서리에 걸터앉아 있던 한 사내의 엉덩이를 집게손가락으로 쿡 찔렀다.

「자네가 찾아내! 그 문제에 관한 한 자네가 모든 책임을 져야 해. 알겠어?」

그 사내는 자기와는 상관없는 일이라는 듯 담배를 피워 물더니 천장을 향해 담배 연기를 뿜어 올렸다.

「내 잘못을 자꾸만 상기시킬 건 없어, 봐로네! 너무 소란 피울 것도 없고……. 머잖아 놈들을 잡아내 얼음통 속에 쑤셔 박아 놓을 테니까.」

그는 가볍게 받아넘겼다.

「머잖아? 지금 당장이 아니면 안 돼! 그 자식들이 2만 달러를 훔쳐 달아났단 말이야! 그것도 빳빳한 현찰로만 2만 달러라고! 그건 내 돈도 아니고 우리 가문의 돈이야. 얘기하지 마, 얘기하지 마! 그놈들이 아래층에서 무슨 짓을 했는지는. 빌어먹을! 보험 회사가 이번 사고에 대한 변상이나 해줄지 모르겠군. 그놈들은 아마 이 사건을 크게 떠벌리고 다닐 게 틀림없어. 아, 나는 끝장난 거야. 이놈의 것들을 모두 원상 복구시키지 못한다면 나는 조직에서 쫓겨나고 말 거야!」

봐로네는 으르렁하였다.

다른 한 사내는 여전히 무관심한 태도였다. 그는 팔을 뻗어 담배를 눌러 껐다.

「자네의 동업자 스트레치오가 이번 손실을 어떤 식으로 받아들이게 될지 궁금하군. 노발대발하겠지?」

「스트레치오가? 트리 해변에는 단돈 5센트도 그의 돈이 투자돼 있지 않아. 모두 조직의 돈이야! 1센트도 그의 돈은 없어. 그가 비명을 지를 이유가 어디 있어? 디스크들은 모두 내 거야. 그 사람 게 아니야!」

그 사내는 마루 위에 버티고 섰다가 창문 쪽으로 걸어갔다. 그는 호주머니에 손을 꽂은 채 거리를 내려다보며 말했다.

「자네는 욕심이 많더군!」

「무슨 욕심이 많아?」

「그래. 우리는 항상 자네의 이름이 알려지지 않도록 주의해 왔어. 자넨 우리의 리스트에 올라 있지 않아. 검찰 총장의 〈요주의 인물〉 명단에도 없어. 그런데 어찌된 영문인지, 신은 자네의 이름을 보란의 명단에 올리게 되었던 거야. 그러니까 이제 자네는 모든 사람들의 머리 속에, 모든 사람들의 리스트에 올라 있는 셈이 된 거지.」

「개자식들!」

「그 생각은 아직 못 해봤겠지?」

「넌 네 할 일이나 잘 해! 알아들었어? 우리가 한 달에 2000달러씩이나 주는 게 괜히……」

「집워 치워!」

하고 그 사내는 소리쳤다. 그의 목소리는 분노로 날카로워져 있었다.

「내 임무가 무엇이든 그 입으로 말하지 말란 말이야, 제노. 내 임무는 내가 만드는 거야. 또, 나한테 자네가 뭘 해주었다고도 결코 얘기하지 마. 그리고……미친 짓 하지 말란 말야. 자, 이제 우리는 그 녀석에 대해 많은 걸 알게 되었어. 그놈이 어떤 방법으로 일을 처리하는지, 또 주로 이용하는 차들이 무엇인지도 알았단 말이야. 그러니까 머지않아 그 보란이라는 녀석은 우리 손아귀에 들어오게 될 거야. 그때까지 잠자코 기다려!」

「가문에 들러 봐야겠어.」

「도대체 어리석기 짝이 없는 짓이야! 그놈들이 왜 자네를 살려 줬는지 생각해 봤나, 제노? 그놈들은 자네가 그렇게 해주기를 학수 고대하고 있단 말야.」

「경찰 녀석들, 그놈들 이번엔 모두 꽤나 한다는 놈들이라면서, 응? 그들이 이 도시를 완전히 장악하고 있다면서?」

봐로네는 갑자기 신경질적인 폭소를 터뜨렸다. 그는 선반에서 술병을 꺼내 위스키와 물을 아무렇게나 뒤섞은 다음 그것을 반쯤 삼켰다. 다른 사내는 화간 난 얼굴로 봐로네를 노려보고 있었다. 봐로네는 손등으로 입술 주위를 훔쳤다.

「바로 그건 내가 에밀리오에게 얘기했던 그대로야. 그런데 그 불쌍한 에밀리오는 지금 어떻게 됐나, 응? 경찰 녀석들은 모두 썩었어. 그걸 알아? 그놈들은 아무 짝에도 쓸모가 없어. 난 진짜 솜씨 있는 대원들을 투입할 계획이야. 가만히 앉아서 그 녀석이 신나게 털고 죽이고, 내 엉덩이를 걷어차고, 내 사업체를 깨부수고, 내 재산을 불태우는 걸 두고볼 수는 없어. 그럴 수는 없다고!」

「자네는 지금 에밀리오와 똑같은 실수를 저지르려 하고 있어. 그 경악스러운 실수를 말이야! 자넨 그 미치광이의 계략에 휘말리고 있는 거야.」

「아니, 아니지. 천만에! 그의 계략에 따라서가 아니야, 찰리. 우리는 같은 계산을 따라서 싸우는 거지. 들어 봐, 내가 그런 곤경을 훨씬 많이 경험한 사람이라는 게 단 하나 다른 점일 뿐이지. 또 더 솜씨 있는 부하들을 가졌다는 것도.」

「솜씨 있는 부하들? 정말 그렇게 생각하나, 제노? 이제 보니 자네는 어렸을 때보다 조금도 나아진 게 없군그래?」

「여기서 꺼져, 이 자식아!」

잔을 쥔 봐로네의 손에 불끈 힘이 가해졌다.

「그게 진심인가?」

「물론!」

「좋아 기꺼이 그렇게 해주지!」

사내는 담담한 목소리로 말했다. 그리고 찰리 리케트——24시간 근무하는 그 사내는 사실은 마피아의 단원이었다——는 조용히 문으로 걸어가서 밖으로 나갔다.

「이봐, 이제 어떤 R과 R을 위한 준비가 되었어.」

안드로메다는 카우치(잠자리로 쓰이기도 하는 소파) 위에 엎드리며 말했다.

「어느 날 그는 부자가 될 것이고, 다음에는 망하겠지?」

폰테넬리는 그렇게 말하며 블랭카날레스에게 윙크를 보냈다.

「그런데……아, 정말 피곤하군.」

안드로메다는 둔중한 목소리로 말했다.

블랭카날레스는 폰테넬리의 상처 입은 어깨에 근심스럽게 화상 연고제를 발라 주고 있었다.

「어깨에까지 털이 난 사람은 드물지. 그다지 심하게 다치지는 않았구먼, 차퍼.」

폰테넬리는 그저 조금 웃었다.

「이런 우라질, 벌써 3시야. 이제 눈 좀 붙이기로 하지, 모두.」

안드로메다가 투덜거렸다.

「우리는 그들을 공격하고, 또 공격하고, 쉴 새 없이 공격해야
해! 안드로메다가 그만 자자고 애원할 때까지.」

폰테넬리는 보란의 목소리를 흉내 내어 선언했다.

「닥쳐, 이 친구야!」

안드로메다가 외쳤다.

그제서야 보란은 샌드위치와 커피를 들고 나타났다.

「어깨 좀 살펴봤나?」

「상처는 깊지 않은데 고통이 심하겠어.」

블랭카날레스는 간단하게 설명했다.

「그렇지만 그의 정신을 잃게 만들 만큼의 고통은 아니야.」

안드로메다가 덧붙였다. 그는 엉거주춤한 자세로 일어나다가
곧 다시 주저앉았다. 그는 기대에 찬 눈빛으로 보란을 바라보고
있었다.

보란은 앞에 있는 텔레비전으로 가서 그 위에 걸터앉았다. 그
러고는 쟁반을 끌어당겨 커피를 한 모금 마셨다.

「우린 운이 좋았어!」

폰테넬리는 그의 경직된 어깨를 굽혔다 폈다 하면서 보란에게
은근한 눈길을 보내고 있었다.

「대장이 오늘 밤 내 목숨을 구해 줬어.」

그 말이 끝나기가 무섭게 커다란 안락 의자에 파묻혀 휴식을
취하고 있던 데드 아이스 워싱턴은 낄낄거리며 대꾸했다.

「자기 입으로 그런 얘기를 하는 걸 보니 정말 운이 좋았던 셈
이군.」

「그렇다니까!」

폰테넬리는 워싱턴의 비양거림을 가볍게 일축해 버렸다.

「모두 다 들어보게. 그는 한 발을 지옥에다 내딛고 있는 나를 끌어내 줬어. 그는 아주 당당했고 자유롭게 행동했어. 그는 나를 구출해 내기 위해서 돌아왔던 거였어. 난 그 일을 결코 잊지 않겠어, 대장.」

보란은 샌드위치를 한 입 가득 우물거리다가 꿀꺽 삼키고는 고개를 끄덕이며 입을 열었다.

「내가 그런 일을 당한다면 너도 나를 구하기 위해 달려올 것이라고 믿고 있어, 차퍼.」

폰테넬리의 청동빛 얼굴이 환하게 밝아졌다.

「나의 지난 실수를 잊어 주게. 맹세코 다시는 그런 일이 없을 거야.」

보란은 그에게 윙크를 보내고는 시선을 갯지트 슈바르츠에게로 돌렸다.

「봐로네의 사무실을 철저하게 손봐 두었나?」

슈바르츠는 침착하게 보란을 바라보았다.

「물론! 그 혼란스러운 집은 볼 만했지. 나는 그렇게 호화로운 방은 처음 봤어. 그 협잡꾼 녀석 아주 대단하게 한몫 잡은 모양이었어. 그건 그렇고 사람의 목소리에 감응되어 작동이 시작되는 녹음기에 12시간짜리 테이프를 넣어 그 집 천장에다 감춰 두고 왔어. 블러드 브라더가 많이 도와 줬어. 하루에 두 번씩은 테이프를 바꿔 넣기 위해 그 집에 숨어 들어가야 하지만 그것쯤이야 감수해야지. 그렇게 해서 그 사무실에 대한 우리의 감시는 스물네 시간 동안 계속되는 셈이지.」

「잘했어!」

마지막 한 조각의 샌드위치를 커피와 함께 삼킨 보란은 손목시계를 들여다보았다.

「오늘 아침 10시 전에 그 첫 테이프를 받아 보고 싶다. 블러드 브라더를 데리고 가. 아, 또 있다. 지오르다노의 집에 설치해 놓은 장비들은 누군가 발견해 내기 전에 일찌감치 없애 버리는 게 좋을 것 같아. 우리가 먼저 공격하기 전에는 어느 누구도 우리의 머리카락도 건드릴 수 없게 해야 하니까.」

「그건 벌써 내가 제거했어.」

보란의 눈썹이 치켜 올려졌다.

「그런 일들은 여간 까다로운 게 아냐. 하지만 죽은 녀석 옆에다가 그걸 내버려두기는 싫었어.」

「어이구, 머리야!」

하고 안드로메다는 말했다.

「나는 네가 하는 일이 님프들의 젖가슴이나 주무르는 일일 줄은 까맣게 몰랐는데?」

슈바르츠는 미소를 띠며 중얼거렸다.

「난 그걸 즐기고 있었어.」

보란은 그때 무언가 골똘히 생각하는 표정이 된 채 폰테넬리를 바라보고 있었다.

「그 경찰 말인데…….」

「무슨 경찰?」

슈바르츠가 물었다.

「차퍼와 나는 오늘 밤, 트리 해변에서 사복 경찰관을 만났어.」

보란이 설명했다.

「그래. 우리도 그에 대해 들은 게 있어.」

안드로메다가 얼른 대꾸했다.

「좋지 않은 예감이군. 생각해 볼 만한 일이야. 은근히 두려워지는데? 오늘 오후에 고속도로에서 우리와 맞닥뜨린 경찰관들의 얼굴을 기억하고 있는 사람, 아무도 없나?」

사내들은 서로 눈짓을 교환했다. 아무도 대답하지 못했다.

얼마 동안의 침묵 끝에 보란이 말했다.

「내가 알아. 그들의 차가 그 고속도로에서 몇 분 동안 나와 나란히 달리고 있었어. 뒷거울을 통해 나는 그들의 얼굴을 똑똑히 볼 수 있었어.」

실내는 더욱 조용해졌다. 보란은 깊은 생각에 잠긴 듯했다. 지트카가 물었다.

「그래서?」

「그런데 트리 해변에서 차퍼와 내 앞에 버티고 서 있던 그자가 바로 순찰차 속의 그 경찰이었어.」

「그게 도대체 무엇을 의미하는 건가?」

지트카는 궁금했다.

「자, 잘 들어 봐. 경찰들이란 군대와 같아. 도그 회사 주위를 순찰하는 경관이 찰리 회사의 총격전에 모습을 나타낼 수는 없다는 거야. 순찰 경관도 지역별로 배당되어 있기 때문이지. 오후 3시에 지오르다노의 차를 미행하고 있던 경관이 같은 날 자정에 버뱅크의 외곽에서 뚝 떨어진 지역으로 수사를 위해 모습을 나타낸다는 것은 보통 일이 아니야. 그들이 그런 식의 근무를 항상 하고 있는 건 아니니까.」

「그 녀석이 아주 똑똑한 녀석이 아닌 한은…….」

지트카는 생각에 잠겨 중얼거렸다.

「그렇다. 그리고 경찰의 반격도 지나치게 재빨랐다. 경찰들은

일이 진행된 지 얼마 지나지 않아 이미 빽빽하게 들어차 있었으
니까.」

「마치 그들을 필요로 하는 사태가 그들을 부른 것처럼 말이
야.」

블랭카날레스도 알겠다는 듯 고개를 끄덕였다. 보란은 그에게
희미한 미소를 보냈다.

「그리고 그 경관은 나를 보란이라고 불렀어!」

「빌어먹을! 그는 나에게도 보란이라고 부르더라니까!」

폰테넬리도 한마디했다.

「이상한 것은 그가 나를 알아보았다는 것이 아니야. 예상을 하
고 있었다는 것이 문제야. 거기에서 나를 발견하게 되리라고 예
상을 하고 달려왔던 거야.」

「대장은 명사가 됐군그래.」

해링턴이 키들거리며 말했다.

「그것보다도 사태는 더욱 심각해.」

보란은 목소리를 낮추고 말을 이었다.

「경찰에서 특수 기동대 같은 종류의 단위 수사대를 별도로 설
치한 것 같아. 바로 우리를 잡아들이기 위해 조직된 특별 수사대
말이야.」

「엿먹으라고 그래! 그놈들은 아직 우리들에게 실력을 조금도
발휘하지 못했어.」

폰테넬리는 일소에 붙였다.

「그렇게 쉽게 생각해 버릴 일이 아니다. 좀더 주의를 기울여야
해. 만일 그들이 이미 모종의 조치를 취하고 행동하고 있는 것이
사실이라면 물론 우리도 그에 상응하는 조치를 강구하지 않으면

안 돼. 나도 그게 싫지만 어쩔 수 없어. 지금까지 우리의 성공은 서로 보조를 정확히 맞추어 행동했기에 가능했어. 우리에게는 우리들대로의 질서가 있어. 우리가 살인이나 폭행을 일삼는 테러단이 아님은 시민들도 모두 다 잘 알고 있어. 그러나 이제 경찰측에서 우리 특공대를 마치 범죄 단체인 양 취급하려 들고 있으니 우리도 그에 따른 새로운 각오가 필요한 거야.」

안드로메다가 끼여 들었다.

「대장 말이 옳아! 우리에게도 정보원이 필요해. 누구, 우리측 정보 장교가 될 사람 없어?」

그의 시선은 똑바로 갯지트 슈바르츠에게 날아갔다. 슈바르츠는 그저 웃으며 양 어깨를 움찔거릴 뿐이었다. 잠깐 동안의 정적을 마침내 루데크가 깼다.

「지금까지 내가 안 해본 일이라곤 없어. 내가 한번 경찰 깊숙이 잠입해 보겠네.」

보란은 희미하게 웃었다.

「그 문제는 우리 모두가 좀더 신중히 검토해 본 뒤에 결정하도록 하자. 죽음이 뒤따르는 임무가 될 수도 있으니까.」

「데드 아이스를 몽고메리에게로 보내는 것과 똑같은데? K 삼각 지역에 침투하라고 말야.」

지트카가 껄껄거렸다.

데드 아이스도 따라웃었다.

「갯지트와 내가 방법을 궁리해 낼 수 있을 거야.」

루데크는 완강하게 고집을 부렸다. 시선은 보란에게 두었으나 그는 슈바르츠에게 동의를 구하려 하고 있었다.

「너와 내가 적진에 뛰어들면 무슨 묘안이 떠오를 것 같지 않아?」

안드로메다가 이 분위기에 어울리지 않게 노래를 흥얼거리기 시작했다.

「사냥개에게 쫓기고 있는 사람을 만나게 되면, 가진 것 모두를 다 줘버리리라. 푸른 죄수복을 걸치기 위하여…….」

「그 지저분한 노래 좀 제발 좀 그만둬!」

폰테넬리가 벌컥 화를 냈다.

보란은 루데크가 쏘아보는 시선을 피하지 않았다. 그 역시 루데크와 같은 생각을 하고 있었기 때문이었다.

「무슨 애기를 하고 싶은 거야, 갯지트?」

슈바르츠 역시 그것에 대해 생각하고 있었다.

「몇 가지 방법이 없지는 않아. 우리가 그들의 교신 내용을 알아내는 거지. 그게 가장 안전하고 손쉬운 방법일 것 같아. 그런데…….」

「그런데?」

보란이 재촉했다.

「그 일을 위해서는 그들의 무전 주파수를 포착할 수 있는 모니터가 꼭 필요해. 그러니까 그들 내부로 누군가 잠입해 들어가야 해.」

「좋아! 고려해 보기로 하자. 우리는 그들의 무전 주파수를 알아낸다. 우선은 손쉬운 목표부터 손을 쓰도록 하는 거야. 본론으로 들어가서 주파수를 잡는 정도라면 아마추어 무선 기사에게도 맡길 수 있다. 그렇지만 그들은 보통이 넘는 특수 무선 송신 설비를 갖추고 있을 것이다. 어떻게든 우리는 그것을 잡아내야만 한다. 계속해, 갯지트.」

보란이 말했다.

「좋아. 그것은 별게 아니야. 그들이 무전기에다 대고 자기들의 비밀을 떠벌릴 리가 없거든. 내기를 해도 좋아. 그렇기 때문에 그들의 전화 통화 내용, 그들의 공식적 회합, 수사 회의 모두를 우리는 도청해야 할 필요가 있어. 즉, 우리가 그 안으로 잠입해 들어가거나 또는……」

「또는 뭐야?」

「만일 그 특수 수사대의……, 뭐 그들도 그건 꼭 필요하니까 있겠지만……. 그렇지 않아? 우두머리 말야. 모든 일에 책임져야 할 직책에 있는 사람, 우리는 그가 누구이며, 그의 총 지휘 본부가 어디에 있는지 알아야 해.」

「로스앤젤레스 경찰서는 치안국 안에 있지 않아?」

해링턴이 참견했다.

「그 건물을 얘기하는 게 아냐. 나는 특정한 방이나 사무실을 말하는 거야.」

슈바르츠는 짜증을 냈다.

「진정으로 그런 소리를 하는 건가? 경찰서 건물 안으로 직접 뛰어들어가서 도청 장치를 매달아 놓고 오겠다니.」

폰테넬리는 의아해서 물었다.

「그렇게까지 무리할 필요는 없을지도 몰라. 지향성(指向性) 마이크를 사용할 수만 있게 된다면.」

슈바르츠가 대답했다.

보란과 지트카는 의미심장한 눈길을 교환했다. 슈바르츠가 그들에게 설명했다.

「나는 4분의 1마일 거리에서 한번 그런 지향성 마이크를 사용해 본 적이 있어. 물론 조용한 시골이긴 했지만. 로스앤젤레스 같은 대도시에서는 소음 공해가 훨씬 더 심하지. 음파의 확산 정도도 그렇고. 일반적으로 너무 심한 확산 현상만 일어나지 않는다면 육안으로 보이는 거리내에서는 어떤 소리라도 다 들을 수는 있어.」

보란은 한숨을 몰아쉬었다.

「한번 해봐, 갯지트. 준비가 완료되는 대로 행동을 개시해. 그리고 블러드 브라더, 그를 도와 줘. 궁리할 수 있는 것들은 모두 생각해 보도록 해. 그렇지만 행동으로 들어가기 전에 내게 다시 한 번 조사해 볼 수 있는 기회를 주는 것을 잊지 마. 우리는 이 계획을 최우선의 목표로 삼겠다. 또 우리의 정보 체제가 기능을 발휘할 때까지는 더 이상의 싸움은 없을 것이다. 쉬는 동안 봐로네의 사무실에 설치된 녹음 테이프들을 가져와서 철저히 분석·보고하고, 오늘의 공격에 대한 그의 반응을 신속히 알려 주게. 너의 머리에 달려 있다, 블러드 브라더. 이 게임을 우리의 승리로 장식하기 위해서 말이야. 그러나 목숨이 위태로운 지경에 이르게 되면 그 계획은 깨끗이 포기하기로 한다. 어때?」

루데크가 미소를 띠며 답했다.

「좋아!」

「내가 마이크를 만들겠어.」

슈바르츠가 덧붙였다.

「필요한 재료는 갖고 있나?」

「대충 있어. 새로 필요한 것이 있으면 전자 제품 상점에서 사면 돼.」

보란은 블랭카날레스를 향해 시선을 옮겼다.

「우리 차들은 이제 이용 가치가 없어졌어. 그것들은 폐차 처분 시켜 버리고 다른 것들을 좀 구해 와. 내 코르베트도 끌고 가도록. 포쉐 정도면 괜찮을 것 같은데?」

그는 상쾌한 기분이 되어 말했다.

「종마까지 바꾸자는 것은 아닐 테지, 설마?」

블랭카날레스는 눈살을 찌푸리며 물었다.

「물론 아니야. 그렇지만 페인팅을 다시 한다거나 형태를 좀 바꾼다거나 해야 할 거야. 면허증 때문에 문제는 없을까?」

「그건 걱정 마. 이 친구들은 그저 자네가 새로운 종마를 마련할까 봐서 전전긍긍하고 있는 거야.」

보란은 웃음을 터뜨렸다.

「그 종마도 조만간에 완전히 내버려야 할 거야. 한두 번 더 일이 진행되면 경찰들이 그걸 찾기 위해 혈안이 될 테니까. 그때에는 그 거대한 임산부는 무용지물이 되고 말아. 새로운 전술을 생각하고 있어.」

블랭카날레스는 얼굴을 찌푸렸다.

「눈에 뭐가 끼었나 봐.」

그 표정은 다른 9명의 사내들에게 웃음을 터뜨리게 하고 말았다. 안드로메다가 자리에서 벌떡 일어서더니 한 손을 블랭카날레스의 어깨에 올려 놓고 커다랗게 소리쳤다.

「아이구, 머리야, 친구여! 나는 그대의 일을 대신 맡지는 않겠노라.」

블랭카날레스가 무사태평하게 대꾸했다.

「어련하려고! 나는 님프의 젖꼭지 사이나 헤매고 다니는 사람이니까.」

「전에는 그랬지. 그러나 이제는 유치장의 취조실 안이나 헤매고 다녀야 할 거야.」

그들은 모두 유쾌하게 웃어 젖혔다. 실내가 조용해지기를 기다려 안드로메다가 덧붙였다.

「나는 그 R과 R을 위한 준비가 다 되어 있다네.」

보란은 그의 대원들을 둘러보았다. 벽에 걸린 쾌종시계는 4시가 되었음을 알려 주고 있었다.

「벌써 4시로군. 이제는 좀 쉬어야 할 시간이 된 것 같다. 모두 가서 눈 좀 붙이도록. 기상 시간은 8시!」

「4시간이라니! 이러다간 쓰러지고 말겠어!」

안드로메다가 아우성을 쳐댔다.

「요 며칠내로 그 잘난 시인 흉내를 내는 네놈의 엉덩이 사이를 진흙으로 틀어막아 버리고 말겠다.」

폰테넬리가 으르렁거렸다.

「힘이나 있어?」

안드로메다는 폰테넬리를 향해 장난스럽게 주먹을 날렸다. 폰테넬리가 재빨리 그것을 피해 버리자 그는 무용수처럼 솟아오르더니 그림자와 복싱을 하는 흉내를 내며 온 방안을 돌아다녔다. 그것도 시들해지자 그는 곧 잠자리를 찾아갔다.

보란은 한숨을 내쉬며 자리에서 일어섰다. 그는 다시 이 죽음의 특공대에 대한 생각에 빠져들고 있었다. 9명의 사나이들의 생명을 맡은 대장으로서의 책임감이 그의 양 어깨를 무겁게 짓누르기 시작했다. 그가 그들을 이용하고 있다는 사실이 그를 번민에 빠뜨렸다. 보란 자신이 마피아와의 전쟁을 일으켰지만 그에게는 그럴 만한 명백한 이유가 있었다. 그러나 그들은 그렇지 않았다. 삶과 죽음의 줄다리기에 그들을 포함시킬 권리가 과연 나에게 있을까?

데드 아이스 워싱턴은 보란과 나란히 복도를 걸어가고 있었다. 그들은 침실이 있는 쪽으로 방향을 꺾었다. 그는 보란의 기분을 눈치 챈 것 같았다.

「이 친구들은 단지 달리 갈 데라고는 없기 때문에 여기에 머물러 있는 거라고.」

「아마 네 말이 옳겠지.」

보란은 중얼거렸다.

「물론이지. 내 말이 옳다니까.」

「너는 이미 죽은 몸인가, 데드 아이스?」

보란은 약간 놀라며 자기 옆에 서서 걷고 있는 커다란 검둥이를 바라보았다.

「물론이네, 대장. 나는 죽어서 태어났거든. 그리고 나는 아직도 태어나는 중이란 말야.」

그러나 보란은 그 후 4시간 동안을 뒤척이며 잠을 이루지 못했다.

8
작은 인디언

「알았어. 보란은 우리가 몰랐던 또 다른 일면의 마피아를 우리에게 보여 준 셈이로군!」

브래독은 어이없는 표정으로 말했다.

세부 계획을 맡은 젊은 형사 칼 라이온스를 바라보며 브래독은 또다시 신경질적으로 말했다.

「도대체 우리가 뭘 어떻게 해야 한다는 건가? 그의 목에 훈장이라도 걸어 줘야 한다는 건가?」

라이온스는 참담한 기분으로 말했다.

「보란의 행동이 완전히 부정적인 것만은 아니라는 것을 말씀드렸을 뿐입니다.」

라이온스의 시선은 브래독 주임에게서 리케트 경감에게로 옮겨졌다. 그는 그의 눈빛에서 어떤 위안을 얻으려 했다.

「보란이 경위를 개종시킨 것 같은데그래?」

경감은 야유조로 입을 떼며 계속해서 말을 이었다.

「잘 듣게 경위, 복잡하게 생각할 필요는 없네. 보란과 그의 특공대원들은 이 도시에서 가장 위험한 요소가 되고 있어. 공연히 낭만적인 생각에 젖지 말게.」

「그가 누구에게나 위험한 요소가 된다는 말씀입니까? 제가 보기에는 이제까지의 피해자들이란 아무리 잘 봐 줘도 피해를 입는 게 당연한 놈들뿐입니다. 그래서 저는…….」

「그만해! 맥 보란으로 인한 이해득실에 대해 대차 대조표를 작성하자는 것은 아니니 그런 이야기는 집어 치우게. 자네가 원한다면 말이야 경위, 지금 즉시 자네를 〈불치의 죄인〉 팀에서 전임시켜 주겠네!」

브래독은 화난 얼굴로 말했다.

「원하지 않습니다!」

라이온스는 잘라 말했다. 그리고 이렇게 덧붙이는 것도 잊지 않았다.

「결국 그는 내 손에 잡히고야 말 것입니다. 내기를 걸어도 좋습니다.」

「좋아, 걸지! 자네도 끼지 않겠나, 찰리?」

리케트는 고개를 저었다.

「나는 경관으로서의 임무를 다할 뿐이고…….」

그는 조금 뜸을 들였다가 다시 말을 이었다.

「나는 미래를 예견하는 어떤 예언서 따위도 믿고 싶지 않소. 그러나 주임님, 그 내기라면 당신이 이길 것 같소. 경위, 잘 듣게. 보란에게 너무 가까이 접근하는 건 위험해. 내 정보에 의하면 보란은 이미 죽은 목숨이야!」

「그게 무슨 소린가, 찰리?」

브래독이 말을 가로막았다.

리케트는 어깨를 으쓱해 보였다.

「마피아 보스들이 행동을 시작했다는 거요. 정보원이 그렇게
보고해 왔소.」

「무슨 소린지 난 아직도 모르겠는데?」

「마피아들은 보란에 대해 그렇게 신경을 쓰지 않는다는 거요.
보란의 목에 그들은 10만 달러의 돈을 걸어 놓고는 그에 대해서
는 잊어버리기로 했답니다. 살인 청부 계약이라는 게 뭔지 아십
니까? 누구나 먹을 수 있는 돈이 10만 달러란 얘깁니다. 보란의
목을 가져오는 자라면 누구든지 상관없다는 거죠. 그러니 많은
총잡이들이 군침을 흘리지 않겠습니까? 손가락 하나 까닥하지
않고 보란을 처치하겠다는 거지요?」

「왜 지금에야 보고하는가?」

브래독이 리케트를 바라보며 소리쳤다.

「리케트, 그렇게 중요한 걸 왜 지금 보고하는가? 이것은 전쟁
이란 말이야! 갱들끼리 전쟁이 벌어지는 거야, 어디서 그 정보를
빼냈나? 왜 빨리 보고하지 않았어!」

리케트는 브래독의 호통에 전혀 동요하지 않았다.

「내가 올린 보고서 속에 다 들어 있습니다. 주임님, 바로 당신
책상 위에서 낮잠을 자고 있다고요!」

주임의 불꽃 튀는 시선이 그의 책상 위로 옮겨갔다.

「여기 있군! 잠깐 기다려 주게.」

그는 서류를 들고 읽기 시작했다.

「편하신 대로 하시죠!」

리케트는 싱긋 웃으며 라이온스를 바라보았다.

「나는 당장 보란이 잡힐 것이라고는 생각지 않아. 그러나 만일 72시간내에 그자의 시체가 발견되지 않는다면 그땐 나도 자네와 내기를 걸겠네. 어떤가, 경위?」

「저는 제 생사를 걸고 내기를 하고 싶진 않습니다.」

라이온스는 무뚝뚝하게 말했다.

「나 역시 그렇네!」

리케트도 라이온스의 음성을 흉내 내며 말했다.

브래독 주임은 여전히 얼굴을 찌푸리고 있었다. 라이온스가 차렷 자세를 취하며 말했다.

「거리가 조용해진 것 같군요. 저는 6시에 다시 순찰을 돌기로 되어 있어 그만 집에 돌아가 좀 쉬어야겠습니다. 허락하시겠습니까?」

브래독은 무표정한 얼굴로 고개를 끄덕였다. 그는 아직도 리케트가 제공한 정보에 마음을 빼앗기고 있는 것이 분명했다. 라이온스는 주임을 향해 경례를 붙이고는 그 자리를 떠났다.

리케트는 서류 뭉치를 만지작거리며 중얼거렸다.

「유망한 형사야, 꽤 쓸 만한 경관이 되겠는걸.」

브래독은 그 말을 못 들은 척 고개를 절레절레 흔들며 말했다.

「우리는 지금 곤란한 지경에 빠졌어, 찰리.」

「나도 알고 있소.」

「어제 이맘때와 비교해 보란에게 조금도 가까워지지 못하고 있는 형편이야.」

브래독은 그의 이마를 탁탁 두드리다가 의자 깊숙이 몸을 기댔다.

「갱들의 전쟁이라…….」

「그보다 더 큰 일이지요, 제2의 작은 베트남 사태라고나 할까요?」

「우리는 그것을 어떻게 해서든 막아야 해, 두고볼 수만은 없어!」

리케트가 부드럽게 웃으며 반문했다.

「물론이오, 그러나 어떻게 말이죠?」

「총장에게 일단 보고해야겠네.」

「무엇을요?」

브래독은 목이 탔다.

「보란과 마피아간의 싸움을 말려야 한다면, 어느 한쪽을 먼저 체포하는 게 좋지 않을까? 보란은 당장 어렵고. 그렇지 않은가, 찰리?」

「아니, 주임님…….」

리케트의 표정이 일그러졌다.

「마피아를 체포하겠다는 거요?」

「그래야겠어!」

브래독은 곧 인터폰의 단추를 눌렀다.

「총장 있나 알아보고 총장이 있으면 면회 신청해 줘. 〈불치의 죄인〉 사태에 대해 긴급히 의논할 일이 생겼다고 말이야. 가능한 한 빨리!」

여자의 목소리가 짧게 알겠다고 대답했다. 리케트가 담배에 불을 붙이며 말했다.

「쓸데없는 짓이오, 주임!」

그는 무언가 생각하다 다시 무겁게 입을 열었다.

「그자들을 체포할 만한 근거가 우리에게는 전혀 없다는 사실을 당신도 잘 알잖소? 우리가 철창문을 닫아 걸기도 전에 그들의 변호사가 보석금을 들고 달려올 거요.」

「그럼 또 구속하면 돼, 보란이 체포될 때까지. 그들은 철장 속에 있어야 돼! 최소한 그들간의 무장 난동 행위는 막아야 할 테니까!」

리케트는 신경질적으로 소리쳤다.

「그렇게 되면 보란은 더욱 날뛰어 이 도시를 더 더럽힐 텐데요?」

「참 못 해먹을 노릇이군! 찰리, 내가 보란을 사모하는 마음이라도 가지고 있는 줄 아나? 천만에! 또 내가 마피아의 보호자요, 대부라는 환상이라도 갖고 있다고 생각하나? ⋯⋯결국 보란은 그들 중 몇을 해치울 걸세. 그러니 지금 형편으로는 그렇게 하는 것이 모두에게 좋다 이거야. 그래도 아직 모르겠나?」

「내 생각에는 바로 큰 실수가 될 것 같은데요, 주임!」

리케트가 고집스럽게 말했다.

브래독의 날카로운 시선이 리케트를 향했다. 상대의 속셈까지도 모두 포착해 내려는 듯한 눈빛이었다.

그러나 리케트 경감은 이미 방문 쪽으로 걸어가고 있었다.

순간, 리케트를 스쳐 들어오는 사람이 있었다. 피부가 검은 그 남자는 광대뼈가 뚜렷이 솟은 얼굴에 목이 없는 흰 셔츠와 헐렁한 바지를 입고 있었다.

「누구요?」

「당신이 브래독 주임이십니까?」

그 남자가 물었다.

브래독은 고개를 끄덕였다.

「아래층에서 저를 여기로 보냈습니다요. 저는 어젯밤에 할리우드에 있었습니다. 그런데…….」

브래독은 손을 저으며 말했다.

「중앙 홀 바로 밑입니다, 선생. 왼편으로 첫번째 문입니다.」

「뭐라고요?」

「트리 해변 스튜디오에서 발생했던 사건에 대한 증언을 하시려는 거 아닙니까?」

「아, 그렇습니다.」

「홀 바로 밑에 있는 방으로 가시오. 당신의 증언은 거기 있는 사람들이 잘 들어줄 겁니다.」

「그래요?」

그 남자는 어리둥절한 표정으로 서 있었다.

「제 얘기를 알아듣지 못하겠소?」

브래독은 조금 큰 소리로 말했다.

「저는 지금 그 방을 지나서 왔습니다. 무전기들이 있고, 여기저기 기계들이 많더군요. 나는 내가 본 것을…….」

「바로 그곳이오. 곧장 들어가서 당신이 여기 온 이유를 말하면 됩니다.」

그 남자는 웃음을 띠며 말했다.

「아, 그렇습니까. 그것도 모르고…….」

「안녕히 가십시오.」

주임은 애써 웃으며 말했다. 그 남자는 곧 홀을 내려갔다. 리케트가 미소를 띠며 말했다.

「주임은 아무에게나 선생이라고 합니까?」

「그렇다네.」

주임은 긴 한숨을 들이쉬었다.

「시민은 어디까지나 시민이야. 어떤 계층이냐를 막론하고 그들은 이 건물에서 선생이라는 소리를 들을 자격이 있네. 그들이 감금되기 전까지는. 또 그 사내는 불청객이 아닌 것 같았어.」

리케트가 볼멘소리로 말했다.

「이런 사건 속에서 주임이 얼마 동안이나 그 의연한 봉사 태도를 견지할지 한번 두고보겠소.」

탁상용 재털이에 담배를 눌러 끄고 그는 계속 말을 이었다.

「만약 아까 그 사내가 보란이 보낸 사람이었다면 어떻게 하시겠어요?」

「직접 가서 물어 보게.」

브래독은 웃으며 말했다.

「주임이나 가서 물어 보쇼. 당신이 지휘자 아뇨?」

리케트는 퉁명스럽게 말했지만 한편으로는 미안한 생각도 들었다. 브래독 주임에게 그는 오늘 너무 지나치게 대하고 있는 것 같았기 때문이었다.

그러나 어쩔 수 없었다.

마피아의 비밀 간부인 동시에 경찰관인 자기의 입장으로선 마피아의 검거를 주장하는 주임에게 그렇게라도 하지 않으면 안되었기 때문이다.

홀 아래에서는 광대뼈가 불거진 검은 피부의 사나이가 시민으로서의 의무를 다하고 있었다. 그의 사건 현장 목격담은 한 장의 타이프라이트 용지에 가득 채워졌다.

그러나 그러한 것에 그는 관심이 없었다. 그는 그에게 필요한 것들을 머리 속에 넣어 두기에 바빴다.

통제실의 장비들은 모조리 그의 머리 속에 설계 도면화해 버렸다.

보란의 충성스러운 사내는, 자기들을 체포하기 위해 특별히 설치된 〈불치의 죄인〉 수사 본부에서 성실히 자기의 임무를 완수하고 있는 중이었다.

9
가 면

「지향성 마이크의 설치는 여간 어려운 일이 아니야!」

슈바르츠는 우울하게 내뱉었다.

「그들의 보안 상황은 구멍투성이였어.」

루데크가 보란에게 보고했다.

그는 보란의 무릎 위에 작은 노트를 던졌다.

「그들은 이번 작전을 〈불치의 죄인〉이라는 이름으로 부르고 있었어. 세부 계획을 맡은 지휘자와 그들의 담당 지역은 그 노트에 적혀 있는 그대로야. 통제실에 있는 게시판에 핀으로 꽂혀 있는 근무 당번표를 보고 베껴 왔어.」

이어 그는 호주머니에서 한 뭉치의 카드를 꺼내더니 보란의 눈앞에 흔들어 보였다.

「이게 뭔지 알겠어? 전화 번호와 무전 주파수가 적힌 카드야, 호출 부호까지 몽땅!」

그것 역시 보란의 무릎 위로 던져졌다. 보란에게서 만족스런 미소가 피어 올랐다.

「블러드 브라더, 넌 정말 대단해, 명인이야!」

「기분 나쁘지 않은데…… 통제실은 완전히 개방되어 있었어. 나는 그저 걸어 들어가서 집어 왔을 뿐이라고. 브래독이 바로 책임자였는데, 경찰관들로부터 상당한 존경을 받고 있는 것처럼 보였어. 각 층의 사무실 배치도도 그 노트 안에 있어. 그들은 우리를 잡으려고 눈에 불을 켜고 있더라고!」

보란은 고개를 끄덕였다. 아직도 미소가 남아 있는 눈으로 카드에 적힌 주파수들을 읽어 내려가고 있었다.

「이 주파수들을 잡아 낼 수 있겠나, 갯지트?」

「물론이지, 그렇지만 여러 가지 장비가 좀더 필요해. 돈도 좀 있어야 하겠고…… 적어도 2000달러는 있어야 할 것 같은데, 계획대로 되려면 말야.」

「돈은 문제가 되지 않아. 마피아의 달러들을 이 이상 더 어떻게 훌륭하게 사용할 수 있겠나? 블랭카날레스에게 필요한 만큼 달라고 해. 또 필요한 건?」

보란은 그렇게 말하며 슈바르츠를 쳐다보았다. 슈바르츠는 더 필요한 게 없다는 듯한 표정이었다.

「내가 직접 물건들을 사러 가는 게 좋을 것 같은데?」

그는 모두를 둘러보았다.

「좋아. 어디서든 조심스럽게 행동하도록! 누구에게도 의심을 불러일으켜선 안 돼. 브라더, 네가 그를 뒤에서 보살펴 주게. SOP(부대 예규를 뜻하는 약자) 알지? 이 순간부터 혼자서 이 기지를 벗어나선 안 돼!」

「알았어, 그런데 배가 고픈걸.」

루데크가 주위를 돌아보며 말했다. 슈바르츠가 고개를 끄덕였다.

둘은 주방으로 가기 위해 그 방을 나섰다.

문 앞에서 잠시 걸음을 멈춘 슈바르츠는 다시 보란을 향해 돌아섰다.

「내가 찾아온 테이프에서 뭔가 쓸 만한 걸 발견했나?」

「물론!」

하고 잠시 무언가를 생각하다가 보란이 말했다.

「차퍼와 건 스모크가 몇 가지 알아볼 일이 있어 나갔어.」

그리고 그는 슈바르츠에게 다가가 그의 어깨에 팔을 올려 놓고 속삭이듯 말했다.

「나는 다이너마이트를 약간 가지고 있었어. 그것을 어디에 어떻게 사용해야 좋을지 몰랐는데……. 그러나 이제는 루데크가 가져온 정보가 그 사용처를 알려 준 셈이 됐네. 그래서 이야긴데 가능한 한 빨리 이 무선 장치를 완벽하게 사용할 수 있도록 해 줘.」

말을 마친 그는 돌아서서 걷기 시작했다. 그러나 곧 돌아와서 몇 마디 덧붙였다.

「또 해줘야 할 게 있어. 돈은 얼마든지 들어도 좋으니 차 안에서도 쓸 수 있는 도청 장비를 설치해 줘. 아마도 우리는 종마를 기동 지휘 본부로 사용하게 될 거야. 내가 무엇을 생각하고 있는지 알겠나?」

슈바르츠는 이 키 큰 사나이에게 경탄하지 않을 수 없었다.

「알겠네. 도청 장치를 하루 안에 해낼 수 있을지는 모르지만 한번 해보기로 하지.」

보란이 그의 엉덩이를 손바닥으로 철썩 두드리며 말했다.

「물론 넌 할 수 있어. 자넨 무슨 일이든 해낼 수 있잖아.」

슈바르츠는 기분 좋게 주방을 향해 걸어갔다. 보란은 뜰로 나왔다. 데드 아이스 워싱턴도 거기에 나와 있었다. 그는 작업복차림으로 어슬렁거리고 있었다.

「밥은 먹었나?」

워싱턴은 말없이 고개를 끄덕이며 장난스레 말했다.

「도대체 우리는 언제쯤 요리사가 해주는 음식을 먹어 보게 되나?」

보란은 싱긋 웃었다.

「해야 할 일이 있어. 나처럼 가벼운 차림이면 돼. 10분 후 집 앞에서 만나자.」

「그건 좋지만……」

워싱톤은 그러나 싫지 않은 표정으로 말을 이었다.

「좀 한가하게 하면 안 되는 건가?」

칼 라이온스는 적당한 품위와 따스함이 배어 있는 그의 집으로 돌아가는 중이었다. 라이온스는 옆자리에 쌓아 놓은 식료품 봉투들을 주의 깊게 살펴보기 시작했다. 제니가 그에게 사다 달라고 부탁한 목록들과 비교해 보기 위해서였다. 그는 식료품을 사는 동안에 이발소에 들러서 머리를 손질했다.

그런데 그곳에서 텔레비전의 재방송 프로 〈램스〉 게임에 잠시나마 정신을 빼앗겼던 탓으로 그가 사야 할 식품들 중 몇 가지를 빠뜨린 것도 몰랐다.

그는 저녁 식사가 끝나는 대로 즉시 순찰 임무로 되돌아가야 했기 때문에 또 한 번 슈퍼마켓을 오락가락하느라고 그의 귀중한 휴식 시간을 소모해 버릴 생각은 추호도 없었다.

라이온스는 식료품 봉투들을 안고 차에서 내렸다. 그러고 집을 향해 걸어갔다. 아들의 세발 자전거가 그를 가로막고 있었다.

제니는 열어 젖힌 냉장고 문 앞에 서 있었다. 그녀는 텅 빈 냉장고를 들여다보고 있는 중이었다.

바로 이런 모습이야말로 라이온스가 가장 좋아하는 아내의 모습이었다. 꾸밈이 없고 있는 그대로 자기를 보여 주는, 더구나 남편이 자기를 바라보고 있다는 사실조차 모르고 자기 생각에만 열중하는 표정이었다.

그녀는 남편 앞에서 의도적으로 매혹적인 태도를 취해 보이는 일이란 없었다. 그녀의 매력이 밖으로 드러나는 때란 그녀가 혼자 있을 때인 경우가 대부분이었다.

그녀는 그때에야 남편이 사랑스런 눈빛으로 자신을 지켜보고 있다는 것을 알아챘다. 그녀는 두 손을 벌리며 활짝 웃었다.

「당신이 실종되었거나, 무슨 사고가 난 줄 알았어요.」

그녀는 그에게로 다가오면서 말했다.

「당신이 나가신 지가 벌써 한 시간 반이나 됐잖아요?」

「머리를 깎았어.」

그는 아내에게 둘러 대고, 싱크대 위에 식료품 봉투를 올려 놓았다.

「뭐 빠뜨린 게 있는 것 같은데요?」

제니는 냉장고 앞에서 말했다.

「내가 분명히 세븐 업 한 병이 필요하다고 했을 텐데……」

「그건 목록에 없었잖아?」

라이온스는 난처한 표정이 되어 말했다.

그녀는 미소지었다.

「저기 있는 당신 친구한테 그렇게 말씀드리세요. 세븐 업 없이 어떻게 그분에게 술 한 잔인들 대접하겠어요. 안 그래요? 미스터 경위?」

「친구?」

라이온스가 눈살을 찌푸리며 물었다.

「미스터 맥……뭐라 그러던데……. 그 사람의 말로는 당신이 그분을 기다리고 있을 거라고…….」

냉장고 문을 닫고 돌아선 그녀는 남편의 얼굴에 나타나는 표정을 의아하게 바라보며 다시 말했다.

「그럼, 세일즈맨이었나? 그 사람들은 문 안으로 들어서기 위해서라면 물불을 가리지 않거든요. 가서 그 사람에게 말해요. 우리한테는 아무 것도 필요한 게 없다고요. 돈나무를 팔러 왔다면 모르지만요.」

라이온스는 재빨리 복도를 걸어가고 있었다.

거실로 들어서는 아치형 복도에서 그는 키가 큰 사내가 등을 돌린 자세로 창가에서 서 있는 것을 보았다. 그 사내는 유행이 지난 양복을 입고 있었다.

금발의 머리칼이 창을 통해 들어오는 햇빛을 받아 아름답게 반짝였다. 라이온스의 네 살 먹은 아들 타미는 그 사내와 손을 맞잡고 뒤뜰에 있는 무엇인가를 가리키며 이야기를 하고 있었다.

그 사내는 라이온스가 다가오자 천천히 돌아섰다.

그는 보일 듯 말 듯 미소를 띠며 말했다.

「다시 만나게 되어 기쁘군. 자넨 똑똑한 아들을 두어 좋겠어.」

그는 아이의 부드러운 머리카락을 쓰다듬으며 말을 이었다.

「이 귀여운 꼬마에게 진딧물에 대해 설명해 주고 있던 참이야. 어떻게 생각하나? 머잖아 누군가가 진딧물 박멸제를 개발해 낼 것 같지 않나?」

라이온스의 귀는 갑자기 멍멍해졌다.

그의 아들은 아직 그 사내의 손을 잡고 다정하게 장난을 하고 있었다.

그는 입 안이 바짝 마르는 것을 느꼈다.

「엄마가 주방에서 기다리고 있어, 타미!」

그는 쉰 목소리로 외쳤다.

아이는 잠시 멈칫거리더니 뭐라고 종알종알 입을 놀렸다. 그러나 곧 행진하듯 걸어 나갔다. 키가 큰 사내는 천천히 라이온스를 향하여 두 팔을 벌려 보였다.

그는 잠시 그대로 서 있었다.

마치 손이 둘 다 비었으며 또 위험한 것은 아무 것도 갖고 있지 않다는 것을 보이는 듯한 태도였다.

「도대체 무엇 때문에 여기 나타난 거야, 보란?」

그는 냉정해지자고 자신을 타이르면서 침착한 목소리로 말했다.

「짧은 만남일 뿐이야, 어젯밤과 같은.」

「어제 일은 요행이야! 너는 다시는 나로부터 달아날 수 없어.」

「그렇게 화내지 않는 게 좋을 거야.」

보란은 부드럽게 타이르듯 말했다.

「당신 집에서까지 싸울 생각은 조금도 없으니까……」

그리고 그는 시선을 주방 쪽으로 돌리면서 말을 계속했다.

「저곳에는 행복에 겨운 두 사람이 있어. 우리가 그들의 행복을 지켜 주어야 하지 않겠나?」

라이온스는 그의 얼굴에 침이라도 뱉고 싶었다.

「정말 철면피 같은 사람이로군그래! 내 집에까지 찾아오다니. 좋아, 보란. 무슨 일인지 한번 들어보기로 하지. 빨리 얘기해 보게.」

보란은 탁자 위에 놓인 플라스틱 상자를 가리키며 말했다.

「녹음기를 가져왔어. 할리우드의 봐로네 아파트에서 녹음된 거지. 자네에게 그걸 들려주려는 것뿐이야.」

「녹음기라고?」

이제까지의 분노에도 불구하고 라이온스는 어떤 흥미를 느끼는 듯했다.

「여기에 한 경찰관의 목소리가 녹음되어 있어. 물론 그의 이름도 언급되어 있지. 자네가 아는 경관인지 그걸 알고 싶을 뿐이야!」

「무슨 얘긴가?」

「그는 경찰관인 동시에 마피아의 가족이기도 하니까.」

잠깐 동안 고요함이 물결쳤다.

「근데 왜 이것을 나에게 가져왔나? 내가 너를 한번 놓쳤다는 이유로 너의 동료가 되었다고 생각한다면 큰 오산이야. 왜 가져왔나?」

「경찰관이라면 경찰의 이름을 더럽히는 자의 가면을 벗기는 데 주저하지 않을 거라고 판단했기 때문이야. 그렇지 않은가?」

보란의 시선이 다시 주방으로 향했다.

「라이온스 경위! 자네를 훌륭한 경찰이라고 믿고 있네.」

라이온스의 입술은 격앙된 흥분을 감추기 위한 애처로운 노력에도 불구하고 심하게 떨리고 있었다.

「좋아, 들어보기로 하겠네. 거기 앉고 싶으면 앉게.」

「고마워. 그러나 난 서 있어야 돼.」

보란은 선 채로 손을 뻗어 녹음기를 꺼내 놓았다.

「난 창문 앞에 이렇게 서 있어야 해. 저 밖에 있는 내 친구의 시야로부터 내가 벗어나면 그의 신경이 곤두설 테니까. 좋은 친구지.」

보란이 침울한 목소리로 말했다.

「인정에 호소하는 듯한 짓은 집어 치워! 보란, 왜 이 피비린내 나는 놀이를 스스로 시작했나?」

「왜 그렇게 화를 내지? 나는 그저 이런 식으로 남의 집을 방문한 것에 대해 사과하려는 것뿐이네.」

「그럼, 자네 사과는 받아들이기로 하겠네.」

보란은 녹음기의 볼륨을 조절하는 스위치를 매만지고 있었다.

「가장 효과적인 부분만을 복사시켰네.」

그는 녹음기를 바라보면서 천천히 말을 이었다.

「가까이 와서 귀를 곤두세우고 들어야 할 거야. 갖가지 잡음이 섞여 있을 테니까.」

그러나 그 작은 녹음기는 뜻밖에도 훌륭한 소리를 쏟아 놓기 시작했다.

〈……그 여우 같은 놈들이 도대체 어떻게 나를 알아낼 수 있었을까? 정말? 자네가 찾아내! 그 문제에 관한 한 자네가 모든 책임을 져야 해. 알겠어?〉

짧은 침묵 뒤에 조롱하는 듯한 음성이 이어졌다.

〈……내 잘못을 자꾸만 상기시킬 건 없어. 봐로네, 너무 소란 피울 것도 없고. 이제 곧 놈들을 잡아서 얼음통 속에 쑤셔 박아 버릴 테니까.〉

라이온스의 눈이 뻔쩍였다. 그는 긴장한 듯 바짝 녹음기에 다 가앉았다. 숨도 쉬는 것 같지 않았다. 그의 온몸은 귀가 되는 것 같았다.

녹음기를 계속 들을수록 그의 입술은 증오심으로 뒤틀리기 시작했다.

〈우리가 자네에게 한 달에 2000달러씩이나 주는 게 괜히 주는 지 아나?……〉

거기서 녹음기 소리는 멈추었다.

라이온스는 녹음기에서 떨어져 보란의 맞은편 의자에 무너지 듯 앉았다.

그는 지금 그가 들은 것들로 어떤 사실을 확인이라도 했다는 듯 머리를 끄덕이고 또 끄덕였다. 그는 한숨이라도 토하듯 보란 에게 말했다.

「내 머리 속이 오물 덩어리로 꽉찬 기분이야!」

「이 작자를 아나?」

라이온스는 그렇게 말하는 보란을 우두커니 쳐다보았다.

보란은 조용히 담뱃갑을 꺼내더니 한 개비를 라이온스에게 권했다. 라이온스는 차갑게 거절했다. 그러나 보란은 아무렇지도 않은 듯 천천히 담배를 피워 물었다. 그리고 조용히 입을 열었 다.

「찰리 리케트 경감이지?」

「뭐라고? 자네가 어떻게 알았나?」

라이온스는 자기도 모르게 벌떡 일어서며 다시 물었다.

「도대체 어떻게……?」

그러나 그는 침착을 되찾았다. 그는 아주 느릿느릿 보란에게 말했다.

「정보를 얻자는 게 아니야, 보란.」

그는 바람 빠진 고무 풍선 같은 모습으로 다시 덧붙였다.

「다시는 내 앞에 나타나지 마. 또 나타나게 되면 그때는 정말 용서하지 않겠네. 빨리 나가게!」

「나한테 화풀이할 건 없어.」

보란의 침착하고 부드러운 음성이 계속 이어졌다.

「나는 녹음 테이프를 들려주었을 뿐이야.」

그는 문을 향해 돌아섰다.

「녹음기를 여기에 놔두고 가겠어. 너의 가족에게 안부를 전해 주기 바란다.

「그럴 필요는 없어, 그리고…….」

「좋아, 좋아. 저놈의 진딧물 좀 보게! 자네 무슨 조치를 취해 보지 그러나? 그놈들이 잔디밭을 다 망쳐 놓고 있지 않은가?」

그는 가까운 친구에게 하듯 라이온스의 어깨를 한번 툭 치고 이내 문을 빠져 나갔다. 라이온스의 등 뒤로 문이 닫히는 소리가 들렸다.

그는 재빨리 일어서서 창문으로 다가갔다.

벌써 보란은 골목 끝을 벗어나 그의 시야로부터 사라져 가고 있었다. 그의 입술은 바싹바싹 탔다.

바로 그때 제니가 문을 열고 들어왔다. 그녀는 조심스럽게 두

리번거리며 입을 열었다.

「그 사람을 내쫓았군요!」

「글쎄, 오래 걸리지 않았지?」

그는 목 뒤로 손을 돌려 뻣뻣해진 그 부근의 근육을 주물렀다.

「그 사람에게서 설마 무엇을 사지는 않았을 테죠?」

아내는 다짐이라도 받으려는 듯한 표정이었다.

「글쎄……글쎄 샀을 수도 있고, 안 샀을 수도 있고……아무래도 산 것 같은데? 그것도 상당히 비싼 걸로 말야!」

10
누　설

　보란과 워싱턴이 기지로 돌아왔을 때 그들의 종마는 위장 그물로 가려져 있었다. 그 안에서 하파워와 루데크는 화물칸에 속성 건조 페인트를 칠하고 있었고, 폰테넬리는 전기 드릴을 들고 차의 지붕 위를 엉금엉금 기어다니고 있었다. 블랭카날레스와 지트카는 기다란 목재 선반틀을 가지고 낑낑거리고 있었다.

　슈바르츠는 보란이 다가오는 것을 발견하자 차에서 내려서며 보란을 향해 활짝 웃어 보였다.

　「거의 다 돼 가고 있어. 고체 소자도 다 마련되었고, 자가 발전 기어도 완성됐어. 이제 남은 일이라고는 선반에 기재들을 올려놓는 일뿐이야. 사소한 일이 좀 남아 있긴 하지만, 이체 곧 종마는 다시 뛰어다닐 수 있게 된다고.」

　「안테나가 걱정인데?」

　보란이 슈바르츠를 쳐다보며 말을 이었다.

「안테나를 높이 달고 다니면 누가 봐도 의심스러울 게 뻔하잖 아?」

「걱정할 것 없어. 긴 줄 하나만 지붕으로 올릴 작정이니까. 수 평으로 해두면 보이지 않을 거야. 차퍼가 그걸 위해 구멍을 몇 개 뚫는 중이야.」

슈바르츠가 활달하게 말했다.

보란은 그를 바라보며 빙그레 웃었다.

「좋아! 수고했어. 얼마나 더 걸리겠나?」

「두 시간쯤. 두고봐, 기막힌 작품이 될 거야.」

보란은 그의 어깨를 몇 번 두드려 주고는 뜰을 향해 걸어갔다.

해링턴과 워싱턴이 뜰 안에서 무슨 이야기를 하고 있었다.

워싱턴은 보란이 다가오는 것을 보자 목소리를 높여 보란도 들을 수 있게 말했다.

「이봐, 우리는 오늘 오후 아주 바쁘게 지냈어. 그 봐로네라는 녀석이 아주 바쁘게 움직이고 있더군.」

보란은 의자를 당겨 앉았다.

「그에 대해서 자세히 설명해 보게.」

보란은 대단히 흥미로운 듯 재촉했다.

해링턴도 의자를 끌어당겨 보란과 마주앉았다.

「먼저 그 녹음 기재들이 대개 조금씩은 낡은 것이라는 데 놀랐 어. 그리고 레코드 용어로 〈커버〉한다는 게 무언지 알아?」

보란은 고개를 저었다.

「들어 봐, 레코드 업자들이 디스크 쟈키한테 미리 기름을 쳐두 는 거야. 판매량이 계속 불어나게 말이야. 히트한다는 거 알지? 그거야. 그리고 다른 회사에서 내놓았던 레코드를 어떤 방법으

로든 사들여서, 신곡으로 다시 내놓을 수도 있다는 거야. 알겠
어? 판권을 송두리째 사들이는 거라고. 이런 것들을 그들은 〈커
버〉한다고 하지. 그것이 합법적인 경쟁이 아니냐고 생각할 수도
있겠지만, 그런데 그게 아니야. 트리 해변에서는 새 판을 내지
않고 다만 〈커버〉만 할 따름이라고. 그들은 〈커버〉한다고 하지
만 그게 바로 훔치는 거야. 고약한 놈들이지. 그들은 할리우드에
서 노래를 가지고 한번 출세해 보려고 애쓰는 자들 말야. 그들에
게 돈 몇 푼을 집어 주고 그 노래를 사들이는 거야. 그렇게 되면
그 노래가 아무리 히트해도 노래를 부른 사람은 돈을 벌 수가 없
고, 빠로네 혼자 몽땅 차지하는 거지. 그놈은 그런 놈들 가운데
에서도 가장 고약한 놈이야, 보란. 그놈들은 착취자야, 로크 그
룹들과 포크송 가수들의 등을 쳐먹고 있는 거라고. 그들에게 빵
한 조각을 던져 주고 대신 그 자식은 배가 터지도록 쳐먹는 거
지.」

「그러나 그게 불법적인 거래는 아니잖아?」

보란은 조용히 말했다.

「아냐, 그렇지 않아. 놈의 비서가 하나 있는데 그자가 디스크
자키들이나 레코드 가게 주인들에게 상당히 밀착되어 있어. 디
스크 자키들한테는 뇌물을 바치고 레코드 가게에는 그들이 파는
물량만큼의 할당금을 주기도 하고…… 맥, 그래도 모르겠어?」

「다른 것은 없던가?」

해링턴은 보일 듯 말 듯 웃어 보이고 다시 입을 열었다.

「우리는 아주 더러운 놈을 만난 모양이야. 그가 돈 생기지 않
는 일로 시간을 낭비하는 것이 있다면 오직 하나, 여자와 잠을
자는 것뿐이야. 그래서 매춘 사업에도 손을 대고 있는지 모르겠

지만.」

「어떻게 알았어 그건?」

해링턴이 킬킬거렸다.

「그 녀석과 함께 뒹굴었던 여자를 만났어.」

보란은 눈썹을 치켜 올렸다.

「어떤 여자였나?」

「얼간이에다 엉덩이만 큰 계집이었어. 얼굴은 예쁜데 머리는 텅 빈 여자 같았어.」

「그 여자가 봐로네의 사업에 대해 뭘 좀 알고 있었나?」

해링턴은 두 손을 벌리며 어깨를 으쓱해 보였다.

「그 여자는 석 달 전에 레코딩 문제로 봐로네를 처음 만났다고 했어. 그리고 쭉 거기 머물렀다더군. 그의 침대를 따뜻하게 데워 주면서 말야. 그러다가 몇 주일이 지나자 쫓겨났다는 거야.」

해링턴의 얼굴에 의미 있는 미소가 스쳐 지나갔다.

「그리고 그 여자 자신이 꼭 그놈의 레코드 같았다더군. 이용 당할 대로 당하고는 쫓겨났어. 그 여자는 정말 그 자식의 테이프 레코드 같더라니까!」

「그 여자를 다시 찾아낼 수 있겠나, 해링턴?」

「물론이지! 만나 보겠나?」

「그래야겠네.」

보란은 그의 손 끝을 바라보며 잠시 후 다시 말했다.

「오늘 봐로네는 어떻든가?」

「바빠, 몹시 바빴어.」

해링턴은 고개를 설레설레 저었다.

「차퍼와 헤어진 게 두 시였어. 내가 다른 부분을 조사하는 동안 그는 거기에 머물러 있었어. 자세한 건 그가 알 거야.」

보란은 고개를 끄덕였다. 그의 얼굴은 아무런 표정도 없이 덤덤하기만 했다.

「그러지, 자세한 건 차퍼에게 듣기로 하지. 자네는 어땠나? 건 스모크?」

「봐로네는 동분서주하고 있었어. 어제 그는 외출하여 여섯 군데나 들렀어. 그 가운데 한 곳은 베벌리힐스의 주택가였어. 거기에서 약 20분 동안 머물렀지. 그러고는 산페드로로 달려가더구먼.」

「거기에서 누구를 만났나?」

해링턴은 다시 어깨를 으쓱해 보였다.

「차퍼 얘기로는 녀석이 강가에 있는 저장 창고로 들어갔다고 했어. 5분쯤 머물다가 곧장 집으로 갔다더군.」

보란은 벌떡 일어섰다.

「차퍼하고 좀더 얘기해 봐야겠어. 일이 잘 되어 갈 것 같군. 데드 아이스!」

「여기 있수다!」

워싱턴은 그들의 대화를 줄곧 주의 깊게 듣고 있다가 보란에게 다가왔다.

「공격 준비를 갖춰! 100야드까지 사정거리를 맞추기 위해서는 망원 렌즈도 필요하겠지?」

워싱턴은 무엇이 좋은지 싱글벙글거렸다.

「좋습죠.」

「이번에는 나도 끼는 건가?」

해링턴이 물었다.

「물론이지! 기쁜가?」

「공격 지점은 어디야?」

「먼저 차퍼와 얘기한 뒤 확실히 결정하겠어. 그러나 네 얘기를 들어보거나 갯지트의 녹음 테이프로 미루어 볼 때 아마도 베벌리힐스가 될 것 같아.」

「거긴 주택 밀집 지구 아냐?」

보란은 고개를 끄덕였다.

「그 주택 지구에서 봐로네는 회의를 소집하려 하고 있어. 지트카와 블러드 브라더와 내가 사실을 확인하기 위해 우선 그곳을 답사해야겠어.」

보란은 차퍼의 애기를 듣기 위해 종마로 향했다.

해링턴이 워싱턴을 바라보며 말했다.

「도대체 대장은 앉아서 쉰다는 게 뭔지를 모르는 사나이 같아.」

「저 쉴 줄 모르는 사내가 오늘 오후에 무슨 짓을 했는지 말해 줄까?」

워싱턴은 무슨 음모라도 꾸미는 사람처럼 목소리를 한껏 낮추어 말을 계속했다.

「잘 들으라고! 그는 라이온스 경위의 집을 찾아 곧장 걸어갔어. 그러고는 거기에서 조그만 꼬마와 다정하게 이야기를 하더군. 이윽고 경위가 거실로 들어갔는데 그들은 창문가에 서서 마치 형제라도 되는 것처럼 다정하게 애기를 나누더라니까. 보란은 아주 당당했다고.」

워싱턴과 또 그의 이야기를 들은 그들의 눈빛에는 보란에 대한 깊은 신뢰가 뭉게뭉게 피어오르고 있었다.

칼 라이온스는 수사 본부에 도착하자마자 곧 바로 브래독 주임의 집무실로 들어갔다.

브래독 주임은 마침 책상 위에 커피와 샌드위치를 올려 놓고 있었다.

「뭔가, 칼?」

라이온스는 그의 앞에 우뚝 섰다.

「식사 방해되지 않았습니까? 그런데 게시판에 리케트의 이름이 있던데 그가 오늘 근무 당번입니까?」

「그는 특수 근무를 맡았어.」

브래독은 그렇게 말하면서 식사를 계속했다. 그리고 라이온스를 한번 힐끗 쳐다보았다.

순간 불쾌한 빛이 라이온스의 얼굴에 잠시 나타났다.

「중요한 임무입니까?」

그는 긴장돼 있었다.

브래독은 마치 어떤 풍경을 그려 보는 듯 커피잔 너머로 조용히 눈을 깜박거렸다.

「리케트는 특수한 임무를 꾸미기에는 좀 늙기는 했지만…….
근데, 무슨 일인가? 칼!」

브래독은 혼잣말처럼 중얼거렸다.

「아, 그러니까……. 무슨 일이 있는 게 아니고, 무슨 새로운 정보라도 있습니까?」

브래독은 웃음 띤 얼굴로 라이온스를 바라보았다.

「가까이 오게, 경위. 바쁘지 않지?」

라이온스는 고개를 끄덕여 보이고 브래독에게 다가갔다. 그는 브래독 옆의 의자에 앉았다.

「이 이야긴 결코 다른 사람에게 해선 안 돼. 우리는 마피아를 대량으로 검거할 계획을 세우고 있네. 내일 그 첫 행동이 시작될 거야? 자네도 알다시피 이 작전의 목적은 단 하나 보란의 위협에 대처하려는 마피아의 결속을 방해하자는 것뿐이야. 물론 우리는 〈불치의 죄인〉 작전도 계속해야 하네. 자네의 순찰 근무도 변함 없어야 하고…… . 보란에 대한 뭐 좋은 소식이라도 있는가?」

라이온스는 브래독의 갑작스러운 질문에 눈을 크게 뜬 채 어리둥절한 표정이 됐다.

「무슨……무슨 말씀이십니까?」

「왜 리케트를 만나려고 하는 건가?」

「그도 마피아의 검거 계획을 알고 있습니까?」

「자네는 내 질문에 대답하지 않고 왜 질문만 하지?」

라이온스는 표정을 고치고 목청을 가다듬었다.

「그놈이 오늘 내 집에 왔었습니다.」

「누구 말인가?」

「보란 말씀입니다!」

갑자기 실내에 무거운 침묵이 흘렀다. 한동안 멍한 표정을 짓고 있던 브래독이 먼저 입을 열었다.

「왜 이제야 그 이야기를 하나?」

「먼저 리케트를 만나 보고 싶습니다.」

「무엇 때문에?」

「주임님, 그는 곧장 내 집으로 들어왔습니다. 내 아들이 거실에서 그와 같이 놀고 있었어요. 그동안 제니는 그에게 대접할 것을 마련하느라고 주방에 있었고요.」

「이런 빌어먹을! 더 자세히 얘기해 봐!」

라이온스는 묵묵히 앉아 있을 뿐이었다.

「이해하겠네. 자네 집에 경비원을 배치해 주겠어. 다음 번에 그가 또…….」

「그는 이제 오지 않을 겁니다. 그는 나를 기다리고 있었고, 그는 그가 할 일을 하고 떠난 겁니다.」

「그가 할 일이라니?」

라이온스는 무뚝뚝하게 말을 이었다.

「나는 총을 쏘는 위험을 무릅쓰고 싶지 않았습니다. 제니와 타미가 겨우 15피트 안에 있었기 때문입니다.」

「그건 어쨌든 좋아. 그가 왜 무엇을 하기 위해 자네에게 갔었지?」

라이온스는 브래독을 똑바로 쳐다보았다. 그러고는 자리에서 일어서더니 말없이 브래독의 집무실을 나갔다.

그는 곧 되돌아왔다.

그의 손에는 작은 가방이 들려 있었다.

「여기에 있는 녹음기를 들어 보십시오. 그리고 결론을 내리십시오. 이미 제 결정은 내려졌습니다만…….」

제노 봐로네가 전화에다 대고 소리를 빽빽 지르고 있었다.

「하나님 맙소사! 찰리, 자네가 맡은 일이 뭔지나 알고 하는 소린가? 아니면 내가 또 일러 줄까?」

「쓸데없는 소리 집어 치워!」

리케트의 노여움에 찬 목소리가 계속해서 봐로네를 향하고 있었다.

「내 맘대로 정할 수 있는 일이 아니란 말야. 이렇게 귀띔해 주는 것만으로도 다행인 줄 알아!」

「우리가 더욱 곤경에 빠지기를 원하고 있는 거야 뭐야? 찰리!」

「어떻게든 방법을 강구해 보란 말이야.」

리케트의 비양거리는 투의 음성이 계속됐다.

「그래, 자네들은 잡혀 들면 독방에 들어갈 테지. 마지막으로 얘기하겠네. 내일 아침 8시부터 검거가 시작될 거야. 그러니 알아서 처신하게!」

보란은 루데크와 눈짓을 교환하며 녹음기의 스위치를 껐다.

「우리가 이 순간을 녹음기에 포착할 수 있었던 건 정말 대단한 행운이야.」

보란은 만족한 웃음을 띠고 다시 말했다.

「다음 공중 전화 부스에 차를 좀 세워 주게. 전화할 일이 있어.」

루데크는 눈을 찡긋 감아 보이고는 질주하는 차들의 바깥쪽으로 차를 몰고 나갔다.

다음 교차로에서 차를 주유소로 빼더니 공중 전화 부스 옆에다 차를 세웠다.

보란은 주머니를 뒤져 10센트 주화를 동전 투입구에 넣고 다이얼을 돌렸다.

「지금이야! 찰리 리케트 경감 바꿔, 빨리!」

교환에게 큰 소리로 말했다.

「통화중이니 잠깐만 기다려 주세요.」

「그럼 〈불치의 죄인〉 본부로 돌려 줘.」

보란은 공중 전화 부스의 유리창을 통해 루데크에게 미소를 보냈다.

곧이어 걸쭉한 남자의 목소리가 전화선을 따라 흘러나왔다.

「찰리 리케트를 부탁하오. 급한 일이오.」

「잠깐 기다리십시오. 그는 특별 부서에 있습니다. 그 번호를 알려 드리겠습니다.」

「고맙소.」

보란은 루데크에게 윙크를 보냈다.

거의 동시에 전화 저쪽에서 다시 부드러운 여자의 목소리가 들려 왔다.

「기다리세요. 교환을 불러 드리겠습니다.」

곧 교환이 나왔다.

「이 전화를 3711번으로 돌려 주세요.」

보란은 잠시 더 기다려야 했다. 전화 속에서 리케트를 찾는 소리가 어지럽게 들려 왔다.

「리케트요.」

보란은 순간 말을 잃었다.

「리케트? 맥 보란이오.」

「그래? 여기는 화장터야. 바쁜데 무슨…….」

「닥치고 잠자코 들어. 난 보란이야. 네 동료들을 오늘 밤 해치울 작정이네.」

잠시 침묵이 흐른 뒤 다시 리케트가 말했다.

「뭐, 당신 정말 보란이야?」

「나도 장난할 시간은 없어, 리케트.」

보란이 쌀쌀맞게 말했다.

「좋아. 그러면 얘기해 보게. 언제 어디를 공격할 예정인가? 그래야 그 근처엔 아무도 얼씬거리지 못하게 할 것 아니겠나? 자넨 도대체 무엇을 원하는 건가?」

「내가 가지고 있는 녹음 테이프를 좀 들려주려는 것뿐이야, 리케트. 내일 아침에는 브래독의 책상 위에서도 발견될 것이지만. 그러나 우선 너에게 살짝 엿듣게 하는 것도 괜찮을 것 같았어. 듣고 있나?」

「듣고 있어.」

보란은 녹음기의 단추를 눌렀다. 그러고는 송화기를 녹음기의 스피커에 바짝 갖다 댔다.

그는 정확히 30초 동안 녹음기를 작동시켰다. 그동안 줄곧 루데크를 바라보고 있었다.

그는 녹음기를 끄고 전화기를 다시 잡았다.

「이봐, 엿들어 본 감상이 어때?」

그는 상냥한 목소리로 다시 물었다.

「상당히 재미있고 유익한 내용이 아닌가?」

전화기 저편에서는 아무런 소리도 들리지 않았다. 보란은 몇 차례 전화기를 두드려 보다가 교환을 불렀다. 교환이 다시 나왔다.

「선생님 전화는 끊겼습니다. 다시 연결해 드릴까요?」

「아니 됐어!」

보란은 짓궂게 웃었다.

「고맙소 교환!」

그는 공중 전화 부스를 나와 차로 돌아왔다.

「그 자식이 뭐라고 그래?」
루데크가 궁금한 듯 물었다.
「대단히 놀라더군. 아마 어디론가 달아나야 하겠지?」

11
죽음의 축복

「잘 들어! 계획은 이렇다.」

보란은 그의 앞에 모여 있는 9명의 특공대원들을 향하여 설명하기 시작했다.

「공격 목표는 건물이다. 강력하고 신속한 공격을 진행시킨다. 마피아들은 모두 내가 생각한 대로 움직여 주고 있어. 그들은 한곳에 모여 우리가 나타나면 박살 내겠다고 이를 갈며 기다리고 있어. 그러나 그건 문제가 안 돼. 문제가 된다면 경찰이라는 새로운 장애물이 나타났다는 사실이야. 따라서 우리는 신중히 처신하지 않으면 안 돼. 좀 어려워진 것만은 사실이야. 이제까지의 경찰은 마피아를 건드리지 않았어. 그러나 지금은 달라. 그들은 평화로운 이 도시가 피로 물들지 모른다는 생각에서 하나의 대응책을 마련했어. 마피아 단원들에 대한 대대적인 검거 계획이 바로 그거야. 그리하여 우리와의 충돌을 미리 막아 보겠다는 것이지. 그런데 이런 정보가 마피아측에 누설되어 버린 거야. 그들은 내일 아침 자신들이 검거될 줄 이미 알고 있어.」

「그 일이 우리 계획에 어떤 악영향을 준다는 거지?」

지트카가 물었다.

「나 역시 정확히는 알 수 없어.」

보란은 심각한 표정으로 대답했다.

「그러나 이것만은 분명해. 일이 성공하느냐 못 하느냐는 우리가 얼마나 빠른 속도로 계획된 작업을 해치우고 이 지역을 벗어나느냐에 달려 있다는 사실이야. 현재 로스앤젤레스 경찰력은 막강해. 그러니 그들이 나타난 낌새가 느껴지면 모든 활동을 즉각 중지하도록! 따라서 나는 두 가지 방법을 생각해 두었어……. 하나는 경찰의 개입을 피해 우리의 계획을 연기 또는 포기하는 것, 또 하나는 마피아 조직이 지하로 완전히 잠적하거나 이번 싸움을 피하기를 기다리는 것. 그러나 그것이 어떤 쪽이건 그런 경우를 기다린다는 건 불가능한 일이야. 또 그렇게 되면 우리 특공대도 별 의미가 없게 돼.」

「숨어서 마피아를 때려부술 수는 없을까?」

안드로메다가 입을 열었다.

「이 도시에서는 불가능해.」

보란이 재빨리 말했다.

「경찰에 제공하여 경찰이 그들을 일망타진하게 할 만한 범죄에 대한 정보를 우리는 가지고 있지 않아. 그리고 경찰의 정보는 정확해. 만약 충분한 시간과 기회만 주어진다면 그들은 우리도 찾아내고 말 거야. 그렇기 때문에 우리는 신속히 행동해야 해. 나는 이 로스앤젤레스에서의 작전은 닷새 동안이면 충분하다고 생각했어. 그러나 벌써 이틀이 지났어.」

「무슨 얘기를 하려는 거야, 보란?」

지트카가 걱정스레 물었다.

「그러니까…….」

보란은 이마를 몇 번 두드리고 말을 이었다.

「오늘 밤이야말로 우리가 승리할 수 있는 마지막 기회야. 24시간! 그렇다, 우리에겐 24시간밖에 없어. 시간이 지나면 지날수록 우리는 더 많은 방해를 받게 될 테니까.」

「그러면 오늘 밤, 반 둑 작전을 시작하는 건가?」

보란은 침착하게 머리를 끄덕였다.

「오늘, 아니면 무기한 연기, 둘 중 하나야!」

「무기한 연기라니……. 무슨 소리야?」

폰테넬리가 기분 나쁘다는 듯 중얼거렸다. 보란의 눈이 블랭카날레스에게로 향했다.

「모두 얼마 있어?」

블랭카날레스는 큰 기침을 한 번 하고 나서 대답했다.

「모두 14만 7000달러……. 정확할 거야.」

「좋아!」

보란은 흡족한 표정으로 말을 계속했다.

「모두 독립해서 부유하게 살 수 있을 만큼의 액수는 못 되지만, 하여튼 48시간 전에 너희들이 가졌던 것보다는 많은 돈이다. 만일 너희들이 바란다면…… 죽음의 특공대를 해체하는 일 말이다…… 만일 헤어지기를 바란다면 저 돈을 분배해 주겠다, 당장.」

「무슨 얘기를 하고 있는 건가! 조직을 해체한다고? 누가 조직이 해체되기를 바라지? 그건 말도 안 되는 소리야.」

안드로메다가 큰 소리로 외쳤다.

「그 방법이 제일 나을지도 몰라.」

블랭카날레스가 입을 열었다.

「무슨 말이야!」

폰테넬리가 뛰어들었다.

모두가 소리들을 질러댔기 때문에 현황 보고는 고사하고 난장판으로 뒤바뀌어 버렸다. 보란이 소리를 쳐서 그들을 긴장시켰다.

「조용해! 모든 걸 말해 주겠어.」

그는 목청을 높였다.

「자, 나는 너희들 대부분이 이 특공대에 참여했던 이유가 돈때문은 아니라고 생각하고 있어. 그러나 그것이 돈 때문이라고 해도 이상할 건 없어. 아무튼 난 너희들에게 정말 고마움을 느끼고 있어. 그러나 너희들이 분명히 알아 둬야 할 점이 있어. 경찰이 차츰 우리를 압박하고 또 우리의 계획을 엉망으로 만들고 있다는 사실이야. 예상했던 것보다 빠른 결과야. 그야말로 우리의 먹이는 눈앞에서 사라지려 하고 우린 그걸 구경만 하게 됐어. 그래서 나는 너희들에게 각자의 몫을 나누어주어 이 특공대를 떠날 기회를 주려는 것이다.」

「그러면 자네는?」

워싱턴이 따지듯 물었다.

보란이 빙그레 웃어 보였다.

「나는……남아 있어야 해. 이 작전은 나 혼자서라도 끝마쳐야하니까.」

「혼자서?」

안드로메다가 어림없다는 표정으로 말했다.

「혼자서는 할 수 없어!」

워싱턴이 보란을 외면하며 재빨리 말했다.

「우리의 먹이를 혼자서만 맛보게 할 수는 없잖아?」

「맞아!」

해링턴도 말했다.

「나는 이곳을 떠나지 않겠어.」

「좋아. 그러면 너희들의 결정에 따르도록 하겠네. 30분 동안 시간을 줄 테니 각자 결정을 내려. 그리고 알아 두어야 할 것은, 만약 이곳을 떠나는 자가 있다 해도 난 조금도 원망하지 않아. 오히려 그의 앞날에 행운이 있기를 빌겠어. 후회 없는 결정을 내려 주길 바래.」

보란은 그 자리를 떠나 바닷가를 향해 혼자 걸어갔다.

「무슨 결정이 필요해!」

폰테넬리는 조용히 그리고 빠르게 중얼거렸다.

「몇 가지 가능성을 가지고 좀더 적극적으로 생각해 봐야 합니다.」

포스터 경감은 브래독 주임에게 말했다.

「그 검은 사내는 우리가 짐작했던 대로 토머스 루데크가 틀림없습니다. 블랙 푸드(북미 인디언의 한 종족)의 순수한 혈통을 받은 자로서 몬태나의 보호 구역 출신이지요. 그는 베트남에서 처음 보란을 만났어요. 그리고 지난주 보란을 다시 만났던 것 같습니다. 지난주 그에게 송금된 1000달러가 그걸 증명합니다. 그는 그 돈을 찾기 위해 뷰테로 갔습니다. 워스터 유니온 은행 본점에서 발송되었는데, 송금자 이름은 B 매키로 되어 있었습니다.」

브래독이 낮게 중얼거렸다.

「그럼 확실하군. 그리고 그에 관한 또 다른 정보는 없나?」

포스터는 머리를 저었다.

「그밖에는 없습니다. 그렇지만 계속 조사하고 있어요. 다만 한 가지 아주 색다른 인물이 하나 있는데, 베트남에서는 건 스모크라고 불렸던 잡니다. 그는 옛날 서부 스타일의 6연방 쌍권총을 차고 다니기를 즐기는데 좀 우스운 얘기지만 사람들 얘기로는 베트콩들이 정말 그를 두려워했다고 합니다. 제대한 뒤에는 와일드웨스트 공원에서 총질하는 걸 보여 주는 일을 했답니다. 그 역시 별다른 이유도 없이 지난주에 그곳을 떠났습니다.」

경감은 주임을 물끄러미 바라보며 다시 말을 이었다.

「그의 사장은 그가 자주 자리를 비웠기 때문에 해고시켜 버렸다고 하지만 믿을 수가 없어요. 그는 좋은 사람이었다는 것이 주위의 평입니다. 게다가 그는 잘생긴 덕분에 항상 여자들이 그의 주의를 맴돌았다더군요. 이름은 제임스 해링턴. 그의 아버지는 아이다호 근처의 녹초지에서 양을 키우고 있는데 그곳에서도 볼 수 없었어요. 또 그의 아버지는 그가 무슨 일을 하고 있는지 전혀 모르고 있더군요.」

「역시 보란의 한 패인가?」

포스터는 고개를 끄덕였다.

「그는 아나하임에서 살고 있었는데 그가 그곳 아파트에서 이사간 날이 바로 그 직업을 그만둔 날이더군요.」

「역시 믿을 수밖에 없군. 다음은 누군가?」

「음……지트카입니다. 사이공에서 온 텔렉스 전문에 의하면 그는 보란과 가장 절친한 잡니다. 베트남에서 그들은 1년 이상이나 실과 바늘처럼 붙어다녔습니다. 지트카는 지원 입대자 가운데 한 사람인 것 같아요. 그는 거의 보란과 함께 군작전을 수행해 왔어요.」

「다시 한 번 살펴보세.」

「여기 이 사람은 로자리오 블랭카날레스입니다. 특수 부대의 중사였죠. 자기 고향처럼 베트남을 잘 알고 있었답니다. 의술뿐 아니라 여러 가지 손재주가 뛰어난 사람입니다. 이를테면 잡기에 능한 거죠. 기계, 총포, 악기 등을 다룰 줄 알고 심지어 비평정 구역에서 작은 규모의 야구 팀을 만들어 리그전을 벌일 정도로 조직과 관리에도 능하답니다. 그는 두 번이나 사관 후보 학교에 추천되었는데 두 번 다 필기 시험에서 떨어졌습니다. 정식 교육을 받지 못했다는 좋은 증거죠.」

「그는 어떻게 보란과 맺어졌나?」

포스터는 한숨을 길게 내쉬며 대답했다.

「그의 관련 여부는 추측일 뿐이고 확실하지는 않습니다. 그는 롱 비치에 있는 예비군 병원에서 보란이 나타나기 훨씬 전부터 일하고 있었다는 보고가 들어왔어요. 그리고 그는 군에 재지원하는 문제를 놓고 굉장히 고민을 했다는 주위의 설명도 있었어요. 그러던 어느 날 그는 그곳에서 떠나 버렸습니다. 아무런 흔적도 남기지 않고. 그러나 우리가 조사한 바로는, 남부 캘리포니아 지역에서 군에 재지원한 사람의 명단에 그의 이름이 들어 있지 않았어요.」

「지금까지의 경우완 맞지 않는구먼.」

브래독이 생각에 잠겨 한마디했다.

「그렇습니다. 그러나 그는 사라져 버렸습니다. 그것도 지트카의 아파트 근처에서 총격전이 있었던 직후에 말입니다.」

「좋아. 계속 수색해 봐. 또 다른 그럴듯한 인물은 누군가?」

「안젤로 폰테빌리. 일명 차퍼라고 알려져 있어요. 베트남에서 중화기를 다루었는데 보란과 자주 어울렸답니다. 그는 결혼했는데 뉴 저지에 아내와 두 아이가 살고 있어요. 그런데 그의 아내는 2년 동안이나 그의 소식을 모르고 있어요. 정부가 군인 가족 부양비 보조를 중단할 때까지 그가 제대했다는 사실조차 모르고 있었어요.」

「어떻게 그는 보란과 연결되었나?」

「과거의, 다시 말해 베트남에서의 그들의 관계 외에는 확인된 바가 없습니다. 다만 가능성을 가지고 막연히 추측할 뿐이죠.」

「좋아. 그자도 계속 추적하도록. 자동차에 대해서는 뭐 좀더 알아낸 거 없나?」

「없어요. 좀더 시간이 필요합니다.」

「아, 좋아. 라이온스의 단위 수사대가 오늘 아침에 UHF무선 기재를 팔았다는 도매상을 알아냈는데, 구매자는 무슨 기술 학교에서 나왔다고 말했다더군. 학생들이 실습 교재 구입을 위해서 말이야.」

「별로 이상할 건 없잖습니까?」

포스터는 흥미 없다는 듯한 투였다.

「물론이야. 그런데 이 구매자가 말한 학교는 어디에도 없어. 게다가 그는 수천 달러 상당의 물품을 구입하면서 모두 현찰로 계산했다는 거야. 그게 이상하지 않나? 학교에서 현찰로 물건을 구입하는 일은 극히 드물잖아?」

「급히 필요한 물건이라면 그럴 수도 있지 않겠어요?」

「물론이야. 라이온스가 지금 그 물품들의 목록들을 작성하고 있어.」

포스터는 조심스럽게, 그리고 조용히 말했다.

「리케트를 마지막 본 게 언제입니까?」

「그만두게!」

「그가 눈치를 채고 있었을까요?」

「그래. 어떻게 눈치를 챘는지 그걸 알 수 없단 말야. 베티 얘기로는 누군가의 전화를 받더니 그의 얼굴이 유령처럼 하얗게 질리더라는 거야. 그는 급히 그곳을 떠났는데 그게 우리가 그를 붙잡으러 가기 바로 5분 전이었지. 도대체 알 수 없단 말이야. 그가…….」

브래독의 책상 위의 전화 벨 소리가 그의 말을 중단시켰다. 그는 수화기를 움켜쥐고 말했다.

「브래독이오.」

순간 그는 놀란 듯이 눈을 번쩍 치켜뜨면서 포스터를 바라보았다.

「좋아, 알았어! 계속 추적해. 그리고 수시로 연락해. 좋아, 오케이!」

브래독은 천천히 수화기를 놓았다.

「이제 그들의 꼬리가 잡히기 시작하는군.」

브래독은 경감에게 말했다.

「중고 자동차 구매업자가 오늘 한 사람에게서 많은 차를 사들였다는 거야. 붉은 1968년형 코르베트, 푸른 색 1967년형 포드, 회색의 1967년형 무스탕에다 1963년형 스테이션 웨건까지 말일세.」

브래독은 잠시 호흡을 가다듬은 다음 다시 입을 열었다.

「운 좋게도 판 사람의 이름까지 알아냈다는군.」

「뭐라고요?」

「로잘리오 블랭카날레스였어! 코르베트를 제외하고는 전부 그자의 이름으로 등록되어 있었다는군. 그자는 그 차들을 다시 되팔아 이익을 남기려고 샀던 건데, 틀어지는 바람에 본전이나 뽑으려고 일 주일 만에 팔아 치운다고 말했다는군. 코르베트에는 네바다 주의 등록증이 붙어 있었는데 빌 매키라는 이름이라는군.」

「좋은 정본데요!」

포스터는 브래독을 조용히 바라보며 말했다.

「그렇지. 우리의 추측을 좀더 확실하게 해주는 정보인 셈이야.」

브래독은 만면에 웃을을 띠며 계속해서 말했다.

「이제 그 특정한 차들을 찾느라고 기를 쓸 필요는 없게 됐어. 그런데 이봐, 혹시 보란이 이 도시를 떠나 버리려 하고 있는 게 아닐까?」

「만일 말입니다, 무선 설비 기재들을 사간 자들이 그들이라면 그는 떠나지 않습니다.」

「그럼, 그걸 산 사람이 일단 보란의 패거리들이라 가정한다면 ……. 그러니까 그는 이 도시를 떠날 생각이 없다, 대신 차를 바꾸려 한다, 그 차들이 너무 노출되어 버렸으니까 위험 부담이 크

다, 그러니까 그가 훔치지 않을 경우 다시 구입해야 한다고 추측
할 수 있겠군. 알았어. 차를 구입…….」

이때 라이온스가 들어왔다. 그는 무엇 때문에 흥분했는지 무
척 상기된 표정이었다.

「무슨 일이야, 칼?」

브래독은 놀라서 물었다.

라이온스는 숨을 몰아쉬며 브래독의 책상으로 다가가서는 양
파 껍질 같은 종이 다발을 주임 앞에 쏟아 놓았다.

「무전기 부품들의 목록을 보십시오. 그 페이지 중간쯤입니
다.」

「뭘 보라는 건가?」

「이건 UHF용입니다. 여기 그가 사간 부품들을 한번 보십시
오.」

「보고 있어, 이게 어쨌다는 건가?」

「모르시겠어요? 그는 우리들의 〈불치의 죄인〉 주파수를 모두
포착해 낸 거라고요!」

브래독의 입술이 바싹 탔다.

포스터는 그 목록을 보기 위해 의자로부터 반쯤 일어나고 있
었다.

「도대체 어떻게 우리 주파수를 탐지해 냈을까요?」

라이온스는 화가 나서 외쳤다. 브래독은 굳은 표정으로 책상
위의 목록을 물끄러미 바라보더니 목록 한 장을 재빨리 집어 냈
다. 사진이었다. 군대에서 신분 증명용으로 사용한 증명 사진 크
기의 사진이었다.

검은 사내……숱이 많은 머리칼, 그리고 날카로운 눈빛의 사

내였다.

「누군지 아시겠어요?」

라이온스가 감을 잡은 듯이 물었다.

「그자야!」

브래독의 음성이 계속 높아졌다.

「틀림없어, 그자야! 오늘 아침 이곳에 왔었어! 어젯밤 할리우드의 사건을 목격했다고 하면서 말이야! 내가 그를 아래에 있는 통제실의 증언 담당에게 보냈어. 아, 바로 내가 그자를, 그 스파이를 통제실로 보내다니!」

브래독은 거의 울부짖고 있었다. 라이온스의 안면에는 심한 경련이 일어났다.

「교활한 놈들! 어떻게 하시겠어요, 주임님?」

브래독은 한숨을 쉬며 루데크의 사진을 노려보고 있었다.

「정말 큰 실수야! 어떻게 하지? 나 자신이 그 놈을……」

「대단한 놈들입니다.」

포스터가 끼여 들었다.

「그 훌륭한 머리와 대담성으로 얼마나 또 우리를 괴롭히겠습니까? 만일 그놈들이……」

라이온스가 조용히 포스터의 말을 중단시켰다.

「그렇지 않습니다. 그렇게 좋은 머리도, 대담하지도 않습니다. 다만 그들은 우리와는 전혀 다른 세상에서 자랐고 그리고 지금에 이른 것뿐입니다.」

브래독은 눈을 감았다 떴다 하며 마음을 진정시키려고 노력했다.

이윽고 그는 결심한 듯 인터폰을 눌렀다.

「지금 즉시 모두 〈불치의 죄인〉 직원들은 근무지로 복귀하라. 작전 지휘자들은 30분 이내에 통제실로 집합하라. 또한 지금 즉시 모두 통신 시설을 이곳으로 연결하라. 그리고 샌디에이고로부터 들어온 보고는 없나?」

「해군이 우리를 도우러 오고 있는 중입니다.」

인터폰은 잠시 끊겼다가 다시 대답했다.

「잠시 후 도착할 예정입니다.」

「전 속력을 내고 있겠지?」

「그렇습니다. 전 속력으로!」

브래독은 인터폰에서 손을 떼고 신념에 찬 목소리로 중얼거렸다.

「그들 자신이 선택한 방법으로 이제 그들을 때려부숴야 해!」

줄리앙 디조르쥬는 도무지 보란을 대하는 그들 가족들의 태도가 맘에 들지 않았다. 꼭 옛날처럼 총으로만 해결하려는 방식이 그는 싫었다.

사람이 나이를 먹게 되면, 지난 생활을 되돌아보며 좀 여유 있는 시간들을 가져야 한다고 그는 생각했다. 그러나 자신의 과거를 되돌아보면 그렇게 한가한 생활과 여유를 가질 만한 형편이 못 되었다. 그의 아버지는 초기 카포네 시대의 총잡이였다. 그리고 결국은 연방 교도소에서 죽고 말았다. 그래서 디스는 일찍부터 마피아 세계에 발을 들여놓게 되었다. 마피아의 사업에서는 육체 노동과 연결된 일이라고는 별로 없다. 마약이라거나, 매춘 또는 조작된 도박 등에 육체 노동이라는 것은 사실 필요없는 일이었다.

　디스에게 있어서 육체 노동이라는 것은 다름 아닌 총을 잡는 일이었다. 그것은 곧 경찰과 대치하는 일이거나 다른 적들과의 싸움을 의미했으며 또한 조직내의 보이지 않는 경쟁을 의미했다.

　그러나 그것은 항상 걱정과 불안을 동반했다. 그 때문에 그는 지난날의 대부분을 경찰들의 의심과 심한 경계 속에서 살아야만 했다.

　그는 이제 겨우 자기의 생활을 찾기 시작했다.

　그는 거의 한 다스에 가까운 영화관들을 운영하고 있었다. 그는 3개의 고급 나이트클럽을 소유하고 있었으며, 몇 개의 은행도 지배할 수 있을 만큼 부를 키웠다.

　그 때문에 디스는 보란의 출현이 몹시 거슬렸다.

　요즘 사람들은, 특히 새롭게 성장해 가고 있는 세대들은 마피아를 경험해 보지 못한 사람들이었다.

　그들은 마피아를 전설적인 얘기거나 일종의 모험담 정도로 받아들였다.

　텔리비전이나 나이트클럽의 쇼 무대에서 마피아가 가끔 세태를 꼬집는 풍자적인 뜻으로 사용되고 있을 때에도 그는 품위 있는 태도로 바라보고만 있었다.

　그러므로 사람들이 보란으로 인해 얼마나 흥분하고 있는가 하는 것은 충분히 상상할 만한 일이었다.

　그렇다. 생애의 끝부분을 평화롭게 장식하려는 디스의 계획이 결정적인 위협을 받고 있는 것이다. 디스는 이제 그가 편안하게 지내 온 그 합법적인 껍질로부터 기어 나와야 할 형편이었다.

　디스에게는 타인들의 눈앞에 공개되어서는 안 될 많은 일들이 있었다.

예를 들면 로스앤젤레스 항구를 통한, 합법을 가장한 수입 업무가 그러했으며, 또한 그러한 상품들로 가득 찬 저장 창고도 마찬가지였다.

SS 퍼시픽 팰리스도 그랬고, 그곳에 있는 여자와 도박 기구들도 역시 그랬다. 트리 해변 레코드 회사에 대한 그의 부분적 출자도 마찬가지였다. 그런데 이제 그것이 보란 때문에 마피아의 자금이 투입된 회사라는 게 밝혀진다는 것은 용납할 수는 없는 일이었다.

또 그러한 사업들은 대부분 복잡하게 정치 문제와도 얽혀 있었다.

이제 그런 것들이 보란이라는 수천 와트짜리 조명을 받아 폭로되려 하고 있었다.

디스는 보란과의 대결을 될 수 있는 한 피해 보려고 애썼다. 그래서 그는 이런 제안까지도 한 적이 있었다. 보란을 사들일 수도 있지 않겠느냐고. 그러나 디스는 이미 알고 있었다. 이 불가피한 사태를 이제 어쩔 수 없다는 것을.

결코 보란을 피할 수 있는 방법이란 없었다.

그 녀석은 우리 조직에 대해 얼음같이 차가운 반감을 갖고 있다. 벌써 그를 짓밟아 버렸어야 했는데, 아직까지 그를 죽음으로 몰아넣지 못했다.

조직에 대해 그처럼 냉혹한 칼을 휘두르고 있는 그놈을 때려 부수는 길이란 단 한 가지 방법뿐이다. 총을 들어야 한다. 그리고 방아쇠를 당겨야 한다.

벌써 그의 아내와 딸을, 그리고 손자들은 모두 팜스프링스로

피신 보냈다. 이제 디스는 잠깐 동안이나마 지난날의 생활 속으로 되돌아가야 한다.

　오늘 밤 조직의 모든 가족들이 회의를 하기 위해 모일 것이다. 그것은 그놈의 죽음을 의미하는 회의가 될 것이다.

　보란의 죽음——그 죽음에 조그만 축복을 내려 주기 위하여!

12
폭풍 전야

　보란이 산책을 마치고 해변에서 돌아왔을 때 특공대원들은 모두 그를 기다리고 있었다.

　아무도 떠날 기미는 보이지 않았다.

　그는 무표정하게 그들을 바라보았다.

　그러나 그가 말을 시작했을 때 그의 목소리는 가라앉아 있었으며 그의 눈은 어떤 각오로 불타오르고 있었다.

　「좋아, 얘기를 계속하기로 하지.」

　그는 스냅 사진을 한 묶음 꺼내 놓았다. 그는 그것을 지트카에게 넘겨 주었다.

　「이 사진들을 잘 살펴봐. 본 후에는 옆 사람에게 넘겨. 블러드 브라더와 나는 이미 1차 답사를 하고 돌아왔다. 모든 것들을 사진에 담으려고 노력했어. 그 사진들을 주의 깊게 보고 각자 연구해 봐. 우리는 어둠의 보호를 받으며 잠입해야 해. 저택은 서쪽을 향하고 있고, 거리로부터 좀 떨어져 있는데 완만하게 경사진 언덕을 내려다보고 있어. 안뜰에는 자갈이 깔려 있고. 문은 프랑스 식이야. 그 문은 시멘트 블록의 벽으로 둘러싸여 있지. 그 문 너머엔 테라스식으로 잔디가 넓게 깔려 있다.」

보란은 담배에 불을 붙이기 위해 잠시 말을 멈추었다.

「풀장은 안뜰 아래에 있고. 테니스 코트는 집의 남쪽에 있어. 거리로부터 집까지는 약 200야드야. 지형은 완전히 평평하지는 않으나 거의 수평에 가까워. 꽃으로 가득 찬 정원과 여러 개의 작은 연못이 뒤쪽에 있지. 거리를 향해서는 단 하나의 담장만이 있을 뿐이야. 어마어마하지. 높이는 8피트, 집 끝의 구석까지 담장이 뻗어 있어. 문을 향해서 자갈이 깔려 있다. 항상 개방 상태인 것 같아. 두 대의 차가 한꺼번에 통과할 수 있을 만큼 넓어. 북쪽과 남쪽 끝을 따라 설치된 담은 대단히 견고해 보이는데 단 한쪽 구석, 문에 면한 부분은 그다지 견고해 보이지 않는다. 우리가 만일 그 길을 택하기로 결정한다면, 그곳을 통과하긴 쉬울 것이다. 공격하기 쉽고 쉽게 깨뜨릴 수도 있다. 디스는 그곳에서 보안 상태에 신경을 쓰지 않을 만큼 주민들의 존경을 받고 있어.」

보란은 다시 담배를 한 모금 들이마셨다.

「바로 그 이유 때문에 이런 생각을 갖게 되었어. 총격전이 시작되면 그들은 그곳을 빠져 나와 달아날 거야. 그러나 그들은 그들의 견고한 요새로 우리들을 유인하기 위하여 달아날 것이 분명해. 그들은 어딘가에 견고한 요새를 또 하나 갖고 있을 거야. 틀림없어.」

지트카가 입을 열었다.

「그 집의 내부에 무슨 장치 같은 건 없나?」

보란은 머리를 흔들었다.

「없어. 있다 해도 관계없는 일이지. 블러드 브라더와 내가 추측하기로는 그들은 집 밖에서 회의를 개최할 것 같아. 안뜰 어딘가에서.」

「이탈리아인들은 모이면 쇠고기와 포도주 등을 즐겨 먹는 편이지.」

안드로메다가 웃으면서 한마디했다.

폰테넬리는 쉬지 않고 손바닥을 만지작거리고 있었다.

안드로메다가 다시 중얼거렸다.

「내 친구들 중 이탈리아 사람이 몇 명 있거든.」

워싱턴이 큰 소리로 웃었다.

「젠장, 왕년에 이탈리아 친구 한두 놈 없는 사람이 있는 줄 아나?」

워싱턴은 또 한 번 호탕하게 웃었다.

「좋아. 그 얘기들은 그만둬라.」

보란이 부드러운 목소리로 말을 이었다.

「이것은 승부를 위한 싸움이 아니야. 또한 이탈리아 사람과의 싸움도 아니야.」

「그러면 마피아가 도대체 뭐라고 생각하는 거야, 자네는?」

안드로메다가 킬킬거렸다.

「아무튼 그건 이탈리아 세력이야.」

워싱턴도 장난스럽게 덧붙였다.

폰테넬리를 제외하고 모두가 크게 웃음을 터뜨렸다.

「마피아가 곧 이탈리아 사람을 뜻하는 건 아니야, 이 친구들아!」

하고 폰테넬리가 소리쳤다.

「이탈리아 사람들도 그놈들을 좋아하지 않아. 또 지금껏 살아오면서 어느 누구에게도 마피아를 좋아한다는 소리는 못 들었어.」

「진정해!」

안드로메다가 다정히 말했다.

「우린 그저 농담을 한 것뿐이야.」

「좌우지간 놈들이 싫어!」

폰테넬리가 계속 혼잣말로 지껄였다.

「놈들은 이탈리아 민족에게 오명을 뒤집어씌우고 있으니까.」

「아, 아, 나는 기막히게 이탈리아인들을 사랑한다고!」

안드로메다가 장난스럽게 목소리를 높였다.

「특별히 여자들을! 후 후 후…… 내가 너한테 언젠가 얘기하지 않았나? 나하고 같이 뉴 저지로 가자고 말야.」

「좋아. 내가 너무 예민했나 봐.」

폰테넬리는 우울하게 말했다. 그러나 곧 워싱턴을 바라보며 웃었다.

워싱턴도 그에게 윙크를 보냈다.

「그놈들은 흑인도 마피아에 들어가는 것을 허락하나?」

폰테넬리가 웃었다.

「허락하고말고, 그놈들을 검은 손이라고 부르는 사람도 있잖아!」

모두 유쾌하게 웃었다.

보란은 그들의 격의 없는 대화를 느긋하게 듣고 있었다.

그런 대화는 긴장을 해소하기에는 뭣보다 필요한 것이었다. 그러나 시간은 점점 압박해 오고 있었다.

「좋았어!」

그는 입을 뗐다.

「우선 지트카의 생각부터 살펴보기로 하자. 디스의 집 내부에 어떤 장치가 설치되어 있느냐 하는 건 신경 쓸 필요없어. 그들이 집 안으로 후퇴해 들어간다 해도 우리는 따라 들어가지 않을 거니까. 우리는 다만 그들이 정신 차릴 수 없을 정도로 사격을 해대고는 곧 그곳을 떠나야 해. 왜냐하면 경찰들이 재빨리 그곳으로 몰려들 게 뻔하기 때문이야.」

해링턴이 말을 받았다.

「그렇다면 바로 그것이 우리의 작전이군. 공격과 함께 즉각 때려부수고 도주한다는 것…….」

보란은 잠시 고개를 끄덕이며 말을 이었다.

「또 주의할 것은……그놈들은 내일 아침, 자신들에 대한 전격적인 검거 작전이 시작된다는 걸 알고 있다는 점이야. 그들의 오늘 모임의 목적은 아마 첫번째로 우리들에게 대항하는 전략을 세울 것이고, 두 번째로는 경찰의 위험에 대하여 그들의 사업이나 조직을 보호하려는 것일 거야. 일반 시민들과 마찬가지로 그들 역시 자신들의 모든 것이 경찰에 공개되는 것을 싫어할 건 뻔하잖아? 따라서 그들이 결정하게 될 행동이란 다음과 같을 거야. 그들은 우선 우리들에 대항하는 세력을 형성할 것이고, 그리고 이 도시를 잠깐 떠나기로 결정할 거야. 이 두 가지 목적을 동시에 이룰 수 있는 장소가 그들의 견고한 요새겠지? 그들의 그런 요새가 그들 구역 어디엔가 있을 거야. 틀림없어. 오늘 녹음된 3분 동안의 대화에서 봐로네는 〈조직의 고향〉이라는 말을 분명히 했어. 그들은 요새를 가지고 있어. 우리는 그들이 그곳으로 가도록 유도하는 것이다. 그것이 오늘의 작전 목표야!」

「상당히 합리적이군!」

지트카가 말했다.

「좋다.」

보란은 이동식 칠판을 향해 몇 걸음 다가섰다. 거기에는 디스의 저택 주변이 스케치되어 있었다.

「먼저 각자의 위치를 얘기하겠다. 다음에 임무를 부여한다. 데드 아이스와 나는 장거리용 라이플을 가지고 왼편의 이 언덕에 위치할 것이다. 블러드 브라더는 우리들 왼쪽 언덕의 가장자리, 여기……. 그래 여기야. 무기는 자동 소총이고. 지트카와 붐붐은 이곳에서 관측할 것. 만일 사태가 곤란하게 되면, 너희들을 불러 들여야 할 것이다. 따라서 화염 공격에 대한 준비도 갖춰 두도록. 플라워 차일드는 남쪽이다. 수류탄 발사기 〈일명 유탄 발사기〉를 준비해. 또 정확히 사격할 수도 있는 지점을 확보해.」

안드로메다가 낄낄거렸다.

「네가 수류탄 공격을 시작하게 되면 차퍼가 너를 엄호할 것이다. 이제 갯지트, 너는 종마 안에 승차하고 있어야 한다. 블랭카 날레스가 운전을 맡는다. 너무 가까이 우리에게 접근해선 안 돼! 갯지트는 경찰의 무선 통신 내용을 도청해야 해. 그들로부터 우리를 떼어놓아야 한다. 나는 너희들이 나의 무선 통신을 들을 수 있도록 귀를 활짝 열어 놓기를 바란다. 그리고…….」

「내가 좀 생각해 본 게 있는데…….」

갯지트가 보란의 말을 가로채며 입을 열었다.

「걱정이 돼!」

「무엇이?」

보란이 의아한 듯 물었다.

「경찰이 우리들을 ECM할 수 있는 능력을 갖고 있는 게 아닐까? 만일 그들이 그걸 해내기만 하면 종마의 반대 의미로 트로이의 목마가 되지.」

「ECM이라는 게 뭔가?」

「역전자 측정(Electronic Counter Measures). 다른 말로는 전자 스파이라고도 하지. 바로 간첩선과 첩보 위성들과 똑같은 거야.」

「레이더를 말하는 건가?」

지트카가 물었다.

「아니 이 번화한 곳에서 레이더를 어떻게 사용하겠나?」

「아닌가?」

갯지트는 한심하다는 듯한 표정을 지어 보이고 말을 계속했다.

「내가 얘기하는 뜻을 모르겠나?」

「무선 방향 탐지기?」

보란이 중얼거렸다.

갯지트가 고개를 끄덕였다.

「바로 그거야. 그게 좀 복잡하긴 하지만, 그런 장비들만 가지고 있다면 그들은 샅샅이 뒤져서 결국 우리의 위치를 포착할 수 있어. 멍청이가 아니라면…….」

「어떻게?」

보란이 의심이 가득 찬 눈으로 물었다.

「만일 경찰이 어떤 주파수로 송신되고 있다는 것을 모르고 있는 경우에도 가능한가?」

「내가 그랬잖아. 샅샅이 뒤진다고.」

갯지트가 급히 대답했다.

「그들은 우리 주파수를 알 필요가 없어. 우리가 쓰는 주파수를 발견해 내는 거야. 스캐너(전자를 주사시키는 기기)를 사용해서 주변에 있는 몇 개의 지점을 축으로 하여 삼각 측량을 해보면 우리들의 위치는 순식간에 노출되고 말아.」

「네가 움직이고 있는데도?」

「그러면 그들도 우리들이 송신할 때마다 ECM을 하는 거지. 그러면서 우리를 추적하는 거야.」

「그것 참 대단한 기계로군, 갯지트.」

「그래. 그러나 경찰들이 그런 기재들을 가지고 있는지 확신할 수는 없어.」

「그들은 가지고 있을 거야.」

보란이 침착하게 입을 열었다.

「그에 비해서 우리가 할 수 있는 방법은 없나?」

갯지트가 머리를 흔들며 말했다.

「우리가 가진 기재들만으로는 안 돼. 우리가 그것을 방어할 수 있는 유일한 방법은 최대한으로 조용히, 그리고 송신을 짧게 하는 방법뿐이야.」

「얼마나 짧게?」

「3초나 4초.」

「알았어.」

보란은 말을 계속했다.

「그럼 이렇게 하기로 하자. 무전기는 극히 필요한 경우에만 사

용하는 거야. 짧게, 그리고 우리들의 위치나 진로를 알려 주게
될 어떠한 말도 하지 마.」

보란의 얼굴이 몹시 일그러져 있었다.

「그리고 모두 얼굴에 숯검정을 칠해. 또 될 수 있는 대로 가벼
운 복장을 하도록 하고. 엄호하고 공격하기 위해서만 화기를 사
용해.」

그들은 숨을 죽였다.

아무도 입을 열지 않았다.

그들 모두가 이 싸움이 얼마나 위험한가를 인식하고 있었다.
또 이 싸움이 생명을 건 도박의 마지막 의식임을 그들의 표정은
잘 말해 주고 있었다.

디스는 봐로네에게 지시하고 있었다.

「전투원들을 곳곳에 배치하게. 앞에도, 뒤에도, 거리에도, 이
일대에 우글우글하게 말이야. 알았나? 만일 그놈들이 우리를 훔
쳐보고 있다면 이 장소에서는 공격이 어렵다는 걸 스스로 느끼
게 해주고 싶어. 증원해!」

「그놈들이 우리를 보고 있다고 생각하나요, 디스?」

봐로네는 불안한 듯이 물었다.

「만일 그 녀석이 소문대로 머리가 좋은 놈이라면……물론이
지, 놈들은 우리를 보고 있어.」

디스는 먼 거리의 언덕을 향해 시선을 돌렸다. 언덕은 별이 반
짝이는 밤하늘을 향해 어두운 윤곽을 드러내 놓고 있었다.

「저기 어딘가에 숨어서 망원경으로 본다면 주방의 싱크대까지
훤히 내려다볼 수 있을 거야.」

「아마 녀석은 저 위쪽으로부터 공격할 겁니다.」

봐로네는 신경을 곤두세우며 말했다.

「이것 보게…… 만일 그 녀석이 그렇게까지 훌륭하다면 우리는 그를 죽일 필요가 없어. 오히려 우리는 그놈을 우리편으로 만들어야 해. 안 그런가? 시집 못 간 노처녀같이 노심초사하지 마. 봐로네, 침착해! 보란도 사람일 뿐이야.」

봐로네는 아직도 언덕을 바라보고 서 있었다.

「그러니까 전투원들을 모두 배치해. 그놈이 우리를 감시하고 있다고 생각하게. 이 근처에서는 한 방울의 피도 보고 싶지 않으니까. 그런 것을 보는 건 이젠 딱 질색이야. 알겠나?」

「지오르다노가 도착했군요.」

봐로네는 집을 향해 눈길을 돌리며 말했다.

「그렇군. 내가 전투원들이 노출되기를 바란다는 걸 그자에게도 인식시켜 주게나. 전투원들이 들끓어야 해!」

봐로네는 고개를 끄덕이며 알았다는 시늉을 했다.

디스는 천천히 뜰로 걸어갔다. 그의 시선은 어둠 속을 뚫고 구석구석까지 꽂혔다. 어쩐지 마음이 놓이지 않음을 숨길 수 없는 듯했다.

그는 보란이라는 미치광이가 얼마나 많은 죽음의 그림자를 그의 소매 속에 감춰 놓고 있는지 못내 궁금했으며 그만큼 걱정스럽기도 했다. 그는 그의 조직의 가족들이 뜰의 중앙에 있는 한 커다란 테이블 주위에서 자신들의 자리를 찾아 앉는 것을 보았다. 그는 일단 보란이라는 미치광이를 그의 생각 밖으로 밀어내 버리고 얼굴에 밝은 미소를 떠올리며 활달한 걸음걸이로 회의용 탁자로 걸어갔다.

데드 아이스 워싱턴은 얇게 깔린 풀밭 속에 엎드려 있었다. 그의 아래쪽으로 우산처럼 펼쳐진 전나무 가지가 나 있었다. 긴 라이플을 작은 삼각대에 받쳐 놓고서 그는 오른쪽 눈을 커다란 주준 망원경 안대에 꼭 맞붙였다. 그의 바로 옆에서 보란이 성능좋은 20배짜리 망원경으로 아래를 내려다보며 킬킬거리고 있었다.

「입술 모양만으로도 무슨 소리들을 지껄이고 있는지 알겠는데!」

보란이 감탄했다.

「그럴 거야, 보란. 그건 기막힌 망원경이니까. 저기 오른편에 있는 녀석이 봐로네야. 조그만 놈이지. 저 백발의 사내가 두목 같지 않아?」

「그런 모양이야, 아직 확실히는 모르지만……. 그들이 자기 자리들을 찾아 앉으면 알게 되겠지.」

「거리에 대해서는 자신 있나?」

보란은 투덜거리며 대답했다.

「나를 못 믿겠다는 거냐, 데드 아이스? 집의 뒤쪽 벽이 보이지? 그 시멘트 벽돌들의 이음 부분은 각각 8인치. 그러니까 일곱 번째의 벽돌 맨 위가 분명히 5피트가 되는 거지. 땅바닥으로부터 말야.」

「그렇겠는데…….」

데드 아이스는 한숨을 길게 토해 내더니 말을 계속했다.

「좋아. 내가 조준하기는…….」

그는 조준 망원경으로부터 눈을 떼더니 라이플의 눈금을 기록

한 부분에 붙여 두었던 테이프를 떼어 냈다. 그러고는 세밀하게 눈금과 거리를 측정해 보았다.

「맞아. 600미터가 맞는데?」

데드 아이스는 다시 한 번 숨을 쉬고 망원경에 다시 눈을 갖다 붙였다.

「정말 꼭 맞는 거리야!」

「총탄이 목표까지 날아가 도달하기까지는 약 1초가 걸릴 거야.」

「그럴 거야. 걸음 빠른 사람이 저 뜰을 잠깐 움직여 갈 수 있는 정도의 시간이지. 이 총으로 나도 그쯤은 잡아 낼 수 있어. 자네가 가진 망원경이 내 것보다야 좀 정확하긴 하지만 나는 이 거리를 20인치씩 딱딱 조절해 뒀거든.」

「어항 속에 갇힌 붕어 잡듯 할 수 있다, 이 말이지? 가만 있어 봐. 저 탁자의 길이가 얼마쯤 될 것 같은가, 데드 아이스?」

「내가 보기에는 약 15피트 가량 되겠는데? 저기 좀 봐! 저 아래 많은 사람들이 움직이고 있는데? 그 백발의 사내는 어디로 갔나?」

「탁자의 오른편이야. 그게 자네가 말한 두목 자리지. 그 망원경을 이리 줘 보게, 데드 아이스. 내 것으로는 시야가……..」

「이건 현미경으로 들여다보는 것 같다고.」

데드 아이스는 조준을 끝마쳤다. 그는 조준을 끝낸 라이플을 건드리지 않도록 유의하면서 망원경을 건네 주었다. 보란은 망원경을 들여다보고 그의 라이플을 조금 더 들어올렸다.

「이게 더 났군!」

그는 새 망원경에 의해 여유가 생긴 좀더 넓은 시야 속으로 디조르쥬의 윤곽을 포착하고는 말했다.

「자네가 옳았어. 그들은 전투원들을 배치하고 있어. 똑똑하게 보이는군. 그런데 도대체 무슨……?」

「몇 명인가, 대장?」

보란은 천천히 망원경을 움직여 회의용 탁자 주변을 훑어 보기 시작했다.

「빌어먹을, 눈에 보이는 곳은 몽땅 전투원들로 가득 차 있어. 구석구석엔 불이란 불은 모두 켜놓았고…….」

「아마 전투 태세를 좀더 강화하려는 모양이지?」

보란은 킬킬거렸다.

「아니야, 그게 아니야. 내 생각으로는……자기들의 전투 병력이 이 정도다 하는 걸 우리들에게 과시하려는 수작인 것 같아.」

「아, 그러니까 공작이 꼬리를 펼쳐 보이는 것같이?」

「그렇지!」

보란은 웃으면서 대답했다. 그는 고개를 왼편 어깨 쪽으로 숙여 무전기의 단추를 눌렀다. 그러고는 짧고 명확하게 말했다.

「종마, 이상은?」

5초가 지났다. 그때에야 슈바르츠의 음성이 튀어나왔다.

「없다. 깨끗하다!」

보란은 열을 세고는 다시 단추를 눌렀다.

「플라워 차일드. ……4가 가능하다. ……신호로 다섯을 발사한다. ……차퍼, 엄호! 이상.」

「그 명령은 플라워 차일드를 대단히 행복하게 만들겠어. 그 친구는 그 수류탄 발사기를 꽤나 사랑하거든.」

워싱턴이 나지막이 말했다.

보란은 말없이 고개를 끄덕였다. 그는 다시 무전기를 두드렸다.

「경고! 경고!」

그는 10초를 기다렸다가 계속했다.

「적은 강력하다. 주의하라.」

「대장이 그놈의 경찰들에게 너무나 약을 올리는 것 같은데, 안 그래?」

워싱턴은 소리내어 웃었다. 보란도 그를 향해 웃어 보이고는 눈을 조준 렌즈에 갖다 댔다.

「갯지트가 나를 겁쟁이로 만든 모양이야. 이 로스앤젤레스 경찰들과 관련된 일이라면 나는 아무 일도 함부로 덤벼 들 수가 없어. 그들에게 어떤 사소한 단서도 넘겨 주고 싶지 않으니까.」

「저 아래에 있는 녀석들은 분명히 우리에게 단서를 제공해 주고 싶은가 본데? 탁자를 바로 우리 코앞에다 내다놓았으니 말이야.」

워싱턴이 주의 깊게 대꾸했다.

보란의 중화기가 삼각 받침대 위에서 좌우로 움직였다. 그는 회의용 탁자 주위에 모인 얼굴들을 추적해 가고 있었다.

「잊지 마. 탄환은 1초 뒤에 적에게 도달한다.」

그는 자신의 파트너에게 상기시켰다.

「디조르쥬의 왼편 옆으로 첫째 남자, 뚱뚱한 놈 말이야. 등을 너에게 보이고 있는 자가 시야에 잡히나?」

「물론 잡히고말고! 그놈의 의자 뒷받침이 좀 방해를 하고 있긴 하지만 그 녀석의 어깨 위로 잡으면 별 문제가 없겠어.」

「데드 아이스. 그는 네 것이야. 그들이 흩어진 뒤에는 겨냥되는 대로 사살한다. 나는 디조르쥬의 오른쪽 놈을 맡겠다.」

「겨냥을 위한 보조 물체는 무엇으로 정했나?」

「뒤쪽에 보이는 커다란 유리 문의 꼭대기!」

워싱턴은 코로만 쿵쿵거리며 웃어 댔다.

「좋수다! 나는 대장 옆으로 1인치 떨어진 곳을 택하기로 하지. 바람은 어떤 영향을 미치겠나?」

「바람은 무시해!」

「그게 좋겠군! 준비 완료! 시작하고 싶으면 언제라도 좋아.」

「다섯을 세고……」

보란은 숨을 깊이 들이마시고 숫자 하나를 셀 때마다 호흡을 짧게 끊었다. 그의 손가락은 라이플의 촉발 방아쇠에 서서히 감겨 들고 있었다.

「하나, 둘, 셋……」

13
지옥의 베벌리힐스

플라워 차일드 안드로메다는 자동차의 트렁크를 열었다. 그는 바쁘게 수류탄 발사기를 묶었던 끈을 풀어 헤치고 라이플의 총 끝에 그것을 부착시켰다. 경쾌한 소리와 함께 그것들은 서로 맞물렸다. 그는 트렁크를 닫고 6피트 높이의 벽을 따라 달렸다. 벽은 디조르쥬 저택에 바로 인접한 건물의 정면에 있었다. 디조르쥬의 소유임을 알게 하는 굵은 생나무 울타리의 저택 앞으로부터 안드로메다는 약 50피트 전방에서 그 벽을 타고 기어오르기 시작했다. 그는 배를 벽에 바짝 붙인 채 약 20피트 가량을 미끄러져 전진해 나갔다. 나뭇가지로 안전하게 감추어진 돌출 부분을 발견하자 그는 잠시 멈추고 숨을 가다듬었다.

그 위치에서는 디조르쥬 저택의 뒤쪽이 훤히 내려다보였다. 뿐만 아니라 몇몇 사람들이 웃고 떠들며 익살맞은 농담을 주고받는 소리까지도 들을 수 있었다. 불빛은 그곳 전체를 환하게 비

추고 있었다. 테니스 코트의 야간 조명등 불빛 아래서 두 명의
남자가 공을 주고받으며 테니스를 즐기고 있는 모습도 보였다.
역시 보란의 생각이 옳았던 것이다. 안드로메다는 이 저택을 한
눈으로 조망할 수 있는 위치를 지적해 준 그에게 감사했다. 그는
미소를 띠며 발사기에다 수류탄을 삽입시켰다. 어둠에 묻혀 편
안히 잠을 이루려는 사람들에게 오늘 밤은 상당히 시끄러운 〈해
방의 밤〉이 될 것이다. 그러한 조짐은 조심스럽게 무르익어 가고
있었다.

그는 어떤 식으로 공격을 시작할 것인지 주의 깊게 계산해 보
았다. 그 자신이 가장 적절한 순간에 벽을 따라가며 재빨리 성공
적으로 수류탄을 발사한 다음 다시 재삽입시킬 수 있는 짧은 여
유를 마련해 둬야 하는 것이다. 그는 계산이 끝나자 조용히 신호
가 오기를 기다렸다. 차퍼는 어디에 있는 것일까. 그는 그것이
제일 궁금했다. 생울타리가 드리운 긴 그림자가 그의 바로 앞 지
점까지 뻗어 있었다.

그는 순간 폰테넬리의 웅크리고 있는 모습을 발견해 냈다. 작
은 소리로 헛기침을 하여 자신의 위치를 알리자 폰테넬리는 벽
의 그림자 속으로 움직여 들어왔다. 그는 안드로메다의 바로 아
래쪽으로 자리를 옮기기 위해 조심스럽게 전진했다.

「거기선 아래가 잘 보이나?」

폰테넬리가 조용히 물었다.

「완전해! 난 오른편에서 왼편 끝까지 몽땅 두들겨 부숴 놓을
작정이야. 아마 저놈들 중에는 바지에다 오줌을 싸는 놈들도 생
길 거라고.」

안드로메다가 말했다.

「보란이 우리처럼 이 광경을 볼 수 있었으면 좋겠어. 저놈의 집은 분명 쓸모 없이 천장만 앙상하게 남은 꼴이 되고 말겠지?」

「조용히 해! 저놈들 가운데 네 명이 바로 몇 분 전까지 이 생울타리 주위를 걸어다녔단 말야.」

안드로메다가 주의를 주었다.

「얘기해 둘 게 있어.」

폰테넬리가 정색을 하며 안드로메다를 바라보았다.

「빨리 끝내!」

「내가 전에 마누라 얘기를 하면서 베트남에 있는 동안 그녀가 외롭게 보냈다는 얘기를 해준 적이 있을 거야.」

「그래, 알고 있어.」

「뉴 저지에 애가 둘 있어.」

「그래서?」

「내가 살아 돌아가지 못하면 내 몫은 아이들한테 보내 줘. 미스 핫팬츠한테가 아니라 아이들한테야.」

「넌 살아 돌아갈 거야, 차퍼.」

「그래, 그렇지만 내가 살아서 돌아가지 못하면…….」

「알았어. 걱정 마. 내가 알아서 다 해줄게.」

「너도 살아 남지 못하면 어떻게 하지? 무전기로 보란에게 이 얘기를 전해 줘.」

「너 자신이 해.」

「무전기를 잃어버렸어.」

「뭐야? 무전기를 잃어버렸다고?」

「그래. 생울타리 저 뒤쪽 어딘가에서 그 빌어먹을 놈의 걸 잃어버렸어.」

「그럼 내게 바싹 붙어 다녀.」

「알았어. 보란한테 애기해 줘야 해. 알았니?」

「좋아. 이제 입 다물어.」

폰테넬리는 소리 하나 내지 않고 움직여 갔다. 안드로메다는
그가 땅 위에 내려서서 생울타리 속으로 들어가는 모습을 지켜
보았다. 그렇게 그는 사라져 갔다.

차퍼의 애기는 잠시나마 작은 푸에르토리코인의 마음을 뒤흔
들어 놓았다. 도대체 앞으로 무슨 일이 벌어질 것인가. 그들은
모두 이것이 마지막 기회라는 것을 의식하고 있었던 것이다. 바
로 그런 면이야말로 이 도박의 또 다른 얼굴이 아닌가? 죽을 때
까지 산다는 것. 적이 너를 없애기 전에 네가 먼저 적을 없애라.
바로 그것만이 이 도박의 확고한 의미가 아닌가. 안드로메다는
몸서리를 쳤다. 그의 모든 허세와 자만심에도 불구하고 그는 아
직 도박을 끝낼 준비가 되어 있지 않았다. 삶과 죽음에 대한 그
자신의 모든 허세에도 불구하고 죽음이란 그것이 남에게 덮치는
경우에는 이야기하기가 쉬워진다. 그러나……안드로메다는 이
모든 비현실적인 문제로부터 헤쳐 나오기로 마음을 굳게 먹었
다. 그는 보란으로부터 지시를 받기 위해 두 귀를 곤두세웠다.

그때 멀리서 두 자루의 고성능 조준 라이플로부터 동시에 발
사된 두 발의 총성이 정적을 갈기갈기 찢어 놓았다. 그 총성은
또한 안드로메다의 두뇌까지 얼어붙게 만들었다. 저택에서 누군
가가 비명을 질렀다. 총성은 바람을 가르고 연속적으로 들려오
고 있었다. 사람들은 허둥지둥 몰려다니다가는 뒤뜰로 사라졌
다. 그들은 심한 욕설을 퍼부면서 서로의 이름을 목청껏 불러대
고 있었다.

안드로메다는 음산한 미소를 흘리며 방아쇠를 당겼다. 그의 귀는 무전기에 바짝 밀착되어 있었다. 죽음은 가까이서 모든 사람을 을러대기 시작했다.

줄리앙 디조르쥬는 그의 가족들 중 몇 사람의 태도가 도무지 마음에 들지 않았다. 그들 가운데 몇몇 사람들은 가족 전체에 닥쳐 오고 있는 위협에 대해서보다는 대중 앞에서의 자신들의 입장에 대해서 오히려 더 크게 걱정하고 있는 것처럼 보였다. 모두가 눈앞에 닥친 경찰들의 대대적인 검거 소식에 대해서만 얘기하고 싶어했다. 맥 보란의 위협에 대처하기 위해 이미 수립해 놓은 계획에 대해서 얘기하려는 사람은 없었다.

최고 학부를 졸업한, 예절 바른 신사인 레오나르도 가치는 디조르쥬의 오른편에 앉아 있었다. 그는 세 개의 지방 은행 중역이었으며 그 지역 사회에서는 꽤 알려진 세력가였다. 그는 대단히 언짢은 표정을 짓고 있었다. 총을 들고 싸우는 일은 지금까지의 그의 이미지를 크게 손상시킬 것이 틀림없었기 때문이었다.

상아처럼 깨끗한 가치의 웃음은 그의 의회 선거구에서 여성 투표자들을 매혹시키기에 충분한 것이었다. 그러나 디조르쥬는 가끔 그의 웃음을 씻어 없애 버리고 싶은 충동을 느꼈다. 그토록 매혹적인 상앗빛 미소는 금전적인 도움 없이는 불가능했는데 그 돈줄은 바로 디조르쥬가 지하 세계에서 벌어들이는 것이기 때문이었다.

가치는 디조르쥬의 4촌이었다. 그러한 관계는 공공 사회에서 자연스러운 분위기를 조성하는 데는 참으로 편리한 것이었다. 그러나 한 사람의 명성을 다른 사람들의 희생으로써 구축해 나간다는 것은 좀 생각해 볼 문제였다. 레오나르도가 깨진 독에 물 붓기 식으로 계속 끌어다 쓰는 가족의 돈줄이 끊어진다면 얼마쯤이나 지탱해 나갈 수 있을지 디조르쥬는 의심하지 않을 수 없었다.

그리고 조니 트리에스테도 와 있었다. 그는 장대하고 돼지처럼 살이 찐, 뚱뚱하기 이를 데 없는 사람으로서 디조르쥬의 왼편에 자리잡고 앉아 있었다. 그는 항상 디조르쥬의 뒤를 따라다녔다. 디조르쥬가 기억하고 있는 한은 언제나 그의 곁에 있었다. 오랜 세월이 흘렀지만 그는 머리칼 하나도 변하지 않았다. 그 뚱뚱한 허리도 물론 그대로였다. 그는 나이트클럽에서 일하는 코미디언과도 같은 서툰 영어 실력을 갖고 있으면서도 영어를 쓰는 일도 읽는 일도 결코 배우려 들지 않았다. 그러나 그는 미국 돈을 셀 줄은 알았다. 그가 미국 달러를 셀 줄 안다는 것은 대단히 놀라운 사실이었다.

조니는 이제까지 외판원 이상의 직업을 가졌던 적은 없었다. 그러나 그는 사업체내에서는 제일 가는 외판원이었다. 어느 곳에서건 최고가 된 사람에게 불평을 늘어놓을 이유는 없다. 더구나 본인이 그러한 것을 원하고 있는 바라면 더더욱.

가끔 조니는 그가 옆에 있다는 사실만으로도 사람을 난처하게 만드는 때가 있었다. 그는 환경이 바뀌는 것을 싫어했으며 새로운 환경에 적응하려고도 하지 않았다. 그는 가족 속에서도 어느 한계 이상은 섞이려 들지 않았다. 그러나 그는 말하자면 충성스러운, 핵심적인 골수 마피아였다. 그 이유만으로 그는 가족 회의에 영향력을 행사할 수 있을 만큼의 현재 지위를 확보할 수 있었던 것이다. 지금 그는 갑작스러운 경찰의 대대적인 검거 소식에 경악을 금치 못하고 있었다. 조니는 30년 동안이나 살인죄에 대한 유죄 판결을 머리 속에, 가슴 속에, 심지어는 손가락 사이에까지 달고 다녔다. 그는 뉴욕의 법정에서 탈출하는 데 성공했다. 그에게 사형 선고가 내려지는 순간이었다.

그는 서부로 도주했으며 근래 몇 년 동안 가족의 보호를 받고 있는 중이었다. 지금도 경찰과의 마찰 사건이라도 일어나게 되면 그는 공포와 전율 속에 파묻혔다. 디조르쥬는 이 늙은 마피아에게 동정을 느꼈다. 그러나 사업을 무시할 수는 없었다.

조니 트리에스테는 탁자 위에 놓인 술잔을 들여다보며 둥글게 몸을 구부리고 있었다. 레오나르도 가치는 그 특유의 상앗빛 웃음을 띠고 앉아 있었다. 디조르쥬가 입을 열었다.

「들어 보게. 잘 들어 봐. 제일 먼저 끝내야 할 문제는⋯⋯.」

그 순간, 조니는 뒷머리에 무엇인가 와 부딪치는 소리를 들은 것 같았다. 피가 분수처럼 솟아 올랐다. 레오나르도의 상앗빛 미소는 그 피의 분출을 보는 순간 사라져 버렸다. 조니의 조각난 뼈가 튀어올라 그의 벌어진 입 속으로 날아갔다. 테이블 위에 널브러진 조니의 거대한 몸뚱이는 디조르쥬의 마음속에 30년 전에 집행되었어야 할 사형이 이제 막 끝난 것이라는 생각을 불러일으켰다. 그는 추호도 그 집행 의식에 대해, 자신의 명령에 의한 것이라는 사실에 대해 의심을 품지 않았다. 갑자기 레오나르도의 머리가 뒤로 젖혀지더니 다음 순간 의자와 함께 땅바닥으로 나동그라지고 말았다. 겨우 그제서야 한 쌍의 〈티아아아쉬쉬이이——〉하는 소리의 목표물이 무엇인지가 드러났다.

탁자 주의의 다른 사내들은 가치와 트리에스테의 너무나 갑작스러운 죽음으로 인해 얼어붙은 듯이 멍청히 앉아 있을 뿐이었다. 그때 다시 그 중 두 사람이 쓰러졌다. 비로소 거기 모여 앉은 사람들의 귀에 첫번째의 총성이 들려 왔다.

디조르쥬는 자신도 모르게 비명을 질렀다. 그러나 그의 본능은 그에게 이 사태에 강력하게 대응하라고 충동질하고 있었다. 고성능 조준 렌즈가 부착된 라이플로부터 발사되는 먼 총성은 그칠 사이 없이 계속되었다. 사람들이 아우성치며 사방으로 흩어져 나갔다.

「세워! 세우란 말야! 그 탁자를 세워서 막아!」

디조르쥬는 비명처럼 외치며 무거운 오크 목제품의 가구에 붙은 다리를 있는 힘을 다해 잡아 챘다. 탁자는 대리석 위로 내동댕이쳐졌다. 그는 그 탁자 뒤로 몸을 숨기로 배를 바닥에 깐 채 엉금엉금 기어갔다. 현기증이 일었다. 그의 다리 쪽에서 누군가의 몸뚱이가 발에 걸렸다. 사람들의 우왕좌왕하는 발걸음 소리가 더욱 요란해졌다. 그는 그들 중 두 사람이 갑작스런 발작이라도 일으킨 듯 졸지에 비틀거리더니 곧 땅 위로 쓰러지는 것을 보았다.

「하나님 맙소사! 이건 학살이야, 학살!」

그는 울부짖었다. 호흡은 잔뜩 위축되어 버린 갈비뼈 사이로 고통스럽게 조금씩 새어 나왔다. 죽음은 참으로 정확하게 줄리앙 디조르쥬를 찾아 날아왔던 것이다. 자신에게 언제 그러한 것이 닥쳐 왔는지 그는 하나도 기억해 낼 수 없었다.

「됐어. 바로 그거야! 곧장 날아가라고!」

데드 아이스 워싱턴은 촉발 방아쇠를 당기는 순간 이미 다음 표적을 향해 재빨리 총구를 옮겨 놓고 있었다. 그 거대한 총에서 총알이 발사됨과 동시에 어깨로 전달되는 반동의 감각이 채 사라지기도 전이었다.

「좋아! 세어 봐!」

보란이 소리쳤다. 바로 그때 그의 파트너의 무기가 굉음을 쏟아 놓았다.

워싱턴이 안대로부터 눈을 떼니 보란은 다리를 꼬고 앉아 한 손으로는 어깨를 주무르면서 다른 손으로는 망원경을 들여다보고 있었다.

「잘했어! 탁자가 산산조각났는데!」

보란은 큰 소리로 외쳤다.

「그럴 거야. 그 밑에서 그놈들은 뭘 하고 있나?」

「불에 덴 병아리들처럼 폴짝거리고 있어. 놈들은 우리의 위치를 찾아내려고 애쓰고 있을 거야. 몇 방 더 쏘아 붙여, 데드 아이스! 네가 얼마나 손전등을 정확히 비추는지 한번 보기로 할까?」

워싱턴은 낄낄거리며 안대에 눈을 다시 밀착시켰다. 그는 저택 정면의 거대한 유리문을 향해 재빨리 두 방을 쐈다. 망원경을 들여다보고 있던 보란이 웃으며 말했다.

「이번에는 아마 열 명은 쓰러졌겠어! 멋졌어!」

「나는 창문을 쏘았을 뿐이야.」

워싱턴은 낄낄대며 대꾸했다.

「그래서 열 명의 심장이 또 멈췄을 테지. 이제 그들이 우리를 발견했어. 한 녀석이 톰슨을 휘두르며 달려오고 있군. 잘 달리는데. 그놈들은 낮은 벽을 끼고 달리고 있어. 저자들이 정말 응사할 작정일까?」

보란의 웃음소리가 커졌다.

폭발소리와 그에 이은 총소리가 저택으로부터 들려 왔다. 워싱턴은 보란을 향해 돌아서며 손가락을 입으로 가져갔다.

「쉬―잇!」

보란은 망원경을 워싱턴에게 넘겨 주었다.

「이제 재미있는 구경이나 좀 할까? 지금이다, 플라워 차일드! 가라!」

그는 무전기의 단추를 누르고 말했다.

먼 곳에서의 폭발음이 보란의 명령에 즉각 대답해 왔다. 그는 워싱턴을 향해 웃음을 날렸다.

「제기랄, 그 친구 점잔 빼고 있는데, 안 그래? 무슨 대답이 저렇지?」

뒤를 이은 폭발음이 들려 왔다.

「밑에서부터 모두들 달려나오고 있습니다. 이제는 우두커니 서서 서로를 멍청히 지켜보고 있군요. 지금 막 돌아섰어요.」

워싱턴은 마치 중계 방송이라도 하듯 보고했다.

「그놈들 계속해서 시소를 즐기도록 해줄까?」

보란은 계속 총질을 해댔다. 수류탄도 10초 간격으로 계속 터졌다. 디조르쥬의 뜰은 완전히 아수라장이 되어 버렸다. 여기저기서 불꽃이 타오르고 시커먼 연기가 떼를 지어 흘러 다녔으며 사람들은 방향을 잃고 울부짖고 있었다. 보란은 목표물마다 명중시켰으며 워싱턴도 그에 합세했다.

몇 분이 지나자 보란의 라이플 총구의 열기는 그의 피부가 견뎌 내지 못할 정도로 뜨거워졌다. 데드 아이스 워싱턴은 사격을 멈추고 뒤로 물러섰다.

「이건 베트남에서보다 더 심한데? 대장!」

보란은 달아오른 라이플을 들어올렸다. 그의 얼굴은 땀으로

번들거렸다.

「전지전능의 마피아들아!」

하고 그는 장난스레 외쳤다.

「데드 아이스, 화기를 분해하도록 하자. 이제 여기를 떠날 시간이다. 이상 없나?」

그는 무전기를 집어들고 말했다.

「없어! 일반 회선으로 한 통의 전화 연락이 있었을 뿐, 아무것도 없었어. 〈불치의 죄인〉은 고요하다.」

즉각적인 회답이었다.

「됐어! 통로에서 기다려!」

「빌어먹을! 내가 ECM 당했다!」

슈바르츠가 갑자기 울부짖었다.

「뭐라고?」

「이제야 알게 됐어.」

「그 위치를 떠나라!」

보란이 명령했다.

「이동하라! 모든 대원들은 현재 위치에서 벗어나도록 하라, 즉시!」

「불가능해! 나는 못 박혀 버렸다.」

지트카가 차갑게 말했다.

「경찰들이야. 남쪽 방향으로 올라오고 있어!」

루데크의 낮은 목소리였다.

워싱턴은 두 팔로 라이플을 들어올렸다. 그의 두 눈은 흥분으로 활활 타오르고 있었다. 보란은 고개를 들어 언덕 꼭대기를 바라보았다. 워싱턴은 즉시 몸을 날려 앞쪽으로 뛰어나갔다.

「경찰들이 증원되었어. 서쪽이다!」

하고 루데크가 외쳤다.

「당분간 연락을 중단해!」

보란은 비탈길을 달려 올라가기 시작했다. 저만큼 앞에 워싱턴의 모습이 보였다. 지트카의 목소리가 무전기의 스피커를 통해 흘러 나왔다.

「3번 위치, 통화 포기다! 더럽게 되어 가고 있어. 통화를 중단하라. 내 위치를 수정하겠다!」

「가능하다면 전부.」

하고 보란이 덧붙였다.

「어떤 대가를 치르더라도 경찰들을 피하라.」

「차퍼를 찾을 수가 없어.」

안드로메다가 걱정스레 말했다.

「닥쳐, 플라워 차일드! 빨리 빠져 나오라!」

보란은 도로에 도착하자 자동차를 향해 달려갔다.

「차퍼는 응답할 수 없어. 그에겐 무전기가 없다고!」

안드로메다가 말했다.

「뭐야? 너 혼자라도 나와!」

「빌어먹을!」

디조르쥬는 바쁘게 손을 놀려 주의 깊게 시체들을 조사하고 있었다. 가족들 중 여덟 명이 쓰러져 있었다. 도저히 상상조차 할 수 없는 사태가 눈앞에 펼쳐져 있었다. 회의에 참석했던 열두 명 가운데 넷만이 살아 남은 것이다. 아직도 탄환들이 날아와서 대리석 위로 쏟아지고 있었다. 탁자가 부서지고 뒷벽의 시멘

트 블록이 주저앉고 유리창은 모두 박살나고……. 이제는 수류
탄과 요란스럽게 짖어대는 기관총들도 가세한 것 같았다. 무수
한 탄환들이 머리 위로 계속 날아왔다.

「여기에서 나가!」

디조르쥬는 소리를 질렀다. 네 명의 생존자가 놀라서 눈을 휘
둥그렇게 뜨고 그를 바라보았다.

「집을 빠져 나가! 가서 너희들의 전투 요원들을 불러 모아! 빨
리, 빨리 가라고!」

「어디로 말인가요, 디스?」

제노 봐로네가 물었다.

「벨보아로 가라! 거기서 만나자. 어서 떠나! 어서!」

봐로네는 힘없이 고개를 끄덕이고는 정원을 가로질러 달려갔
다. 그는 총격으로 팔을 다쳐 피가 계속 흘러나오고 있었으나 그
런 것은 문제도 되지 않았다. 나머지 세 명도 재빨리 그의 뒤를
따랐다.

「벨보아로 가라! 이 머저리들아!」

그들이 뜰을 빠져 나갈 때까지 그는 기다렸다. 모두 사라지자
그는 무릎으로 엉금엉금 기어 시멘트 벽이 방패가 될 수 있는 곳
까지 와서 멈췄다. 그는 다시 지그재그로 기어갔다. 산산조각이
나버린 유리창 안으로 들어선 그는 곧장 집 뒤쪽으로 달려나갔
다. 그는 주방에서 그의 개인 경호원인 루 페나를 만날 수 있었
다.

「여기서 뭘 하고 있어!」

디조르쥬가 추궁했다. 추궁당한 루페나는 몸을 부르르 떨더니
입을 열었다.

「저 밖에 기관총을 들고 왔다갔다 녀석이 하나 있습니다. 플래시를 찾으려고 들어왔습니다.」

루 페나는 숨도 제대로 쉬지 못했다.

디조르쥬는 루 페나의 손에서 권총을 빼앗아 들었다. 그는 경호원을 밀치고 뒷문 밖으로 걸음을 옮겼다. 그는 다시 엎드린 자세로 차고를 향하여 빠르게 움직여 갔다. 얼마쯤 가다 보니 불빛이 모두 꺼져 버렸다. 디조르쥬는 침을 꿀꺽 삼켰다. 가까운 곳에서 기관총이 불을 뿜기 시작했다. 그는 몸을 날려 땅바닥에 납짝 엎드렸다. 화약 연기가 그 주의를 덮쳐 왔다.

연기 속을 헤치며 검은 옷을 입은 한 사나이가 기관총을 거머쥐고 한 발 또 한 발 다가오고 있는 것을 그는 볼 수 있었다. 디조르쥬는 루 페나의 리볼버를 들어올려 세 번을 쏘았다.

그의 앞에서 한 사나이가 소리 없이 털썩 무릎을 꿇었다. 손에 든 그 거대한 무기의 총구에서는 신경질적으로 불꽃이 쏟아져 나오고 있었으나 이제는 땅바닥을 파헤칠 따름이었다. 그는 총을 들어올리려고 애를 쓰는 것 같았으나 계속 밑으로 밑으로 쳐질 뿐이었다. 결국 그것은 땅 위로 쳐박혔다. 곧 이어 그 사나이도 쓰러졌다. 말없이 그는 앞만을 노려보고 있었다.

디조르쥬는 다시 차고를 향해 엉금엉금 기어가기 시작했다. 그는 재빨리 고개를 뒤로 돌려 등 뒤쪽을 살펴보았다. 검은 옷의 사나이는 아직 그곳에 쓰러져 있었다. 그것은 마치 커다란 얼룩처럼 보였다. 그는 아직도 자신의 무기를 들어올리려고 마지막 안간힘을 쓰고 있었다.

디조르쥬는 급하게 온몸을 부딪쳐 차고의 문을 열었다. 디조르쥬는 생각했다. 얼마나 많은 사나이가 그의 소유지내를 저 사

나이처럼 엄청난 총을 들고 방황하고 있는 것인가? 베벌리힐스
는 이제 디조르쥬를 위해서는 안전한 장소가 되지 못했다. 더 완
벽한 장소를 찾아서 그는 떠나야 하는 것이다. 그 일은 빠르면
빠를수록 좋을 것이었다.

안드로메다가 수류탄 발사기를 사용한 것은 보란의 신호가 채
끝나기도 전이었다. 차퍼의 기관총이 아우성치는 소리를 들은
것은 그가 세 번째 수류탄을 장탄하고 있을 때였다.

마피아 패거리들이 디조르쥬의 뜰을 미친 듯이 이리저리 헤매
고 있었다. 그들은 서로 악을 썼고 욕설을 퍼붓곤 했다.

「벽으로!」

그들 중 하나가 발악했다.

그리고 바로 그때 차퍼는 그리로 달려 들어간 것이었다.

안드로메다는 차퍼의 무기로부터 쏟아져 나오는 연속적인 불
빛들을 볼 수 있었다. 생울타리 너머로부터 들려 오는 비명소리
와 발악이 그의 사격의 결과를 그때그때 설명해 주고 있었다. 푸
에르토리코인은 그때 막 다섯 번째의 수류탄 사격을 끝낸 참이
었다. 그때 차퍼는 계속 총을 쏘아대면서 생울타리를 넘어서서
전진하고 있었다.

「차퍼! 돌아와! 차퍼!」

안드로메다가 외쳤다. 그러나 그에게까지 그 말이 가 닿기에
는 디조르쥬의 뜰 위에서 벌어지고 있는 폭발과 그에 따른 소음
이 훨씬 컸다. 할 수 없이 그는 여섯 번째 수류탄을 삽탄하여 작
은 바위에 발을 딛고 훌쩍 뛰어올라 벽끝으로 달려갔다. 그의 시
야에 차퍼가 들어왔다. 그 정신 나간 이탈리아인은 천천히 걸어

가면서 계속하여 총질을 해댔다. 그 폭발음과 그의 으르릉거리
는 고함소리는 적들의 심장을 공포로 졸아 들게 하기에 족했다.
안드로메다의 시야 속에 집으로 뛰어 달아나는 열두 명의 남자
가 잡혔다. 그들의 등 뒤에 폰테넬리가 있었다. 그는 선 자세 그
대로 마구 쏘아댔다. 안드로메다는 환호성과 함께 적들의 머리
너머로 수류탄을 발사하며 그를 도왔다. 그 불꽃과 연기가 얼마
동안 폰테넬리를 감추어 버렸다.

「돌아와!」

안드로메다가 외쳤다. 그는 팔을 높이 쳐들어 다급하게 흔들
었다.

폰테넬리는 안드로메다가 서 있는 방향으로 허공을 향해 일곱
발의 굉음을 날렸다. 그러고는 연기 속으로 걸어 들어갔다. 안드
로메다는 그의 무기를 둘러메고 그의 뒤를 따랐다. 그들이 생울
타리를 지나 뜰로 다가섰을 때 모든 불빛이 꺼져 버렸다. 안드로
메다는 보란의 지시 사항을 상기해 내고는 잠시 멈춰 섰다가 그
새 사라져 버린 폰테넬리의 뒤를 따라 몇 걸음을 옮겼다. 그는
잔뜩 신경을 곤두세우고 무전기에 귀를 갖다 댔다. 보란과 슈바
르츠 사이에 교환되고 있는 대화를 들었다.

「그만 끝내고 가자!」

라는 보란의 말을 들었을 때 그는 그 자리에 얼어붙은 듯 멈춰 섰
다. 그 다음 사항에 대해서는 전혀 언급이 없었다. 한 대의 차가
총알같이 도로로 달려나가고 있을 뿐이었다. 타이어와 도로가
마찰을 일으켜 불꽃이 일 듯했다. 차퍼의 무기가 내뱉는 총성이
연기로 뒤덮인 어둠 앞쪽 어딘가로부터 들려 왔다. 그는 자신의
파트너의 이름을 부르며 계속 전진해 갔다.

「경찰들이라면 어떤 대가를 치르더라도 피하라!」

보란의 목소리가 그의 귓바퀴에서 맴돌고 있었다. 안드로메다는 그의 무전기를 움켜잡으며 울부짖었다.

「차퍼를 찾을 수가 없어!」

「닥쳐, 플라워 차일드! 어서 빠져 나와!」

보란이 날카롭게 명령했다.

「차퍼한테는 무전기가 없다고! 그는 연락을 받지 못해!」

안드로메다는 울먹이며 소리쳤다.

「빨리 나와!」

「빌어먹을! 이게 무슨······.」

그는 절망적으로 내뱉었다. 그러고는 무전기의 단추에서 손을 떼고는 외쳐댔다.

「차퍼! 끝이다. 빌어먹을! 나와! 도망가야 해!」

그 차는 이제는 도로를 멀리 벗어나 맹렬한 속도로 달려가고 있었다. 안드로메다는 주저하다가 연기 속으로 달려 들어갔다.

그는 폰테넬리가 도로와 저택 사이의 중간쯤 위치에 고꾸라져 있는 것을 발견했다. 차퍼는 무기를 손에 움켜쥔 채 땅속에 처박혀 버린 총구를 노려보고 있었다. 그의 검은 옷 앞자락은 피에 절어 아직 따뜻했으나 조금씩 뻣뻣해져 가고 있었다. 안드로메다는 폰테넬리의 가슴에서 세 개의 구멍을 발견했다. 그는 친구의 몸뚱이를 그의 무기 옆에 나란히 누이고는 허옇게 치켜 뜨고 있는 눈을 감겨 주었다. 그리고 곧 그 자리를 떠났다.

14
대학살의 현장

포쉐는 언덕을 급하게 굴러 내려갔다.

워싱턴이 운전대 앞에 앉아 있었고 보란은 무전기를 손에 들고 반대편 문에 기대고 있었다.

「저기 블러드 브라더가 있어!」

보란은 워싱턴이 가리킨 곳을 바라보며 고개를 끄덕였다.

「그를 내버려둬.」

그렇게 말하면서 그는 무전기를 집어 들었다.

「종마! 차를 버리고 탈출해! 더 이상 속일 수는 없어!」

「우리들에게 그럴싸한 작전이 있다. 우리는 D와 D를 시도해볼 작정이다.」

블랭카날레스의 목소리가 들렸다.

「불가능한 일이야. 버리고 탈출하라! 버려!」

보란은 잘라 말했다.

「그게 무슨 소리야?」

워싱턴이 보란에게로 눈을 돌리며 물었다. 그러나 그는 재빨리 차를 모는 일에 열중해야 했다. 포쉐가 막 90도 각도로 방향을 꺾어야 했기 때문이었다.

「모조품(Dummy)과 전환(Disert)이야.」

하고 보란이 낮은 소리로 대답했다.

「그들은 경찰을 유인해서 따돌리려는 속셈이야.」

「그들이 해낼 수 있으리라고 생각해?」

보란은 한숨을 내쉬었다.

「몰라. 자신들을 지나치게 과신하고 있다가 제 꾀에 넘어갈지도. 우리의 도주를 용이하게 하기 위해 경찰의 주의를 집중적으로 유도하겠다는 생각이겠지.」

그는 다시 한 번 무전기에 대고 말했다.

「어디로 가는가, 종마?」

「2번 궤도로! 갯지트가 그들의 새로운 전파망을 발견했다. 보고할 테니 기다려라.」

「3번 도로는 통제되고 있다.」

지트카가 충고했다. 그러고는 이렇게 덧붙였다.

「네거리에서 문제가 생겼다.」

「뭐야, 지트?」

「도로가 차단되었다! 빌어먹을, 저쪽을 봐! 그들이 차단하고 있어!」

「빌어먹을!」

잠시 침묵이 흘렀다.

「3번 도로다. 교차로 2번. 나는 다시 돌아가려 한다.」

보란은 호흡을 가다듬었다. 그는 거의 헐떡거리고 있었다. 워싱턴은 낄낄거리며 또 한 차례의 바퀴들이 비명을 올려야 하는 급커브를 돌았다.

갯지트 슈바르츠의 음성이 무전기를 통해 흘러 나왔다. 그는 억양이 없는 목소리로 숨 가쁘게 말하고 있었다.

「됐다. 이쪽에 길이 보인다. 주변을 경계하라. 4번 도로에 구멍이 있는 것 같다. 2번과 3번 도로의 모든 출입구는 봉쇄되었다. 4번 도로는 신나게 달려도 좋다. 이상!」

「좋아, 대단하군! 이제 탈출이다!」

보란은 무전기에 대고 소리쳤다.

「잠깐!」

하고 슈바르츠가 대꾸했다.

「D와 D가 열매를 맺으려 하고 있다. 임의로 결행해 보겠다.」

「모두들 보고하라! 어디 있는가?」

「독수리는 빠져 나가서 4번 도로 위를 신나게 달리고 있어.」

블러드 브라더 루데크였다.

「산을 따라 접근하는 중이다.」

붐붐 하파워가 보고했다.

「4번 도로를 찾아 달려가려는 참이다.」

건 스모크 해링턴은 그렇게 말하고 한숨을 내쉬었다.

「종마가 보인다. 모두들 다 무사한가?」

플라워 차일드 안드로메다가 말했다.

짧은 침묵이 뒤를 이었다. 보란이 워싱턴을 돌아보았다. 그는 무전기의 단추를 누르고 차퍼를 호출했다.

「어디에 있나? 보고하라!」

「그는 베벌리힐스 위에 누워 있다.」

하고 안드로메다는 가능한 한 침착하려고 애쓰면서 보고했다.

「그는 자기 몫을 뉴저지에 있는 자식들에게 보내 달라고 했어.」

「알았어!」

보란의 대답은 간단했다.

「그는 이제 자유롭다, 친구들. 그는 자기가 원했던 죽음을 성취했어. 그건 사실이다.」

「골든 스테이트에 뚫린 그 구멍을 봉쇄해! 그놈들이 신나게 달려가는 4번 도로다.」

방송계 담당 직원은 흥분을 감추지 못한 채 브래독에게 손을 내저으며 말했다.

「또 다른 총격전입니다. 퍼시픽 해변과 베벌리의 주택지 사이. 도로 차단. 두 대 이상의 차가 손상당했습니다. 그것들을 대체할 만한 여유가 없습니다.」

브래독은 재빨리 책상 위에 유리를 덮어 끼워 놓은 지도를 보며 한 지역을 가리켰다.

「이것들을 보내.」

그의 집게손가락이 지도 위에다 계속해서 원을 그리고 있었다. 그는 인터폰을 사용하기 위하여 자리를 옮겼다.

「앤디, 뭐 특별한 것 없나?」

앤디 포스터 경감은 미국 해군성으로부터 날아온 특수 정보 요원들과 같이 지붕 위에 올라가 있었다. 그는 즉시 응답을 보내왔다.

「그들은 폭탄 파편처럼 빠르게 달아나고 있습니다. 그들은 새
로운 〈불치의 죄인〉 지역으로 들어오고 있습니다.」

「그래, 알았어. 나도 듣고 있었네. 그 종마라는 건 도대체 어
떻게 생겨 먹은 물건인가?」

「이동 통제 본부입니다. 아마도 화물차 같습니다.」

「계속 그놈들을 추적하라. 그들의 탈출 경로가 명백해지거든
나한테도 알려 주게.」

브래독은 긴 한숨을 쉬고는 방송 계원에게 명령했다.

「남쪽으로 출발시켜!」

「그들은 자신들이 해야 할 일이 무엇인지도 모릅니다, 주임
님.」

「나도 알고 있어! 아무튼 출발시켜!」

방송 계원은 고개를 끄덕이고 계기 앞으로 돌아앉았다.

「4번 지역, 5번 지역, 6번 지역의 모든 단위 수사 대원은…….」

브래독은 무거운 마음으로 얼굴을 일그러뜨리며 돌아서서 걷
기 시작했다. 커피라도 한잔 마셔야 정신이 날 것 같았다. 그가
가장 두려워하던 일이 지금 일어나려 하고 있었다.

그가 보란 패거리를 잡기 위해 설치한 수사망은 결국 마피아
를 도주하게 만들었다. 이제 로스앤젤레스의 거리는 붉은 피로
물들 것이다. 주임은 다시 한숨을 내쉬었다. 그러고는 커피잔을
반쯤 비웠다. 아, 오늘 밤이야말로 보란 사태의 절정인 것이다.
오늘 밤의 로스앤젤레스는 피의 도시가 될지언정 아침에 떠오르
는 태양에 비치는 거리는 깨끗이 청소되어 있을 것이다.

해군 정보 요원의 한 사람인 소위는 앤디 포스터에게 웃음을

띤 채 말했다.

「바로 이 작자가 사람들이 사형 집행인이라고 부르는 잡니까?」

「바로 그 자요.」

하고 포스터는 진지하게 답변했다.

「더 좋은 성능의 기재는 없소?」

「이건 무선 방향 탐지기일 뿐입니다. 아시겠지만 레이더가 아닙니다.」

소위는 계속 말을 이었다.

「발신음이 전해질 때마다 자동적으로 삼각 포착은 가능한데 이놈의 수신기가 파장을 포착하면서 서로 오가는 각각 다른 목소리들을 구별하지는 못하고 있습니다. 우리가 사용 가능한 유일한 길은 궤도를 차단하는 것입니다. 그것뿐입니다. 5분 전에 그들은 베벌리힐스에서 난동을 피우고 있었지만 지금쯤은 아마도 그 남쪽 어딘가로 달아나고 있을 겁니다. 여하간에 본부는 거기에 있어요, 경감님. 그게 바로 그들이 종마라고 부르는 게 아닌가 싶군요. 포착되는 목소리로 보아 한 명은 아닌 것 같고 둘이나 셋쯤이 함께 행동하고 있는 것 같습니다. 그들은 양동 작전의 형식으로 달아나고 있으며 서로 계속해서 교신하고 있습니다. 그렇지만 우리에게는 그걸 이용할 방도가 없으니 문젭니다. 어쨌든 사태의 주요 부분의 명확한 경로를 위해서는 아마 적어도 5분 이상이 소요될 것입니다. 게다가 그 종마라는 것이 확실히 무엇을 뜻하는지도 모르고 있습니다. 이런 답답한 일이 있습니까?」

또 한 사람의 소위가 움직이는 기기들 곁에 가까이 앉아 있다가 얘기에 끼여 들었다.

「이것 봐라! 그들의 〈불치의 죄인〉 주파수를 잡아 낸 것 같은 데. 이자들은 정말 일을 복잡하게 만드는구먼! 이걸 들어 보십시오.」

그는 스위치를 누르고 수신기를 귀에서 벗어 내 그것을 마이크 위에 올려놓았다.

「5번 지역 단위 수사대! 이동 명령을 취소한다. 멀리 떨어져 대기하라!」

지극히 사무적인 목소리가 〈불치의 죄인〉 특설 네트워크를 통해 명령을 내리고 있었다.

「저건 당신네 방송 계원의 목소리가 아니잖소?」

해군 본부에서 나온 사내가 지적했다.

흥분한 다른 목소리가 즉각적으로 조금 전의 취소 명령을 또 부정하느라고 악을 써대고 있었다. 끔찍스런 비명소리가 즉시 그 통신을 방해했다. 그 신경질적인 목소리를 지워 버리는 데에는 충분한, 효과적인 소음이었다. 해군 정보 요원들은 놀랍다는 표정으로 서로를 바라보고 있었다.

「그들은 당신네 무선 통신까지 방해하고 있소!」

해군 지휘자가 포스터에게 말했다.

「이런 상황에서의 적당한 대응책은 없소?」

포스터는 화가 치밀어 소리쳤다.

「비상 계획을 세워야 할 거요.」

「6번 지역! 6번 지역! 그 비명소리를 무시하고, 알파 3번 지역으로 접근하라. 알파 3번이다. 그곳에서 다음 명령에 대기하라.」

「저건 아니야!」

포스터는 그때야 조금 전의 그 끔찍한 비명소리의 주인공이 브래독이었다는 사실을 깨닫게 되었다.

해군 정보 요원들은 소리내어 웃고 있었다. 포스터 경감은 인터폰을 끌어당겨 놓고 악을 썼다.

「그놈의 종마를 꼭 잡아야 해!」

줄리앙 디조르쥬의 날씬한 캐딜락은 골든 스테이트 고속도로를 맹렬히 질주하고 있었다. 그는 핸들 위로 몸을 잔뜩 굽혔다.

가슴은 심하게 두 방망이질 쳐대고 있었고 눈앞은 팽이처럼 빙빙 돌아가고 있었다. 차의 타이어로부터 들려 오는 공기와의 마찰소리가 마치 그를 질타하는 것처럼 들렸다. 그는 패배했던 것이다. 그걸 자인하는 것은 죽기보다도 싫은 일이었지만 사실이 그렇지 않은가? 이제 그가 막 도약해 나온 '옛날'로 돌아가야 하다니! 그러나 그 〈옛날의 방식〉으로 돌아간다는 것은 결코 있을 수 없는 일이었다. 옛날이란 이미 죽고 없어진 무엇이다. 그것들로 되돌아갈 수 있는 길이란 아무 데도 없다. 그런데 그가 작은 한 걸음을 내딛는 것으로 그곳을 벗어난 기쁨에 들떠 있을 때로부터 얼마 지나지도 않아 벌써 그는 죽어 버린 옛날의 방식들이라는 무덤에 한발을 내디딜 뻔했던 것이었다. 이게 대체 웬일이란 말인가!

시간은 변하는 것이다. 너무나 당연한 논리다. 시간과 함께 사람도 변한다. 물론이다. 그는 그러한 사실을 잘 알고 있었다. 옛 세계 대전 때의 낡은 무기로 현재의 전쟁을 치르려 하다니. 그것이 바로 디스가 패배한 가장 뼈아픈 원인이었다. 시간이 변했으니 전쟁의 양상도 따라 변한 것이다. 그는 구식의 방법으로 적을 맞으려 했었다. 자신의 강한 힘을 상대에게 보이는 것만으로도 보란을 경악시켜 그를 몰아낼 수 있으리라고 생각했던 것이다. 그러나 그 영리한 보란은 훌륭한 힘의 쇼를 연출한 디스에게 당당하게 도전장을 던져 왔다.

자, 이제는 모든 것을 다 잃었다. 법적 지위도, 존경도, 사회와의 평화로운 관계도——그래, 그런 것들은 모두 사라져 버렸다. 경찰관들도, 신문들도, 단골 식당의 주인도, 이웃집 주부도 이제는 디조르쥬 제국을 들먹이며 욕을 퍼부어댈 것이다. 그리하여 그의 정체는 백일하에 드러나고 말 것이다. 줄리앙 디조르쥬, 옛날의 줄리오 디게오르지오는 협박 공갈로 세상을 살아가는 자들의 명단에 오르는 또 하나의 이름이 될 것이다.

그들은 그가 관계하는 은행을 수사선상에 올릴 것이며, 그의 선박을 조사할 것이다. 또 그는 그를 살피려는 모든 거대한 의혹의 눈 아래에서 비명을 지르게 될 것이다. 그리하여 디스는 지난 날의 암흑 속으로 다시 떨어질 것이 분명했다. 목숨이 붙어 있는 그날까지 그 어둠 속에서 결코 헤어나지 못할 것은 분명한 사실이었다.

그러나 좋다. 디스는 항상 자신이 사회적 존경이니 뭐니 하는 구역질 나는 것들에 연연해 하지 않았다는 사실을 떠올렸다. 맹세코 신의 이름에 걸고 디스는 스스로 평범한 사람이길 원했다. 그리고 그는 그러한 자신의 소망을 결코 부끄러워한 적이 없었다. 베벌리힐스라고? 이제 다 필요없어! 상앗빛 미소를 흘리고 다니는 놈들은 개미의 엉덩이나 핥으라고 해! 근질근질한 엉덩이를 휘젓고 다니는 그 갈보년들도 지옥으로나 떨어져 버려라! 모두 다 지옥으로 굴러 떨어져 버려라!

지금 디스는 벨보아에 있는 성채로 향하고 있었다. 그곳은 가족의 고향이었다. 그곳은 그가 기세 좋게 활개를 치고 다닐 수 있는 곳이었다. 그곳에서는 콧대 높은 경찰관들을 얼마든지 조롱해 줄 수도 있을 것이다. 구역질 나는 사회적 존경이니 뭐니 떠드는 자들도, 그 보란이라는 놈과 같은 미치광이들도 다 비웃어 줄 수 있는 곳이었다. 디스는 보란을 벨보아에서 만날 수 있게 되기를 희망했다. 그는 그 불쌍한 녀석이 벨보아로 기어들기를 간절히 원했다. 그리하여 분노와 그 분노로서 이루어지는 싸움이 얼마나 부질없는 것인가를 알려 주고 싶었다.

「여기는 종마, 송신을 중지한다! 마지막 교신이다! 행운을 빈다, 대장. 당신의 승리를 바란다. 마지막 교신이다.」

「갯지트!」

플라워 차일드 안드로메다의 낮은 음성은 보란의 외침소리와는 대조적이었다.

「이젠 자네의 말도 들을 수 없게 됐어, 젠장! 곧 당할 것 같다. 기회가 없다. 왜 이렇게 됐지? 떠나야 한다. 저항(전기 부품의 일종)의 대가(大家)를 명단에서 지워라.」

「항복이란 말인가?」

보란은 화가 나서 부르짖었다.

「바로 그거다. 조용한 항복. 그러나 나는 자네들과 함께 있을 것이다. 영원히……..」

보란은 서글픔과 비탄으로 신음소리를 냈다.

「그래……. 우리는 참된 진실을 향해 달리고 있지. 선택은 자유다. 플라워 차일드! 어디 있나?」

「우리는 자네에게 가까워지고 있다. 자네를 찾겠다.」

「나도 가까워지고 있다.」

하고 지트카가 끼여 들었다.

「듣고 있는가?」

「듣고 있다.」

보란이 그에게 확인시켰다.

「건 스모크, 얼마쯤 떨어져 있는가?」

「궤도와 평행선으로 달리고 있다.」

해링턴이 보고해 왔다.

「훌륭하다. 우리는 성공할 수 있다. 계속 달려라!」

「종마로부터도 플라워 차일드로부터도 전혀 연락이 없다. 무슨 일이 있었는가?」

지트카는 투덜댔다.

「경찰이 결국 종마를 사로잡았다. 플라워 차일드는 곧 재합류할 것이다. 모두가 상당히 가까운 거리에서 달리고 있다.」

「이제 무전을 중지하도록 하자.」

지트카가 엄숙하게 제안했다.

「잠깐 기다려라, 잠깐만.」

「알았다.」

「어디에 있나, 붐붐!」

「지금 건 스모크가 보인다.」

하파워는 낮게 말했다.

「좋다. 좀더 가까이 가라!」

「나는 빅터 4번으로 가고 있다!」

지트카가 말했다.

「이후 2분이 지나면 교신을 중지한다!」

「내 뒤쪽에서 자네가 보인다, 대장!」

루데크였다.

「알았다. 같이 달려가자. 모두 모여!」

「나는 지금 날아가는 중이다, 친구!」

안드로메다의 희미한 목소리가 들려 왔다.

「낙오자가 한둘쯤 되는 것 같군. 그들은 골든스테이트로 향하고 있는 것으로 보입니다. 우리는 그들을 바짝 추적하고 있습니다.」

포스터의 흥분한 음성이었다.

「생각해 보게. 우리가 보유한 차량의 약 반 가량이 이 일에 투입되었어. 어떻게 그들을 놓칠 수가 있겠나?」

브래독은 안달을 했다. 모자를 집어 든 그는 무전기를 주머니에 쑤셔 넣었다.

「내 차를 준비시켜! 비상 지역을 해안에 이르는 모든 도로까지 확장한다. 리버사이드는 고려중이다. 레드랜드도, 배낭도, 산 캐킨스도 고려해 보겠다. 그 주위에 있는 대원들은 모두 비상망에 합류해라. 해안 도로를 완전 봉쇄하기 위해서 고속도로 순찰차를 이용해도 무방하다. 완전하게 봉쇄하라! 알았나?」

「언제까지 이 녀석들을 추적할 생각이오, 주임?」

제복 차림의 사내가 물었다.

「그놈들이 붙잡힐 때까지! 해야 한다면 티주아나까지도 따라가겠다!」

브래독은 이를 갈며 대꾸했다.

벨보아로 향해 달려가고 있는 한 무리의 자동차 행렬이 있었다. 몇 분 전에 고속도로를 막 벗어난 그들은 캘리포니아 해안의 꼬불꼬불하고 울퉁불퉁한 외곽도로 위를 달리고 있었다. 이제 벨보아는 몇 마일밖에 남지 않았다. 도로는 로키 산맥의 융기 부분에 올라앉아 작은 만을 에워싸고 수백 피트나 뻗어 있었다.

보란은 루데크의 차 뒤에서 잠깐 동안 멈춰섰다. 지트카의 작은 MG차가 보이지 않았다. 그러나 지트카는 길 아래쪽에서 특공대의 꼬리를 향해 조용히 달려오고 있었다. 보란은 루데크가 지트카와 합류하기 위해 미끄러져 나가는 것을 보며 차에서 내렸다. 그 두 사람은 보란의 포쉐로 나란히 걸어왔다. 그들은 킬킬거리고 있는 건 스모크 옆에서 합류되었다. 워싱턴도 차 밖으로 나와 섰다. 그는 포쉐의 지붕 너머로 그들을 바라보고 있었다. 머리 위로 몇 점의 구름이 낮게 지나가고 있었다. 그 사이사이로 별빛들이 푸르게 빛났다.

지트카는 강한 바닷바람을 등으로 막으면서 담배에 불을 붙였다. 그는 힘껏 빨아들인 담배 연기를 토해 내면서 말했다.

「이제 다 모인 것 같군.」

보란은 고개를 끄덕이며 그들이 방금 지나온 도로를 살피기 시작했다. 그는 머리 속으로 도로의 높이와 길이, 도로폭 따위를 계산하고 있었다. 그 끝머리에 커다란 집이 한 채 있었다. 수평선을 향하여 희미한 윤곽을 드러내고 있는 그 건물의 3층으로부터 불빛이 새어 나왔다.

「저 길은 막혀 있나?」

보란은 지트카를 돌아보며 물었다.

「그런 것 같아. 돌을 쌓은 벽, 10피트 높이에 100야드 넓이로,

중앙에 커다란 철문이 있고 그 안에는 벽돌로 쌓아 올린 대문이
또 하나. 네 명의 경비원이 보이는군. 대문으로부터 현관까지는
대략 1000야드 떨어져 있고, 권총을 든 사내가 벽을 따라 걸어가
고 있는데?」

「그럼…….」

보란은 긴장하며 물었다.

「저건 요새란 말인가?」

「그런 것 같아. 이게 바로 그들의 견고한 성채인 모양이다.」

「18세기 양식이군.」

해링턴이 한마디 거들었다.

「이제 안으로 들어갈 수 있는 방법을 강구해 보자.」

루데크는 철책 끝으로 걸어가서 바닷물이 출렁대는 것을 오래
도록 바라보았다. 그는 나직한 목소리로 말했다.

「나는 바다에 빠져 죽고 싶지 않다. 아무 것도 없어. 바위와
돌조각들뿐이야.」

보란은 해링턴을 향하여 시선을 옮겼다.

「붐붐은 어디 있나?」

「그는 교차로를 살피러 갔어. 플라워 차일드가 길을 잃은 건
아닌가 확인할 겸 말이야.」

해링턴이 대답했다.

「정치가다운 생각이군. 현명해.」

보란은 생각에 잠긴 얼굴로 말을 이었다.

「우리에겐 꼭 필요한 사람이야.」

「저기로 들어가겠다는 건가?」

해링턴이 웃으며 물었다.

「맞아!」

보란이 대답했다. 그는 지트카와 루데크를 향해 걸어갔다.

「저 건물을 세밀히 살펴봐. 틈이 나 있는 곳이나 돌출부를 특히 잘 살피도록 해. 몸을 지탱할 만한 것을 찾아. 구멍 같은 게 있었으면 좋겠는데.」

지트카와 루데크는 서로 의미 있는 시선을 교환하고는 돌아섰다. 보란은 그들이 시야에서 사라지는 것을 지켜보다가 무전기를 집어 들었다.

「붐붐, 상황을 보고하라!」

「플라워 차일드가 지금 막 도착했다. 우리도 합류하겠다.」

보란은 포쉐의 지붕 위에 무전기를 내려놓고 말했다.

「각자 무기를 점검해!」

워싱턴은 차 뒤로 돌아가서 트렁크를 열었다. 해링턴은 6연발 권총이 들어 있는 권총집을 이리저리 흔들며 그의 차를 향해 바삐 걸음을 옮겼다. 잠시 후에 자동 화기들과 또 다른 폭발물들이 포쉐의 지붕 위에 모두 모아졌다.

하파워는 작은 트럭으로 달려가더니 트레일러를 끌고 왔다. 그것을 포쉐 가까이로 옮겨 놓고는 즉시 모터를 껐다. 안드로메다는 그의 차를 바로 그 뒤에다 붙여 세웠다.

보란은 짤막하게 상황을 설명했다.

「이제 자네들도 나의 진드기가 필요하겠는데!」

하파워가 낄낄거렸다.

보란은 고개를 돌려 짧게 끄덕였다.

「내 앞으로 끌어와 봐. 그리고 그걸 풀어 놓도록. 플라워 차일드, 그를 도와 줘. 그 장비의 작동이 가능하도록 완벽하게 준비해 둬. 그것을 풀어 놓은 다음, 붐붐, 폭발물들을 준비해 줘. 멜빵 달린 화약은 몇 개나 있나?」

「여섯.」

하파워가 대꾸했다.

「필요하다면 지금 즉시 몇 개쯤은 더 만들 수 있어.」

보란은 머리를 저었다.

「여섯이면 충분해. 모두에게 수류탄을 4개씩 나눠주도록. 우리들은 이제 모두 일곱 명이 남았어. 스물여덟 개의 수류탄이다, 붐붐.」

하파워는 고개를 끄덕이고 나서 곧 그의 차의 시동을 걸었다. 그는 도로를 박차고 달려나갔다. 안드로메다는 견인용 차를 향해 걸었다. 그는 아직도 천막이 드리워져 있는 그 트레일러에 다가가서 천막과 연결된 밧줄을 칼로 잘랐다. 워싱턴이 천막을 벗기는 일을 돕기 위해 그에게로 다가왔다. 그들은 지프도 그 옆에 꺼내 놓았다. 하파워는 렌치를 들고 두 차 사이에서 땀을 흘리고 있었다.

안드로메다는 캘리버 50 뒤로 미끄러져 들어갔다. 그는 병기상자를 정리하느라 눈코 뜰 새 없이 바쁘게 손발을 놀리고 있었다.

지트카와 루데크가 도로를 따라 모습을 나타냈다. 앞장서 오던 지트카가 보란에게 보고했다.

「구멍 같은 건 없어, 맥. 하나도 없어.」

보란이 그런 대답에 대비하여 어떤 방책을 마련해 두었다는 사실은 누가 봐도 명백한 사실이었다. 그는 두 팔을 들어 어깨 높이로 활짝 펼치고 손을 흔들어댔다.

「모두 같이 발을 맞춰라. 참, 지금이 몇 시인가?」

그는 손목시계를 들여다보았다.

「됐어! 지금이다! 붐붐, 지트카의 차 지붕에 그 폭약들을 걸쳐 놓았나? 정확히 1시 15분에, 붐붐, 너는 저 차를 타고 정문을 향해 돌진하라. 적당한 시기에 차에서 굴러 떨어진다. 그걸 염두에 두도록. 플라워 차일드, 너는 캘리버 50을 들었나? 운전은 데드 아이스가 한다. 50피트 전방에서 천막을 젖힌다. 나머지는 벽을 따라 각자 공격하라. 너희들의 위치가 노출되지 않는 한도내에서 수류탄을 투척하거나 기타 공격을 감행하라. 나는 멜빵 달린 폭약을 네 개 들고 가겠다. ……아무도 나를 따라 들어오지 마라. 너희들은 유인 사격, 엄호 사격만 한다. 나는 너희들 모두가 …….」

「잠깐만 기다려! 대장 혼자서 그 안으로 들어가겠다는 건가? 그건 절대 안 돼!」

지트카가 발작적으로 외쳤다.

「한 사람이면 충분하다, 지트! 만일 네가 모두를 데리고 정면에서 그들의 주의를 끌어 주기만 한다면 나는 안전하게 벽을 넘을 수 있어. 아무도 눈치 채지 못하는 사이에 말이야.」

보란은 굽히려 들지 않았다.

「고작 그 멜빵 화약을 가지고!」

해링턴은 놀라움을 감추지 못하고 외쳤다.

「혼자 무덤 속으로 기어들게 할 수는 없다, 맥. 우리는 그걸 구경만 하고 있지는 않겠어. 봐, 우리도 모두 그 차퍼에 대해서나 정치가, 갯지트에 대해서 미안하게 생각하고 있어. 그러나 우리 모두는 우리가 할 수 있는 데까지 다한 거야.」

지트카가 말했다.

「이건 우리들 모두의 전쟁이다, 대장!」

데드 아이스 워싱턴도 끼여 들었다.

「붐붐은?」

보란은 웃는 눈으로 물었다.

「빌어먹을, 말하면 잔소리 아냐?」

하파워는 조용히 대꾸했다.

「그런 걸 갖고 싸울 때가 아니라고!」

「특공대로서 우리는 모두 함께 행동해야 한다.」

플라워 차일드는 그답지 않게 음성을 낮추었다.

보란은 시신을 떨구었다. 그가 다시 얼굴을 들었을 때 그는 웃고 있었다.

「알겠다. 우리는 아직도 공포의 10인이다. 아마 차퍼도 우리와 함께 이 전투에 참가하고 있을 것이다. 정치가와 갯지트는 경찰들을 유인, 우리들을 여기에 서도록 도와 주었다. 우리는 우리의 할 일을……..」

안드로메다가 끼여 들었다.

「이제 저 도둑 고양이들에게 전투라는 게 어떤 것인지를 마음껏 보여 주자!」

「다시 임무를 부여하라, 대장!」

해링턴이 요구했다.

「좋다! MG차에 멜빵 화약을 매달아 사용하는 것은 변함이 없다. 그러나 운전은 지트카가 맡는다. 그것은 탱크와 같은 파괴력을 발휘해야만 한다. 대문은 쉽게 파괴될 수 있으리라고 생각한다. 플라워 차일드, 데드 아이스, 그리고 건 스모크는 지프에 탄다. 너희들은 우리가 대문으로 들어가는 길에 있는 적들을 모두 밀어낼 때까지 엄호 사격하라. 붐붐, MG차를 안으로 끌고 들어갈 수 있겠나? 아직 네가 운전대를 붙들고 있다면 그렇게 시도해 봐. 아닌 경우에는 그 차를 버리고 가장 가까이에 있는 차로 합류하라. 데드 아이스는 지프를 붐붐의 트럭 바로 뒤에 갖다 붙여라. 그러나 길이 트일 때까지 좀 기다려야 한다. 플라워 차일드, 대문을 통과한 뒤에는 길 왼편에다 계속해서 사격을 가하라. 무엇이든지 보이기만 하면 총격을 가해 기선을 제압하도록. 건스모크, 네가 앞장서라. 데드 아이스 옆이다. 네 거대한 기관총이 필요하다. 너는 길 오른편과 앞쪽을 책임지게 된다. 블러드 브라더, 너는 지프 뒤로 가서 지트카를 태우고 즉시 공격을 개시하라. 나는 포쉐를 몰아 공격하겠다. 붐붐, 너는 곧 트럭을 떠나 나와 합세한다. 내 뒤쪽을 담당할 사수가 필요하다. 이상으로 공격진의 편성이 끝났다. 우리가 얼마나 많은 적을 살려 둘 것인가에 대해서 신경 쓰지 마라. 우리는 순식간에 일을 끝내고 곧바로 이곳을 탈출한다. 또다시 경찰과 마주치게 되면 우리는 더더욱 난처한 지경에 몰리게 된다. 그러니까 재빨리 해치워라. 우리는 빨리 움직일수록 좋다. 트럭에 있는 것들을 모두 끌어내 차로 옮겨 싣자. 빨리 시작하라. 가자. 공격 개시! 공격이다!」

칼 라이온스 경위는 차의 속도를 줄였다. 그는 차내 무전기를 들었다.

「고속도로 순찰대는 벨보아로 가는 어떤 차량도 보지 못했다고 합니다. 주임님. 저는 그 벼랑 끝에 이르는 도로를 조금 전에 지나왔습니다. 다시 한 번 조사해 볼까 합니다.」

「몇 분만 더 기다려라. 내가 그곳으로 가겠다.」

브래독의 낮은 목소리가 응답했다.

라이온스는 무전기를 내려놓고 도로의 중앙선을 가로질러 즉시 낚싯바늘 모양 같은 커브를 돌아 북쪽을 향하는 도로로 달려 나왔다.

잠깐 뒤에 그는 다시 U자 회전으로, 해변으로 향하는 쾌적한 도로를 달려 고속도로 아래로 달려가고 있었다. 그는 수평선 뒤로 점차 부각되어 오르는 어둠에 잠긴 땅덩이를 바라보았다.

그는 브레이크를 힘껏 밟아 차를 세웠다. 그러고는 이리저리 고개를 돌리며 도로 사정을 살폈다. 특별히 눈에 띄는 게 없자 다시 무전기를 들고 말했다.

「고속도로가 끝나는 부분으로부터 언덕으로 조금 꺾여 드는 안쪽입니다. 오른쪽으로 아주 작은 만이 하나 있고 좁은 아스팔트 도로가 밑으로 뻗어 있습니다.」

「알았다.」

브래독이 짧게 대꾸했다.

라이온스는 주의 깊게 다시 한 번 주의를 둘러보았다. 뻗어 오른 땅의 맨끝 부분에서 희미한 불빛이 비치고 있었다. 순간 번쩍거리는 불빛과 요란한 총성이 대기를 가르며 울려 왔다.

산맥의 융기가 시작되는 부분에서였다. 뒤를 이어 거대한 폭발음이 라이온스의 귀를 때렸다. 그는 재빨리 차에 올라타고 액셀러레이터를 밟으며 브래독에게 외쳐댔다.

「굉장합니다! 이걸 놓치면 안 됩니다! 빨리 불꽃을 따라오십시오!」

지트카는 속도를 내고 있는 MG차로부터 뛰어내려 땅을 차고 급히 굴렀다. 한 사내가 대문으로부터 뛰쳐나왔다. 달려가는 차가 강철 대문에 부딪치면서 곧 굉음과 불꽃들이 주위의 모든 것들을 휘감아 버렸다. 지트카가 몸을 낮춰 길 위로 뛰어내리려 했을 때 지프가 바로 그의 옆을 스쳐 지나갔다. MG차의 주유 탱크가 폭발하는 소리에 뒤이어 캘리버 50이 쏟아 내는 탄환과 불꽃이 튀어오르는 소리가 들렸다.

불꽃 너머로부터 고통스러운 비명소리가 터져 나왔다.

해링턴은 벽을 따라 몸을 숨기며 달려나오는 사내 하나를 겨냥하여 그를 명중시켰다. 짤막한 총성과 연기뿐이었다. 그 사나이는 벽 너머로 사라져 가더니 다시 나타나지 않았다.

트럭이 커브를 돌며 미끄러져 돌아와서 대문 앞에서 불타고 있는 잔해 가까이로 조심스레 접근하고 있었다. 잠시 멈추어 선 트럭은 기어를 바꿔 넣었다. 그러고는 진행을 방해하고 있는 MG를 밀어 붙이며 대문 안으로 미끄러져 들어갔다.

해링턴이 지프로부터 뛰어내렸다. 그러고는 벽을 등지고 멈춰 섰다. 그는 마구 총질을 해대면서, 바닥에 흩어져 있는 파편 부스러기들을 짓밟으며 나아가는 트럭의 꽁무니를 주시했다. 금속 조각들이 귀를 때리는 날카로운 소리를 내며 앞뒤로 튀어 날았다. 지프는 원을 그리며 주춤 뒤쪽으로 물러섰다. 해링턴은 펄쩍 뛰어올라 아래층 앞의 마당에 우뚝 섰다. 그의 기관총은 현관문을 향해 연속적으로 불을 뿜어 냈다. 울부짖는 소리와 급박한 발걸음 소리가 들렸다. 그의 뒤에서 지프의 앞 바람막이 유리창이 산산조각나서 부서져 내렸다. 해링턴은 그 자리에 그대로 주저 앉아 버렸다.

현관 뒤에 서 있던 두 사나이가 리볼버로 트럭을 향해 총격을 가했다. 그들은 캘리버 50의 묵직한 스타카토가 숨을 토해 내기 시작하자 즉시 땅 위로 나뒹굴고 말았다.

불꽃이 트럭의 지붕으로부터 터져 나왔다. 하파워가 그 속에서 뛰쳐나왔다. 지프는 좁은 길을 따라 재빠르게 움직였다. 루데크의 세단은 대문을 휙 스쳐 들어오더니 지프에 가까이 달라붙었다. 그때 보란의 포쉐가 비호같이 밀려 들어왔다.

하파워는 찻길을 가로질러 몸을 굴렸고 다음 순간에는 풀 위에 무릎을 꿇고 있었다. 그의 45구경은 벽을 향해 불꽃을 발사했다. 포쉐는 이내 속력을 줄이더니 문이 열렸고 하파워가 그 안으로 뛰어들자 곧 굳게 닫혔다. 뒷바퀴의 먼지를 뒤로 하며 차는 앞으로 달려나갔다.

지프는 불을 토하듯 달려 길을 열었다. 플라워 차일드의 자동 화기로부터는 쉬지 않고 탄환이 날아왔다. 추적자들은 거대한 캘리버 50 앞에서 짐승들처럼 무너져 갔다. 총격이 가해질 때마다 그 총격에 대답하는 것은 억눌린 비명과 외침과 저주와 신음 소리들뿐이었다.

보란의 머리 바로 뒤에 있던 유리창이 박살나 버렸다. 하파워가 즉시 나섰다.

「내가 맡겠다!」

그는 창 밖으로 45구경을 삐죽이 내밀고는 쏴대기 시작했다. 보란은 그의 파트너를 흥분된 눈길로 바라보았다. 붉은 선이 그의 얼굴의 한쪽에 그어졌다. 조금씩 피가 스며나오고 있었다.

「스쳤을 뿐이야!」

하파워는 비어 버린 탄창을 내던지고 새 탄창을 끼워 넣으며 중얼거렸다.

이제 지프는 앞을 향해 마구 달려가고 있었다. 보란의 앞길에는 이제 별다른 장애물이란 없었다. 그의 왼편 측면을 캘리버 50이 청소해 내고 있었다. 그들은 집 앞까지 계속 나아갔다. 보란은 세단 뒤로 날 듯이 차를 몰았다. 그때 루데크와 지트카가 그들의 차로부터 재빨리 뛰어내렸다. 아래층의 유리창으로부터 불꽃들이 빗발치듯 쏟아져 왔다. 해링턴의 기관총이 그에 답했다.

순간 죽음의 특공대는 교차 사격의 함정 속에 갇혀 버렸다. 적들은 양쪽에서 공격하고 있었다.

「집을 잡아!」

보란이 외쳤다. 루데크와 지트카는 집의 반대편으로 뛰어들어 갔다. 그들의 손에는 수류탄이 굳게 쥐어져 있었다. 보란은 한 손에 기관총을 쥐고 다른 한 손에는 멜빵 달린 폭약을 들고는 땅바닥을 기어갔다. 그는 머리 위로 폭약 더미를 빙빙 돌리다가 휙 던졌다. 그것은 현관문에 부딪쳐 묵직한 소리를 냈다. 다음 순간 커다란 불꽃이 터져 나오면서 근처의 풍경을 훤히 밝혀 주었다. 보란은 2층의 프랑스 식으로 꾸며진 문을 향하여 또 하나의 멜빵 폭약을 날렸다. 건물을 온통 뒤흔드는 듯한 폭음이 터져 나왔다.

해링턴은 2층으로부터 쏟아져 나오는 적의 화력에 맞서고 있었다. 안드로메다는 거대한 캘리버 50으로 그들의 뒤쪽에 남겨진 적들을 남김없이 처리하고 있었다. 데드 아이스 위싱턴은 기관총을 난사하면서 앞문을 향해 쇄도해 들어갔다. 2층 창문으로 터져 나온 굉장한 폭발이 그를 더욱 광분케 했다. 커다란 덩치의 사나이가 그의 기관총과 함께 땅바닥으로 떨어져 버렸다. 총구로부터는 아직도 불꽃이 아무렇게나 터져 나오고 있었다. 그때 문을 향해 달려가고 있던 보란은 워싱턴이 쓰러지는 것을 보았지만 그대로 질주해 가는 수밖에 없었다. 그 자신도 뒤꿈치에 날카로운 통증을 느끼고 있었으나 그는 자신이 저격당했다는 사실보다도 정면에 있는 현관문을 뚫어야 한다는 책임감에 더욱 흥분하고 있었다. 보란은 앉아서 사격을 가했다. 그때 경찰 순찰차의 사이렌 소리가 그의 뇌리를 뒤흔들며 가까워지고 있었다.

보란은 천천히 땅바닥에서 일어섰다. 그 건물은 이제 완전히 화염에 휩싸인 채 불꽃으로 출렁거리고 있었다. 그는 무감각해진 자신에 놀라며 눈 뜨고는 볼 수 없는 대학살의 현장을 비틀거리며 걸었다. 사방에 조각난 시체들이 널려 있었다. 한때는 데드 아이스 워싱턴이었던, 이제는 흉악하게 일그러져 버린 피투성이의 물체를 그는 내려다보았다. 몇 걸음 저쪽에는 붐붐 하파워가 누워 있었다. 플라워 차일드 안드로메다도 캘리버 50을 꽉 움켜쥐고 눈을 부릅뜬 채 쓰러져 있었다.

보란은 고개를 돌려 버렸다.

「지트! 대원들! 재집합이다!」

사이렌 소리는 점점 가까이서 들려오고 있었다. 거의 대문 앞까지 다가온 모양이었다. 그는 건물의 한쪽 구석으로 숨어 들어갔다. 그는 거기서 지트카를 발견했다. 그는 죽어가면서도 자신의 기관총을 거머쥐고 있었다. 조금 더 들어가니 블러드 브라더 루데크가 있었다. 그의 얼굴 반쪽은 어디론가 날아가고 없었다. 그러나 표정은 대단히 평화로워 보였다. 살아 있을 때처럼…….

보란은 자신의 포쉐로 되돌아갔다. 그의 모든 적들은 어디로 숨어 버렸는지 보이지 않았다. 그는 기관총을 차의 뒷자리로 집어 던졌다. 그러고는 의자 깊숙이 몸을 누였다. 그는 이제 혼자 남았다. 그는 이곳에 혼자 버려진 것이었다!

사이렌 소리는 이제는 대문을 통하여 아주 가까이 들려 오고 있었다. 거의 도로를 벗어났음이 분명하다. 보란은 포쉐에 시동을 걸고 풀들이 자라고 있는 곳까지 빠져 나왔다. 발뒤꿈치가 몹시도 쑤셔 왔다. 그는 비로소 온 몸 여기저기에서 크고 작은 상처들을 발견해 낼 수 있었다. 그는 사이렌 소리에 주의를 집중하며 차를 몰았다. 그는 차를 세우고는 도로 표지판 뒤로 낮게 몸을 숙인 채 발 아래에서 출렁거리고 있는 태평양의 물결을 내려다보았다. 보이는 것이라고는 물결과 바위와 돌조각뿐이었다. 그냥 그대로 바다 속으로 뛰어내릴 수는 없었다.

보란은 다시 포쉐로 돌아왔다. 그러고는 주의 깊게 안전 벨트를 맨 다음 차를 후진시켰다. 그는 이제 경찰차의 꼭대기로부터 붉은 빛을 연속적으로 뿜어 내고 있는 경보등을 볼 수 있었다.

「퍼레이드와도 같군!」

하고 그는 한숨을 내쉬었다. 죽음의 특공대는 이제 죽어 버린 특공대가 되었는데 그만이 살아 남아 있었다. 그는 대원들에게 돈과 그에 따른 영광을 약속하고서도 끝내는 죽음만을 안겨 준 것이었다. 베트남과 하나도 다를 게 없었다.

그는 다시 한 번 안전 벨트를 점검해 보았다. 그러고는 차를 돌려 방향을 바꾸고 최대의 속력으로 목재 표지판을 향해 곧장 달려나갔다. 차의 바퀴들이 축축한 풀들 때문에 조금 미끄러졌다. 그러나 속도계의 바늘은 계속 정확하게 자신의 자리를 지키고 있었다. 그는 백미러를 통해 뒤쪽을 살펴보았다. 경찰차들은 이미 집 앞에 도착되어 있었다. 푸른 제복을 입은 경관들이 폭동

진압용 권총을 들고 건물로 흩어져 들어가고 있었다. 차 한 대가 홀로 떨어져 나와 그의 뒤를 따라오는 것이 보였다.

속도계의 바늘은 120에서 오락가락하고 있었다. 그 순간 포쉐는 철책을 뛰어넘어 솟아 오르더니 푸른 바다를 향하여 멋진 곡선을 그리며 떨어져 갔다. 보란을 제외한 나머지 아홉 명의 특공대원들이 거기 그와 함께 앉아 있었다. 보란은 그들을 그곳으로 불러모았던 것이다. 그들 각각을, 하늘을 찌를 듯한 나팔소리로 말이다. 그렇다. 삶이라고 불리는 이놈의 지옥을 통과하는 마지막의 호화스러운 돌격 속에 그들은 모두 함께 동행하고 있었다.

15
탈 출

칼 라이온스는 벼랑 위에 차를 세우고 해변가로 걸어 내려갔다. 발 끝에 몸무게를 모아 싣고 두 손은 호주머니에 찔러 넣은 채 그는 생각에 잠겼다. 시선은 바다에 고정돼 있었다.

만일 보란이 바다로 처박혀 버린 차에 타고 있었다면, 그리고 만일 차가 떨어져 처박힌 뒤에도 아직 살아 있다면, 그리고 만일 그 차로부터 빠져 나올 수 있는 방법이 있다면, 아아, 만일 그에게 바다를 헤엄쳐 나올 만한 힘이 남아 있다면……. 그러나 보란이 살아 있을 가능성은 너무나 희박했다.

해안 경비정들이 몰려들기 시작했다. 그들은 벌써 잠수할 준비까지 끝낸 상태였다. 만일 그들의 손에 시체 하나가 끌려 올라온다면……, 보란이 죽었다는 사실을 믿을 수밖에 없다. 라이온스는 얼마간 착잡한 심정으로 그러한 생각에 골몰해 있었다.

그의 등 뒤로부터 무엇인가가 다가오는 소리가 났다. 그는 재

빨리 몸을 돌렸다. 그때에야 그 젊은 경위는 자신이 경찰용 권총
인 38구경 A형의 주시를 받고 있다는 사실을 깨닫고는 몹시 놀
랐다. 총은 찰리 리케트의 손에 쥐어져 있었다. 권총을 쥐고 이
쪽을 노려보고 있는 두 눈은 희미한 밤의 불빛 속에서도 서늘한
기운을 내뿜고 있음이 뚜렷이 보였다.

「여기서 뭘 하는 거요, 리케트?」

라이온스가 조용히 물었다.

「너와 보란이 진정으로 그렇게 생각한 것은 아닐 테지, 응.」
하고 리케트는 이를 악물었다.

「내가 그렇게 쉽게 무너져 버릴 줄 알았던가? 넌 그런 일을 그
처럼 손쉽게 해치울 수 있으리라고 생각지는 않았겠지?」

「무슨 얘길 하는 거요?」

「머리 뒤로 손을 올려! 무슨 어리석은 질문을 하는 거야? 내
가 무슨 얘기를 하는지는 네가 더 잘 알잖아? 너와 보란이 그 일
을 궁리해 냈으니까 말이야. 그런 지경을 당하고도 내가 가만히
있을 줄로 생각했나, 라이온스?」

리케트는 씩씩거리며 웃어댔다.

「너는 찰리 리케트라는 인간을 이 세상에서는 다시 못 보게 될
거라고 생각했겠지? 이 젖비린내 나는 애송이야, 네가 아직 엄
마 젖꼭지를 빨고 있을 때부터 나는 벌써 훌륭한 경찰관 나으리
였단 말이다.」

「무슨 짓을 하려는 거요, 리케트?」

라이온스는 천천히 몸을 움직여 가며 말했다. 그의 적을 좀더
빛 안으로 유인해 내기 위해서였다.

「움직이지 마!」

리케트가 거품을 물었다.

「당신은 언제부터 더러운 경찰관을 겸한 거요? 도대체!」

「널 죽여야겠어! 너도 그 이유를 알 테지?」

「왜 날 죽이려는 거요?」

라이온스는 리케트의 등 뒤 어둠 속에서 또 하나의 검은 물체가 움직이는 것을 보았다. 라이온스는 조금씩, 눈에 띄지 않게 다가서면서 계속해서 지껄여댔다.

「그렇게 해서 무엇을 얻겠다는 거요, 리케트? 브래독의 손에는 이미 당신에 대한 모든 증거가 쥐어져 있소. 당신의 범죄에 대한 세밀한 조사가 내일부터 시작될 거요.」

「아니, 아니, 그것은 몽땅 조작된 거야. 그들이 나를 중상모략하려는 짓이지. 일급 살인자와 그의 경관 공범자에 의해 완전히 조작된 거라고.」

「내가 보란과 공모했다는 생각을 어떻게 갖게 됐소, 리케트?」

「찰리 리케트는 그의 길을 간다. 나는 또 모든 걸 다 알고 있다. 내가 어떻게 알아냈는지에 대해서는 조금도 신경 쓰지 마! 너는 악질적이고 무능한 경찰이다. 라이온스. 자신이 미행당하고 있는 사실조차 간파해 내지 못하다니! 나는 이밤 내내 너를 미행하고 있었단 말이다.」

「이런 기회를 만들기 위해서 말이오, 리케트?」

「바로 그렇다. 바로 이런 기회를 만들기 위해서! 이런……기회를……만들기 위해서!」

리케트는 총구를 라이온스의 가슴께로 향하도록 조준한 뒤 손가락을 방아쇠에 가져다 댔다. 바로 그때였다. 경감의 등 뒤에 멈춰 서 있던 그림자가 재빨리 몸을 움직이는 듯 싶더니 리케트의 38구경이 들려 있는 팔을 쳤다. 팔꿈치가 리케트의 가슴을 가격했을 때 이미 그의 총은 땅 위를 구르고 있었다. 다음 순간 몸을 회전시킨 그림자는 리케트의 얼굴을 향해 한방을 먹이는 것과 동시에 발은 상대의 가슴에 날아가 꽂혔다. 리케트는 소리 하나 내지 못하고 그대로 고꾸라지고 말았다.

그림자는 재빨리 팔을 뻗어 38구경을 집어 들었다. 곧 라이온스의 귀에 익은 듯한 목소리가 들렸다.

「또 만나게 됐군.」

라이온스는 검은 옷을 입은 키가 크고 날씬한 체격의 사내를 바라보았다.

「그 바위 뒤에 언제부터 숨어 있었나, 보란?」

「숨을 돌릴 수 있을 만큼 충분히.」

보란은 아직도 숨을 몰아쉬면서 능청을 떨었다.

「그럼, 나와 리케트 사이에 오고 갔던 얘기들을 다 들었겠군.」

「들었지.」

「그가 나를 살해하려고 했던 것도 알고 있겠군. 왜 좀더 기다리지 않았나? 그가 날 죽인 뒤에 그를 쓰러뜨리고 감쪽같이 사라져 버릴 수도 있었을 텐데.」

보란은 어깨를 으쓱하는 시늉을 해보였다.

「몰래 달아나는 일도 좋지만, 사실은 타미한테 그 문제를 몽땅 떠맡겨 놓고 떠나기가 좀 뭐해서.」

「그 문제라니?」

「알잖나? 진딧물 말이야.」

라이온스는 커다랗게 웃음을 터뜨리고 입을 열었다.

「전에 잔디 해충에 관한 책을 좀 읽었지. 그놈들도 참 지독하더군. 그러나 그것들도 그들 나름의 장점을 가지고 있는 법이라고 그 책에 씌어 있었어. 그래서 나는 생각했지. 지금 당장 그 진딧물들의 씨를 말릴 필요는 없다고 말이야. 그놈들도 우리와 평화로운 공존 관계를 유지하고 싶어하는지도 모르지 않나?」

「나를 지체시키자는 건가, 라이온스? 리케트에게 했던 방식대로?」

「전혀 그렇지 않아. 아, 보란. 어떤 돌대가리 경관이 그의 차를 저기 길 위에 세워 뒀어. 열쇠는 그 안에 있을 테고, 필요한 건 뭐든 갖추어진 차더군.」

「정말인가?」

「물론!」

라이온스는 널브러져 있는 리케트의 옆에 쭈그리고 앉아서 그의 손목에 수갑을 채웠다.

「이 사람은 잠깐 이대로 내버려두기로 하고, 이제부터 이 돌대가리 경관은 바위 사이로 산보나 해볼까 하네. 벼랑 위에서 떨어진 차에서 살아 남은 생존자라도 찾게 될지 누가 알겠나? 그러니 보란. 이 얼마나 재미있는 공존인가. 이번에는 내가 먼저 사라지겠네.」

라이온스는 돌아서더니 어둠 속으로 멀어져 갔다.

보란은 짤막하게 웃었다. 곧 그는 바삐 도로를 향해 걷기 시작했다. 허전했다. 언제나 그렇지만 싸움이 끝난 다음의 허전함은, 더구나 오늘은 더욱 견딜 수 없이 자신을 사로잡았다. 싸움은 어떤 의미에서도 추방되어야 한다고 그는 굳게 믿었다. 그것은 어느 누구에게도 도움을 주지 못하는 절대 불필요한 것이 아닌가. 이제 그는 결코 또 하나의 죽음의 특공대는 갖지 않을 것이다.

더구나 그가 지금 잃어버린 그같이 훌륭한 특공대는……. 그는 라이온스 차의 운전석으로 기어 들어갔다. 차의 시동을 건 그는 그곳을 벗어나기 시작했다. 그의 시선이 무전기 위에 떨어졌다.

「신나게 달리는 거야!」

그는 중얼거렸다. 블러드 브라더, 지트카, 건 스모크, 데드 아이스, 붐붐, 플라워 차일드, 차퍼, 갯지트 그리고 정치가의 얼굴들이 떠올랐다가 사라져 갔다. 그들은 모두 보란의 마음속에서, 그의 어깨 위에서 웃고 있었다.

(계속)